陳映真全集

21

2003

—

2004

人間

目次

二〇〇三年 十二月 文學是對自由的呼喚 7
獲頒花蹤世界華文文學獎感言
本年 「人間網」開網的話與欄目介紹 13
發起人間調查報導學會旨趣書 17
人間調查報導學會章程（草案） 20
民進黨執政三年的總檢討 27
二〇〇四年 一月 序報導文學營 38
文學二二八・序文 42
〔訪談〕陳映真新年訪談錄 51
二月 學習楊逵精神 59

〔訪談〕陳映真：台灣的文化人需要反省 74
探望
訪港前夕的隨想 101
〔訪談〕中國的傷痛與台灣的認同悲情
專訪香港浸會大學駐校作家陳映真 104
〔訪談〕左翼人生：文學與宗教
陳映真先生訪談錄 112
給趙稀方的信 135
人生小語 142
〔訪談〕人道關懷與生命的背離
陳映真的文學告白 144
四十五年前的朱批 150
我的寫作與台灣社會嬗變
陳映真香港浸會大學演講 154

三月

四月

〔訪談〕我不是 Superman
陳映真專訪 213

民族分裂下的台灣文學
台灣的戰後與我的創作母題 226

鈴瑲花——陳映真自選輯・序 233

《人間》回顧攝影展展出的話 237

「台灣的後殖民主義論述和台灣社會史論」提綱 242

〔訪談〕中國終須選擇自己的道路
專訪作家陳映真先生 246

五月

〔訪談〕《人間》雜誌：台灣左翼知識分子的追求和理想
陳映真訪談 259

六月

浪漫於現實的手記・書前 280

懷想胡秋原先生 283

《陳映真散文集1・父親》序 290
阿公 293
七月
生死 305
悼念一位東渡來台的真知識分子 314
在香港看「七・一」遊行 318
八月
避重就輕的遁辭
對於藤井省三〈駁陳映真：以其對於拙著《台灣文學這一百年》的誹謗中傷為中心〉的駁論 326
「全球化」的兩面性和新的中華文明的建設 374
陳映真經鍾玲教授轉余光中信 380
九月
陳映真致余光中先生信 384
〔訪談〕陳映真答客問 390
惋惜 399

文學是對自由的呼喚

獲頒花蹤世界華文文學獎感言 1

魯迅、茅盾、高爾基、托爾斯泰和契訶夫等作品的情節、人物和語言的記憶，在囚繫的歲月中給了我力量和心靈的自由，至今難忘。我於是體會到文學是對自由的呼喚，而文學本身也是自由的本身。文學為什麼？我從自己的經驗體會到，文學為的是使喪志的人重新點燃希望的火花……

今天，我從台灣來到馬來西亞的吉隆玻，獲頒《星洲日報》花蹤世界華文文學獎，感受到不曾有過的激勵、喜悅和榮譽。因為作為一個中國作家，作品受到包括大陸、台港澳、東南亞、北美、澳紐和世界其他地方的中華世界透過華文共同語閱讀，受到評價和鼓勵的喜悅和榮耀，遠比在歐美世界受到的評價覺得更有意義，更高興，更光榮。

特別值得提到的是，很長一段歷史時期以來，馬來西亞華人以動人的毅力、物力和心力，堅持艱難而認真的華語教育。這些苦心所培育出來的新一代馬華作家們，在今日台灣表現了令人十分注目的才華，發表了非常優秀的作品。我很高興能來到那些旅台馬華年輕作家的故鄉，向培育了傑出馬華文學的無數大馬華人先進和教師們，表示由衷的敬意！

獨特而開放的漢語文化圈

所謂華文文學，說的是以漢語寫成的文學。

而所謂漢語，據研究，是介乎於以傣族語為代表的南方農業民族語言和以阿爾泰語代表的北方畜牧民族語言之間的、混合南北兩種不同民族生產方式的語言。由於在歷史過程中，多種語言與以殷、商、周語文為主的漢語同化，反而產生了旺盛的生命力，形成支配了東亞兩千年的、以漢語為中心的「漢語文化圈」，包括了韓國、日本和法國統治前的越南。這個大文化圈以漢語為根柢，形成了一套獨特的文化、思想、典章、制度和文學。而所謂的漢族，是被這漢語文化圈不斷同化的諸民族所形成，其文化概念遠遠多於民族血統的概念。因此，自古以來的中華世界，是個相當開放的世界，不以民族血統區別，而以禮教、王化、德化即對於以漢字為基礎的中華文化之理解與浸染的程度來區分人，形成漢語世界強大持久的向心力。

到了今天，隨著漢族自十九世紀因經濟、政治、戰爭、教育原因和動力，不斷向全球擴散，大大擴大了以漢字為主要語文的文化共同體。

而文學既然是語言文字的藝術，中華文學對於精練、豐富、提高和發展漢語，從而促進以漢語為根柢的中華文化的繁榮發展，有根本性的巨大貢獻，是不言可喻的。

在二十一世紀開端的今天，全球化的趨勢勢必帶動更多華人在全世界超國界的遷移。如果中華文明發展的全過程，原就是不同民族在以華文也就是漢語為基礎的文化為主軸混合、遷徙、互相吸收、互相豐富的過程，那麼今日更大規模的遷移——洋人說的「diaspora」和多文化的混合（hybridity），就只能使華文文化圈更開放、豐富、擴大、發展和更具創造力。

不要喪失自己的主體意識

台灣在上世紀五〇年代以後和大陸八〇年代以後，五花八門的西方文論在兩岸相距三十年的文壇上起支配作用。到了九〇年代，各種後現代、結構主義、解構主義和所謂文化研究的風潮，同時席捲兩岸和廣泛的世界華文文學界。

我們應該記得，直到大約一百五十多年前，漢語、中華文學、文論及思想曾經長期支配過日本、韓國和越南。但都經過他們自己本地化、主體化的再生產過程，依自己的需要加以吸收。

今日世界華文文學，自然沒有必要排斥當代西方來的各種思潮、文論和文學作品中比較合理的部分，但也不能沒有華人文學世界自我主體性的再生產，以批判的態度吸收，以「拿來主義」為我所用，而不只是跟別人亦步亦趨、鸚鵡學舌。

中華世界的華文人口占全球人口四分之一。在這龐大的華文文化世界中，讓我們建設一個開放性的、敏於吸收、豐富和發展的世界華文文學的公共領域，互相交流、互相獎勵，激發創造實踐，而不是終日坐待歐美學園、文壇的評價與青睞，喪失自己的主體意識。我們要努力以中華世界的華文讀者為首要對象，創作傑出的作品，受到華文世界的廣泛評價和愛讀，則在世界文學中也必有不朽的地位。托爾斯泰、高爾基和契訶夫都不是用英語寫他們的小說，而是用他們的母語——俄羅斯語寫成的，卻依然至今光耀全球。

文學本身是自由本身

在我二十歲前後，我偶然在一條舊書店街，闖進了被戒嚴體制嚴禁的中國三〇年代文學的禁區。我讀了魯迅、茅盾、巴金等人的小說，在我的心中點燃了嚮往人的自由與解放的火焰。一九六八年入獄，魯迅、茅盾、高爾基、托爾斯泰和契訶夫等作品的情節、人物和語言的記憶，在囚繫的歲月中給了我力量和心靈的自由，至今難忘。我於是體會到文學是對自由的呼喚，而文學的本身也是自由的本身。

文學為什麼？我從自己的經驗體會到：文學為的是使喪志的人重新點燃希望的火花，使仆倒的人再起，使受淩辱的人找回尊嚴，使悲傷的人得到安慰，使沮喪的人恢復勇氣。

末了，請容許我把今天得到的榮譽獻給分裂的祖國兩岸，以及全世界華文文學界勤勉、卓有才華的作家們。

我感謝培養了我的摯友尉天驄先生和他主編的《筆滙》、《文學季刊》等文學同人雜誌，我也記念和我同一代的黃春明等作家同人。

當然，我也把今天的光榮獻給我的妻子陳麗娜女士，感念她長年來的理解、支持和照顧。

再次感謝《星洲日報》花蹤世界華文文學獎給予我的鞭策和鼓勵。

謝謝！

初刊二〇〇四年二月《明報月刊》（香港）第三十九卷第二期

二〇〇三年十二月

1 本篇為陳映真於二〇〇三年十二月二十日第二屆「花蹤世界華文文學獎」之得獎感言，初刊《明報月刊》「人文天地」欄目，篇名與小標題為《明報月刊》編輯所加，節錄版收入二〇〇五年十二月星洲日報（吉隆坡）《星洲日報・花蹤文匯7》「第二屆花蹤世界華文文學獎・陳映真」特輯。

「人間網」開網的話與欄目介紹[1]

一、名稱：人間網

二、開網的話

《人間》雜誌（一九八五—一九八九）是一個結合了紀錄攝影、深度報導和報導文學的綜合性高度人文關懷的雜誌。由於它一篇又一篇為弱小者代言的報導，一張張震人心弦的、表現了人間苦難、毅力和對幸福之渴望的紀錄照片，在當時造成廣泛的影響。直至今日，《人間》仍然代表著在精神荒廢的現時代中堅持理想信念，堅持對人與生活的希望和關愛的人文精神。

現在，我們秉持《人間》的長明不滅的精神，向社會和時代宣告「人間網」的開網。「人間網」是《人間》雜誌傳統精神的傳承和發揚，以紀錄攝影、紀錄片、深度報導、報告文學、思想性評論和批判、台灣文學論壇等多樣欄目，和您進行以人的終極關懷為核心的思想、心靈與審美的對話。

同志們、朋友們，歡迎您的光臨，也歡迎您來稿支持，並不吝批評指教。

人間網　陳映真

網址：

二〇〇三年　月　日

「人間網」欄目介紹：

（一）《人間》雜誌（一九八五—一九八九）拔粹

《人間》雜誌前後四十七期中最精華、令人難忘的篇章選粹。

（二）「人間調查報導」

繼承《人間》雜誌人文報導精神傳統，對當代社會和廣大人民生活中隱藏諸問題的科學，深入調查及其影像、文字、文學的報告。

（三）「源．緣．園」

・尋根訪祖：尋訪祖上根源。

・大陸文摘：大陸好書、好文章、好圖像介紹。

・交流交通：大陸來台展演消息、在台兩岸交流信息、兩岸研討會信息。

・民族新聲：大陸歌曲、音樂介紹。

（四）「台灣新文學論壇」

有關台灣新文學史、文學思潮、文字批評、作家論等問題的公共論壇。

（五）「人間出版社書訊」

出版目錄、存書、新書簡介、劃撥郵購優待辦法。

（六）《左翼》論壇

刊登青年進步運動理論刊物《左翼》要目及其一兩篇重要文章。

（七）《人間思想與創作叢刊》

叢刊陸續出刊已四年，本欄目介紹各期要目及重要文章。

（八）「人間論壇」

兩岸三地關於台灣、大陸、世界諸問題的論評選刊。

（九）「和平與進步」

伊拉克政權在美國侵攻下崩潰，絕不意味侵伊戰爭的正當性。在全球市民反對侵伊戰爭的世界史中，繼續思索和批判……

約作於二〇〇三年
本文依據手稿校訂

1 本文按手稿校訂，稿面無標註寫作日期，根據「人間網」之開辦時間，推估作於二〇〇三年。
2 原文如此，手稿稿面網址與日期留白。

發起人間調查報導學會旨趣書[1]

親愛的同志、朋友、女士和先生們：

《人間》雜誌（一九八五—一九八九）休刊已經十四個年頭了。對於曾經圍繞著它參加了工作或閱讀的許許多多報導攝影、深度報導和報告文學工作者而言，《人間》雜誌已經是一個象徵，象徵著為弱小者代言的勇氣、象徵著對正義和幸福的嚮往、象徵著對於人和生活最深切的關懷……事隔多年，事實證明我們對社會與生活科學性的認識、調查和分析，把握住了外表光華燦爛的社會表相下深沉的矛盾，也將基於對人的信念、希望與關愛所做的嚴謹調查，透過審美的圖像和語言表現的強力而美好的藝術形類，表現和傳播開來，在戒嚴時代的末期，打開了一條人民的、正義和改造指向的傳播與報導道路。而今天，廣泛人民和當年讀者也以親切的記憶、感謝和讚美，回報了您們當年披荊斬棘的巨大而動情的勞動。

十四年來，畸形發展的台灣戰後資本主義，在社會與生活中積澱了更深刻嚴重的矛盾。環境生態系統的崩壞，公共衛生體系的破綻，政治上朝野全面右傾化，國際獨占資本的「全球化」支配，失業和失學的慢性擴大，少數民族在社會、經濟和文化、衛生上的淪落，外勞、大陸勞力和人口販賣的黑暗，民族對峙分裂的創傷……都在不斷地惡化，侵蝕和敗壞著島嶼社會。

另一方面，我們的大眾傳播產業惡質商品化，政黨鬥爭的口沫、色情八卦、社會犯罪新聞，隨著香港進口的大資本庸俗小報，使媒體的文字和圖片傳播急速庸俗化、背德化、腐敗化、墮落化，嚴重汙染著少年和人民的精神思想生活，問題極為嚴重。

有鑑於此，幾個舊《人間》的影像和文字的調查報導工作者深深感到重披戰甲、重新集合起來、聯合散在四方的有志新秀、重振調查與報導的事業的需要，幾經商討，凝聚了初步共識，提出來徵求您和各方面的意見：

（一）組織一個有共同理念和志業的報導攝影、紀錄片、深度報導及報導文學工作者的民間組織，組織名稱為「人間調查報導學會」（The Society of Renjian Investigative Report, SRIR）。

（二）組織章程草案如附件。組織的目的，在團結認同我們的宗旨，依章程規定入會的調查報導工作者，互相觀摩、切磋、互助、激勵，透過專門網站、出版攝影集、照片展覽、演講會、發表會、對外放映……等方式，一方面互相策勵、互相成長，一方面對廣泛社會傳播、發揮媒介報導的功能。

隨本旨趣書附上入會申請書，有意者請填寫寄給籌備處初步審查辦理。

謹祝安康

發起人：[2]

約作於二〇〇三年，未署名

本文依據手稿校訂

1 本文按手稿校訂，作者於手稿篇題下方加註英文「The Society of Renjian Investigative Report, SRIR」，稿面無標註寫作日期，根據「人間調查報導學會」創辦脈絡，推估作於二〇〇三年。

2 原文如此，手稿稿面留白。

人間調查報導學會章程（草案）[1]

第一章　總則

（一）本學會定名為「人間調查報導學會」（簡稱「人間學會」，英文名稱為Society of Renjian Investigative Report, SRIR），為進步的影像及文字調查報導工作者的民間組織。

（二）本學會地址設於台北市，暫以全島行政區域為組織區域。

（三）本學會之宗旨為：

（1）發展與提高站在台灣社會弱小者、被壓迫和凌辱者的立場，去調查與研究社會、生活、歷史、生態環境的構造性矛盾之本質，以審美的形象思維，透過照片之組合、紀錄影片、報告文學和深度報導等報導性藝術形式。

（2）批判與抵抗影像、文字報導及傳播成為資本與市場的婢妾而庸俗化、墮落化、腐敗化和八卦化，堅持既科學客觀，又有鮮明改革傾向性的調查研究與審美的表現形式相結合，重振報導攝影、紀錄片、報導文學及深度報導的人文關懷，為社會與生活的正義、進步、和平與革新做出貢獻。

（3）從創作、理論與評論上，力求發展和提高在台灣的報導攝影、紀錄片、報導文學和深度報導作品，使這些豐富、具有廣大發展前途的報導藝術形類和文類，因其典範性傑作的不斷出現而奠定其不搖的地位，發揮高度的思想、審美和改造的功能。

（4）與世界各地，特別是第三世界的影像與文字調查報導工作者之個人與團體的連帶，互通聲氣，透過訪問、會議、演講、展覽、譯介等方式增進理解與團結、互相切磋、相互提高。

（5）通過電腦網路（「人間網」「人間調查報導」欄目）、出版攝影集、照片展、紀錄片發表會及各校社團間流動放映、報導文學作品（中長篇之出版），以優秀、感人、深刻的作品擴大影響。

（6）培養年輕一代報導攝影、紀錄片、報告文學和深度報導人才，為達此目的，籌辦及組織不同規模與形式之講習班、營隊、作品介紹座談、高校社團演講等活動。

（7）出版世界級有定評的報導攝影集、報導文學作品、紀錄片光碟達到提高自己也提高觀眾和讀者認識與觀賞水平之目的。

第二章　學會會員

（四）凡年滿二十歲，完全贊同本會宗旨者，皆得依本會入會辦法加入本會。入會辦法另訂。

（五）資深會員與一般會員

（1）資深會員指從事報導藝術工作年資較長、作品在社會及公眾中有一定評價的會員，創會時由籌委會推選產生，其後由資深會員定期討論協議產生。

（2）一般會員指經入會辦法通過之會員。

（3）凡一般會員有提案、表決、選舉及參加本會活動之權利。

（4）資深會員除享有一般會員之權利，尚有被選舉擔任本會負責幹部之權利。

（5）凡會員皆有遵守本會章程、決議、出席會議及繳納章程規定之會費的義務。

（六）會員之退會

（1）向本會提出自動退會者，視如自願退會。

（2）連續三年失聯、未繳納會費、不履行會員義務者，視如放棄會員資格。

（3）會員在創作、言論、行為上嚴重損及本會名譽或違背本會宗旨者，經監委會二／三多數通過，得停止會員權利，並報請大會通過後除籍。

第三章　組織

（七）會員大會

會員大會一年舉行一次，檢討會務、修訂章程、討論提案。另由資深會員選舉負責幹部。

（八）執行委員會

執行委員會為本會常設工作機構，負責會務之推動、策畫各項工作及活動。執行委員由資深會員互選五人（或七人）組成，任期二年，連選得連任。

（九）會長、副會長

（1）執行委員會設會長一人、副會長一人，由執行委員互選產生，任期兩年，連選得連任兩次。

（2）會長綜理會務，對外代表本會，在會員大會接受質詢。會長因故不能執行職務時，由副會長代理之。

（3）副會長輔佐會長處理會長指派之會務，對會長負責。

（十）執行委員會下設書記一人，執行執行委員會議決之活動及會務，另設司庫一人管理本會財務，各由會長提名經執行委員會通過任命之。

（十一）執行委員會得另在會員中聘請依工作需要之臨時性或常設性工作人員。

（十二）監察委員會

（1）監察委員會為本會之監督機構，由本會資深會員互選三人（五人？）組成之。

（2）監察委員會由監察委員互選召集人一名，任期二年，連選得連任兩次。

（3）監察委員審核監督會務之推行、經費之使用及會員之獎懲。

（4）監察委員會每兩個月召開一次，開會時會長、書記及相關職員應列席備詢。

（十三）名譽主席及名譽會員

（1）本會得設名譽主席一—三人，經執行委員會推薦、審核通過，經受聘人同意，並經大會追認通過聘任之。

（2）本會得自國外同道中經執委會推薦、審核、通過並經當事人同意，由大會通過追認後聘任之。

第四章、經費

（十四）本會經費來源為會費、入會費為主，並得經執行委員會審議通過後接受個人或團體之捐助。

（1）經審核通過方式入會者，應於接獲通知入會後一個月內繳清入會費新台幣五百元。

（2）入會後每月繳納會費新台幣一百元，得分半年（六百元）或一年（一千二百元）交繳。

（3）本會之經常支出為：房租、人事、事務、活動等費用。

（4）本會會計年度自每年　月一日至次年　月　日止。[2]

（5）本會每年編制預（決）算報告，於每年會計年度結算之前（後）兩個月內，經監察委員會審核，交執行委員會審核提交會員大會通過。

人間調查報導學會入會辦法

（一）本辦法依本會章程第四條之規定制定。

（二）凡年滿二十歲，完全贊同本會宗旨，並有一定創作實踐，以填具入會申請表為加入本會之意思表示。

前項入會申請應有本會資深委員兩人以上，經審查其報導作品後認可，具名推薦，並向執行委員會說明介紹後，討論通過，再交執行委員會討論通過，完成入會。

（三）審查通過入會申請之新會員，應由會長代表執行委員會發函表示歡迎。

約作於二〇〇三年，未署名
本文依據手稿校訂

---

1 本文按手稿校訂，稿面無標註寫作日期，根據「人間調查報導學會」創辦脈絡，推估作於二〇〇三年。

2 原文如此，手稿稿面留白。

民進黨執政三年的總檢討[1]

二〇〇〇年民進黨通過一場全島選舉，從一九五〇年在台施行獨斷排他統治長達五十年的國民黨政權落敗，一夕間喪失政權，由台灣本地資產階級政黨民進黨取得了政權。

但是這政權的更迭，在本質上不是一場被統治階級對統治階級的「革命」，而是在二十一世紀延續二十世紀五〇年代以來中國的內戰與國際冷戰的雙重結構下，舊國民黨支配構造、政治和秩序的發展與延長。陳水扁政權執政期限即將屆滿，三年的觀察和總的檢點，這政權的政績，離開二〇〇〇年無數期待全面革新、「民主」化、「進步」化的選民的期望顯然十分遙遠，在許多方面，「新」政府其實是舊國民黨政權的繼承與延長。

一、無法恢復的「國際合法性」

正如不少研究者指出，韓戰後台灣「中華民國」的國際合法性來自冷戰時期美日和西方強以「中華民國」代表全中國，抹殺中共政權，強以台灣占有聯合國安全理事會常任理事國席位，長達二十餘年。一九七二年，台灣依聯合國二七五八號決議逐出聯合國，改由中共正式取得中國在世界各主權國家組織中的合法地位，自此台灣失去了作為主權國家的地位，完全喪失其國際外交社會中的合法性。這個國民黨政權長期賴以取得統治台灣的合法性之基礎的國際外交合法性，在二〇〇〇年「政權輪替」後並未相應地解決。陳水扁政權不能不從國民黨承接（一）依美國的《台灣關係法》成為美國的附屬地區；（二）即使在美日這兩個國民黨時代中為台灣主要的「盟邦」，也先後與台斷交，否認台灣是一個「主權國家」。這個國際社會的現實，從此對於任何一黨一派執政的台灣政權統治合法性形成嚴重挑戰。

陳水扁政權逃脫不了這歷史宿命，不能不和國民黨政權一樣，或如蔣氏政權、李登輝政權（一九八八年前），宣稱「中華民國自一九一二年自有完整主權」，或如一九八八年李登輝宣告「特殊兩國論」，不久因美國怒責而噤聲，或如陳水扁最近叫嚷「一邊一國」論後又因美方干涉而啞口。

拒絕接受國際社會絕大多數國家主張台灣為中國之一部分，而不是一個「主權國家」，堅持反華拒統，堅持把兩岸民族分裂構造永久化和固定化，就不能不造成自李登輝、陳水扁政權以「台灣正名」、「ＷＨＯ公投」等欺罔性的歇斯底里，鼓動反華拒統風潮，以掩蓋國際社會的現實，煽動惡質民粹情緒騙取選票，馴至兩岸關係僵直，影響經濟、文化的正常交往，更影響建構兩岸間民族和平與團結構造。從這個方面看，二〇〇〇年陳氏政權與前此的國民黨政權是連續、統一的關係，而不是斷裂、矛盾、揚棄的關係，十分明白。

二、「官・政・商・黑」體制的延續

國民黨治台初始，舊以「官營」、「民營」雙重結構，在國家干預、外資支配下發展經濟，擠入「亞洲四小龍」。在官、商，公、私資本矛盾統一的歸趨，是官商資本以互相投資、互相運用資源以積累的政客、官僚與產業的結合體。到了國民黨統治末期，資產階級民主運動有所發展，為了保衛國民黨地方政權，國民黨開始利用台灣地方勢力參選，而地方黑道即乘機介入。及李登輝時代，過去蔣氏一人獨斷的政治（所謂「擬似波拿巴政權」）一變而為階級專政的政權，一方面本土大資產階級蜂擁進入黨政、立院中央，一方面地方勢力、黑道進入地方甚至立院議壇，占據地方議會和立院要津，「黑道治國」之說，不脛而走。此外，權力透過官僚，變賣公營企業，勾結政商，介入武器採購，抽取傭金回扣，頻頻爆發貪瀆醜聞，至「新政府」時期而猶無法結案，腐敗、墮落猶勝於蔣氏時代。

二〇〇〇年政權輪替沒有一掃「官政商黑」統治構造，前朝遺留下來的「官政商黑」瀆職貪汙疑案，至今無一結案破案，而且執政僅僅三年，新政權涉入的「新瑞都弊案」、「高雄市議會賄選案」、搶占各舊公營企業的經營領導權，在一片「民營」化風潮中大搞政商官分贓，黨籍立委接受財團豢養，為財團利益遊說等舊慣再現，故事重演，對於新得政權不過三年的民進黨政權而言，其理想喪失之快，體質腐化之速，令人咋舌。

因此，「新」政權執政三年，並沒有根本清算舊政權的官、政、商、黑複合結構，力圖改革，長此以往，怕會只有變本加厲，而無任何構造改革的展望。

三、無忌憚的階級統治

在舊國民黨時代，雖然進行反動獨斷的獨裁統治，尤其在政治上於美國默許下施行長期戒嚴，破壞民主，蹂躪人權。但在另一方面，國民黨汲取了在大陸失敗、喪失政權的教訓，採取了一方面優容和培養資產階級，一方面採取階級「調和」主義（cooperatism），培植黃色工會，降低貧富所得差距，以緩和社會矛盾，增進資本累積。

二〇〇〇年陳氏政權執政後——事實上是早自李登輝政權執政後——台灣的「國家」權力一變而為徹頭徹尾的資產階級政權，並且逐步無忌憚地採擇「新自由主義」的經濟政策：削減社會福利，削減富有階級稅負，公營企業私有化，以壯大親政府財團，擴大貧富所得差距，改惡各種保障工人階級與社會弱勢團體的法規，在經濟大局長期低迷下，陳水扁政權赤裸裸偏袒有力者階層，陷無力者階級於貧困失業深淵的無所忌憚的階級統治，已經帶來深刻的矛盾與隱患。

以下是問題的具體狀況。

- 貧富差距迅速、嚴重擴大：

台灣貧富差距根據主計處(九十年度)及相關機構最新的統計：

(一)台灣個人所得最高族群(前一／十)，其所得金額是最低族群(後一／十)的六十一倍之多，一年前，差距倍數近三十九倍，而十年前僅為十九倍。

(二)台灣的家庭所得差距，最高所得組(前一／五)的家庭年所得高達一七八萬元，最低組(後一／五)年所得僅有二十七萬九千元，兩者差距達六．三九倍。

(三)據研究報導：今年所得差距倍數應該會突破七倍。這個倍數在十年前為四．九七倍，差距拉大的原因在於，所得最低組的家庭金額不增反減，但所得最高組的家庭卻是一路上揚。以民國九十年來說，最低組的家庭年所得金額，從三十一萬五千元縮水至二十七萬九千元，一年之間衰退一一．三五％，也就是說，最低收入組的家庭所得，已經倒退回民國八十三年的狀態。

（四）所得最高組的前五分之一家庭，掌握了全台灣四一％的所得；最後五分之一的家庭，則僅僅分得六％的所得。過去四年來，只有所得水準在前五分之一的家庭，所得是逐年增加，其餘家庭的所得每年均呈下降趨勢。

（五）《天下》雜誌第二五三期也引用瑞士洛桑管理學院的世界競爭力年報指出，台灣人工作時間最長，經濟表現的評比卻遠遠落後。一句話，台灣工人工作辛苦，生活卻也愈窮困。

高漲的失業率不但影響失業家庭，也使得失業勞工的福利縮水，可是新政府似乎還嫌貧富差距不夠大，順應資本家的要求，在經發會後火速通過調降贈與稅、遺產稅、土地增值稅等，並推出許多減免資本稅的措施；蠻拒三萬勞工走上街頭的要求，調漲全民健保的保費及部分負擔，從人民的口袋多掏一些錢到醫療財團、島內外製藥財團口袋裡；持續之前賤賣公營事業給私人財團的政策，讓私人財團增加了生產增財或是炒作、變賣生財的手段，使（前）公營事業員工不是失業就是所得降低，哪裡有所謂的生命共同體？

• 改惡保障勞工之法條，破壞工人勞動三權，廣大工人階級權益受到「解嚴」以來最大的摧殘：

新政府對於之前留下的惡政，非但沒有改革，反而保留或變本加厲，包括：

（一）已經立法通過的《大量解僱勞工保護法》，實質上，變成保護資方只要符合一定程序，就可以任意解僱工人的資方保護法；

（二）《就業保險法》在實際上把許多五人以下，在勞保方面無法確立為一定僱主的勞動者排除在外；

（三）《勞動基準法》的工時修訂上，不但陳水扁週休二日競選支票跳票，還將變形工時合法化、減少勞工加班費所得；

（四）即將修訂的法案方面，在退休制度上減輕僱主責任，使僱主解僱勞工更方便；

（五）意圖立法使人力仲介派遣、定期契約工合法化，使勞動就業「彈性」，更不穩定；

（六）《工會法》、《勞資爭議處理法》更是企圖以自由入會降低工會組織率，對工會幹部的行為嚴格規範，對勞方行使爭議行為的理由、程序、參與人員、行業等等大幅限制，並賦予資方對付罷工的鎖廠權，使目前勞弱資強的狀況更不平衡。

除了修法立法外，勞委會許多法規解釋，也通篇「勞資協商」，放任工會被老虎咬。一句話，勞動彈性化、要協商不要團結爭議，就是新政府的勞工政策。陳水扁上台後，行政院長屢屢更換，勞委會主委陳菊不動如山；三年來所有的勞工惡政，扁菊要負最大責任。

・原住民工人、外來勞動者、大陸及外籍新娘、大陸漁工及被拐賣來台大陸女性，都被放任供僱主及性產業歧視與殘酷剝削、加害：

在日子已經過得很辛苦的台灣勞動大軍裡，還有一部分的工人遭受政策上、社會習慣上不平等的對待，一部分的工人被歧視，就是一部分的工人被壓榨得更嚴重，也影響到另一部分工人的福利。最明顯的就是原住民工人和移住勞工（外籍勞工）。

經濟不景氣時，勞工最先倒楣，原來就在社會上受到歧視待遇的原住民勞工更首當其衝；對於進入漢人資本主義社會的原住民，政府在政策上長期忽視，有一兩樣點綴措施，沒有總體的政策；而對於過去以來對原住民傳統生活領域、文化的侵犯、相關的社會正義與矯正，卻是口號多而行動少，甚至形成對原住民的二度、三度侵犯。

在移住勞工方面，經發會後原本很低的薪水再被扣掉食宿費，使得外勞與本地勞工的薪資差距更大；大部分的外勞在契約中明訂不得加入任何工會組織，而政府對於這種違反《工會法》的契約視而不見，外勞續約與否也任由僱主決定，打擊外勞的權益，更使本地勞工行使團結、協商、爭議三權的效果大打折扣。

漁業工人長期在社會上被視為沒有尊嚴的行業，政府也沒有重視漁業相關的軟硬體建設；加入世界貿易組織與政府實施自由化、私有化政策後，漁船柴油補貼取消加上油價動輒上漲，長期未解決的釣魚台漁場問題等等，在在顯示漁民與漁業是被政府冷落的一部分。

另外是嫁到台灣中低收入戶家庭的大陸新娘、外籍新娘，工作權也面臨限制，特別是大陸新娘要取得工作許可必須居留印尼、越南等籍新娘的三倍以上的時間（六年），政府還企圖延長年限，對於這些通常必須負擔家計的婦女更為苛刻。

從這些具體的調查資料，看出二〇〇〇年接替長期排外性統治的民進黨政權，其實是舊政權的延伸、繼續，而非其斷裂與揚棄，是舊時代反動的變本加厲，而不是「進步」與飛躍，對於廣泛勤苦弱小階級和階層，是新的專政而不是「民主」。

四、延續兩岸民族對峙的沉重代價

五〇年來，在兩岸對峙、互以為敵的構造上，使國民黨將「國家安全」無限上綱，施加長期的戒嚴獨裁統治；李登輝和當前陳氏政權更藉此分化島內本省人和外省人間的憎惡、不信與矛盾。兩岸的敵對，也迫使台灣花費巨大公帑，向外國購買昂貴的武器，而由於台灣國際合法性的闕如，台灣不易「合法」買到價錢合理的武器，任人哄抬價格，或居中訛詐，索取巨額佣金及賄絡，造成島內外軍火將校、仲介商人和外國官僚仲介者間的嚴重瀆職、貪贓、醜聞，甚至鬧出凶殺謀殺命案，內幕重重，至陳氏政權上台後猶無法破案。而台灣歷屆政權堅持把自己綁在外國反華勢力遏阻中國的戰車上，力圖加入ＴＭＤ及《美日安保條約》新指針，不惜以自我毀滅堅持民族分裂主義，國民黨蔣、李政權與今日陳氏政權則如出一轍，幾無二致。

五、在選舉賣場賣藝的執政團隊

三年來，陳水扁執政集團最突出、最令人錯愕的表現是它在執政上的無能。二〇〇〇年的八掌溪慘案，幾條人命在行政無力和麻痺下在電視鏡頭下全被沖走死亡。一九九九年九二一大地震（死二三三三人）的災後重建，在大量善款和預算下，至今尚有眾多受災戶居住、工作等問題不得解決。而今年三月以來SARS疫情自北向南不斷猛爆，不唯暴露了台灣公衛、醫療體系的嚴重破綻，也暴露了領導力、行政力和執政團隊責任心、執政道德的缺失。而值此疫情延燒、醫療體系有崩解之虞的時刻，執政者猶不以魄力和責任心全力謀疫病之撲滅，還在WHO、WHA問題上，煽動反華情緒，操縱族群矛盾，而這又無非是為了明年的選舉的宣傳伎倆，而置萬千疫疾下人民於不顧。二〇〇〇年登台的民進黨陳水扁執政集體，至此可以說是選舉賣場中的雜耍團，而絕不是為人民與社會帶來真正「民主」與進步的政團了。

約作於二〇〇三年，未署名

本文依據手稿校訂

1　本文按手稿校訂，稿面無標註寫作日期，根據篇題及文中所言時事，推估作於二〇〇三年。

序報導文學營[1]

這次報導文學營和往時辜金良基金會支持、「春天工作隊」執行的「報導文學與報導攝影文藝營」，和往時同基金會和工作隊舉辦的報導文學營有重要的不同，在認識和工作上又上了一個台階。

第一個不同，是到廣大人民的生活中去體驗、調查和取材。

在過去，大多數學員都全部或部分看過《人間》雜誌（一九八四—一九八九）上的攝影和報導作品，受到影像和文字報導的衝擊，不免產生一種浪漫的遐想，要拍好照片、要寫好文章，不知不覺以自我的「藝術」追求為中心。殊不知沒有人民、沒有人民的生活、沒有具體的人民與生活的現場，在其中認真體會、觀察和學習，就沒有報導作品。

因此，你們報名參加營隊上課的文藝營是個「小文藝營」，這次要帶著你們到濁水溪全域去採訪的大現場是「大文藝營」。「小文藝營」的老師是過去受到「大文藝營」——人民生活的大現

二〇〇四年一月

場——教育過的「小老師」，「大文藝營」的老師是濁水溪上中下游的勞動人民和他們豐富動人的生活與苦惱。「小文藝營」在教室上課，「大文藝營」在遼闊的自然和社會生活的大場景上課。我們再也不是自以為有影像、文學修養的知識分子，而是一無所知等待接受人民和生活強大的衝擊教育的小學生。

第二，隨著資本主義的高度發展，「傳播」成了資本主義市場的商品。商品必須在市場上變賣中獲取利潤，於是大眾傳播的人文、文化品質日趨低俗，訴諸人們的窺伺欲、八卦欲、官能欲，製造一個虛構的「幸福」、「舒適」、「俊男美女」、「光明燦爛」的生活，讓人淹沒現實生活中存在的巨大矛盾——生態系統的崩盤，新的貧困問題，農村城市自殺率的陡升，對外勞、對原住民、對「大陸妹」、「大陸新娘」，拐賣大陸女性推進火坑，不斷增加的城市流浪貧民，人造的「族群」反目和法西斯的歧視，權力和資本的勾結獨占巨大利潤，工人失業和失所……

資本主義大眾傳播工業（industry）扭曲現實，操縱對現實生活的認識和意識形態，其目的在於維護不平等不正義的現存秩序。但由於大眾傳播是巨大資本工業，非尋常百姓可以掌握。

但是隨著錄影、攝影設備和工具的廉價又優質化，網際網路對文學和影響傳播的無遠弗屆和大眾化，人民群眾已經具備了「人民的大眾傳播」的能力。今天，人民群眾已經具備了以較廉價的設備，帶著深刻的生活人文視野，透過小型的組織（如學生社團、網際網路）把被歪曲的生活報導扭轉過來，讓千千萬萬上不了大眾傳播的人民的聲音向社會發聲現影。

這次的「文藝營」便是初步認識「人民大眾的傳播」事業之可能性的一個小小的開始，希望各位師生在營隊過程中用心體會，共同為台灣「弱勢」又涵孕強大的改造生活的力量的人民的民主和正義的權力而奮鬥。

向廣大人民和他們的生活學習，改造自己，改造生活，為民眾服務，向著「人民大眾的傳播」事業的創作，努力邁進！

祝老師和學員們新春進步，也祝願營隊學習和實踐成功！

陳映真

二〇〇四年一月十一日

家宣、德淳：

另傳兩頁「序文」過去，收到後直接打電話北京八四二五七七六〇。我因另有上海作家協會邀請的行程，朋友們又怕我回台灣再來的勞頓，勸我在北京過年，月底到上海，再到廣西開楊逵的會，所以我非常關心的我們營隊，我竟無法參加，十分抱歉，很對不起學員和老師，對不起你們的努力，也對不起許大姐，務必請她原諒。

我很讚賞和支持你們的工作。今後只要有一點餘力，我還會繼續關注和支持你們的工作的。

祝大家

新春進步

P. S. 今晨看見了薄雪，心情很好。

陳映真

二〇〇四年一月十一日

本文依據手稿校訂

---

1 本文依據手稿校訂，稿面無標題，篇題為編輯所加。

文學二二八・序文

一

今年是一九四七年二月事變的第五十七個週年。一九八〇年後，台灣反民族的政治、歷史、文學論述，在帝國主義長期卵翼下，在國民黨當局長期將二二八論述和研究禁忌化、妖魔化條件下，沒有機會進行公正、科學、公開的研究和清理，發展到今天，二二八論早已成為台灣反民族政治和歷史論述的「原教主義」的教條，發展為「台灣民族主義論」、「國民黨再殖民台灣」等意識形態的基礎。

然而，半個多世紀前的歷史，畢竟不是煙遠的過去，二月慘變的文獻猶存，同時代的證人猶在，隨著新史料的陸續出土，政治和意識形態企圖全面歪曲遮天的圖謀，越來越不能得逞了。台灣社會科學研究出版社出版，由曾健民、橫地剛、藍博洲主編的《文學二二八》的出版，為反民族二二八論挖開了關鍵性的墻角。

一九八〇年代後台灣反民族論中的二二八論，有幾個主要的原教主義式的刻板教條：

（一）二二八事變是「外來」「中國人」（外省人）對台灣本地（台灣人）的高壓、腐敗、殘酷統治的反抗，是外省人的一般對「台灣人」的一般之壓榨、歧視、壓迫的反抗，是「台獨」運動的原點。

（二）當時「外省人」的一般，都以已經受日帝長期統治的台灣人為「亡國奴」，不服中央收復，要重返「殖民地」的地位和時代，因而企圖「叛離祖國」，是「共匪」、「奸黨」的煽動的民變。

（三）強調省內外人民矛盾的絕對性，誇大事變中省內外人民的相仇、殺傷，抹殺事變中省內外同胞互相同情、保護和部分外省人的反思、對民族鬩墻的悲痛的另一面事實，不能辯證地區分腐敗、法西斯官僚、反動的「外省人」和進步、力求民族團結的外省人，也不能分別當時有全國全局觀點、力主祖國進步團結的本省人，和落後、投機的「本省人」。

這本《文學二二八》廣泛蒐集在一九四七年二月民變前後見諸海峽兩岸報刊、雜誌上的、以二月民變前因、事變真相和事變後果為主題的戲劇、小說、詩歌、紀實報告、雜文等，由省內外作者執筆的作品，經由審美的形式，更加深刻、鮮活地表現了事件的更高層次的真實，有意義地表現了歷史和生活的內核，生動地表現了民變的社會心理，從而徹底顛覆了反民族的二二八史論的基本教義。

從內容上看，《文學二二八》可以從作品的主題上分為三個部分。（一）事變前陳儀統治集團統治下的黑暗、痛苦、醜惡的社會生活；（二）事變的真相和經過；（三）對於事變的反思、哀慟和台灣出路的探索。

二

於事變後奔向中共在台地下黨而終於仆倒在五〇年代白色肅清壯烈犧牲的台灣人劇作家簡國賢，在一九四六年發表並演出了話劇《壁》，深刻、生動、啟蒙人心地揭露了光復後貧富不均、貪汙腐敗的絕望性的生活矛盾，從政治、經濟和階級——而不是畛域矛盾，揭露了可憎恨的光復後陳儀體制下的生活，使我們印象生動地理解了事變的社會、階級原因。

蘇新的小說〈農村自衛隊〉（一九四七年二月五日）描寫事變前國民黨強擄、訛騙台灣人到大陸打民族內戰，寫公衛體系崩潰，疫病流行，物價騰貴，人民反對「同胞殺同胞」的內戰，暗示人民武裝自衛。

楊逵的詩〈美麗之島〉（一九四八年十月二十一日）批評事變前台灣貪瀆橫行，人民貧困；周青的散文〈灰色的記憶〉寫戰前和戰後對惡政苦悶的相同感受。

在小說上，表現台灣光復後在國民黨腐敗統治下的社會的重要作品，有日據下著名作家呂赫若的〈冬夜〉，細寫光復後兩岸走私經濟下一部分聲色犬馬、燈紅酒綠的畸形生活中，一個台灣少婦的悲慘遭遇，生動描寫了大陸來台腐敗商人玩弄、詐詐、迫害台灣女性的故事。

在二二八事變前夕來台的福建籍傑出的作家歐坦生（丁樹南）在台灣寫了〈沉醉〉和〈鵝仔〉，入木三分地描寫了光復初來台的大陸城市洋場青年、機關官僚對純樸台灣少女、台灣工人階級的歧視、收奪、玩弄、欺騙，仗勢壓迫台灣本地人的故事。楊逵讀了〈沉醉〉，大為表揚，認為〈沉醉〉是表現了當時台灣人民真實生活和思想感情，堪稱「台灣文學」的「範本」。另台灣詩人雪牧寫〈一個台胞底話〉，指控來台不良外省人對台灣同胞的歧視。

這些文學作品，比任何二二八史的千萬言研究論述，更加深刻鮮活地表現了在陳儀國民黨反動腐敗統治下，如何嚴重地破壞了兩岸同民族間的團結合作，怎樣大量、快速地積蓄了台灣人民反對腐敗、反封建、對反動的陳儀政治和社會經濟施措的忿怒，如何醞釀著人民反獨裁腐敗、反內戰，要求政治上的民主改革的強大要求。

而這些作品中，絕不會表現出任何叛離民族、「懷念」日本統治的「亡國奴」或「奴化」思想。二二八事變的忿怒，基本上在於認識兩岸兄弟同胞之情的基礎上，反對兄弟同胞間的掠奪和壓迫。

三

二月慘變過後，著名省外作家雷石榆寫了散文〈沉默的發聲〉（一九四七年四月二十二日），寫了一句令人傷痛的話。他說：「世界上最慘痛的事，是把同類的血肉當作刀板上的材料！」表達了一切進步的、和台灣同胞一樣反腐敗、反動的國民黨的進步中國人民共同的心聲。

大作家楊逵先生寫〈二二七慘案真相〉的紀實作品中，強烈地表達了對於陳儀當局的忿怒與譴責，但著力強調二月民變不是為了反民族、不愛國，甚至想恢復日本殖民地的地位，而是台灣人民要摘除貪腐的來台官吏而已，文末並高呼「中華民國萬歲！台灣省萬歲！」。

台灣人張琴寫了〈台灣真相——一個自白〉，詳實、客觀地說明省內外同胞對立的實相與性質，說明了陳儀體制貪腐惡政的具體案例和情況，報告了陳儀統制經濟造成的失業、貧困、走私、糧荒和通貨膨脹，陳述了陳儀當局的顢頇、腐敗，更具體地報導了事變的始末和蔣介石軍隊的血腥鎮壓、濫捕濫殺的情況……

省外作家董明德寫〈台灣之春——孤島一月記〉，以日記體記載了一九四七年二月二十八日到三月二十八日的所見所聞與所思所感。作者寫到二月二十八日當天一位林姓的台灣朋友護送作者回家，使他免於受到忿怒台灣群眾的傷害，記述了「三個月來進進出出不發一語」的台灣人向到處追究「阿山」的台灣的蜂起群眾保證了作者是「好」外省人，免於暴力，「暗中保護」了作者，使作者感到「真令人慚愧感激」。他也描寫了在事變中「主張政府立刻調兵來砍殺」台灣群眾的另一些外省同事，透露了專賣局曾在基隆打殺一個台灣少年菸販，「既無人償命又無人懲罰，不了了之」的政府犯行，對眼前事變表示了同情和理解。

日記上也說台人失業嚴重，來台外省人占去大部分工作崗位，「平日大多數外省人在舉止言談間又處處露出對台胞的輕蔑」，「光這一點（外省人）就夠資格挨打」，也記載台灣人起義團體散發「勿打外省人，而要聯合外省人一起改革政治」的傳單。

作者也介紹一位閩南來台的外省人對本省人表示同情，宣稱「萬一我死在台灣（暴動中），也不是沒有價值的，（自己的死）或者可以換得一個好政治」。有一位在事變後急於西渡回大陸的人被台灣朋友勸留」，因為「台灣人要翻身一定要有外省人的幫助」，希望共同在「台灣革命的中心」台灣中部，為民主的台灣努力！

日記生動記載蔣介石、陳儀當局以詐騙、偽裝讓步為緩兵之計，暗中派兵來台血刃台灣民眾的過程，終至以「暴徒」、「共黨」、「私黨」，維持「法紀」、「秩序」的說詞變臉，為殘暴鎮壓做輿論準備。一九四七年三月十二日，蔣軍登陸，極進濫殺、濫捕、搶掠。事態在鎮壓下平息，作者寫道：「本省同事來了幾個（到公司上班），比平常客氣，帶笑點頭，然而我似乎覺觸到笑裡的悲哀與仇恨。我害怕這樣的『勝利』！」

作者寫到地方士紳在事變後向權力當局諂媚表態，也寫到國民黨當局以連坐法全面鎮壓，蹂躪人權。日記的結論是「大陸下沉，台灣不能自外於中國」。在整個舊中國全面崩頹的反動、腐敗帶來的解體經過中，台灣人民就無法自外於中國新舊交替的陣痛之外！

上海著名編輯和作家范泉在雜文〈記台灣的憤怒〉中銳利地指出，如果國民黨對台灣施行「殖民地」式的統治，不視台灣人民為骨肉同胞，恐怕會迫使新的帝國主義再來統治台灣！

在文學創作上，很值得一提的是今日仍然健在的大陸作家林斤瀾的小說〈台灣姑娘〉，十分藝術、形象地描寫了一個台灣少女既為生活辛勤勞動，又經過事變成長為一位勇敢的革命者，終至瘐死獄中的故事。作者沒有用煽情激越的語言，冷靜又動情地刻畫了一個沉靜、正直、堅毅、勇敢、善良的台灣少女成長與鬥爭的故事，感人極深，堪稱「二二八文學」藝術與思想水平很高的作品。

台灣作家楊逵和周青的〈二二七真相〉、小說〈烽火鐘聲〉也是值得紀念的作品。另外夢周的〈創傷〉、〈難忘的日子〉描寫了在事變中同族相殘殺的悲劇。伯子的小說〈台灣島上的血和恨〉，寫來台接收的官僚貪瀆、盜賣公物，寫事變的現場，寫在鬥爭中台灣人民新生的進步力量，寫事變中同族相殘殺的悲哀，寫在事變中一個日本滯留人員的幸災樂禍，也寫台民反抗力量中存在的一些消極落後、爭官當老爺的作風，最後寫登陸國民黨軍的濫捕濫殺，表現了二月慘案的政治本質、社會意義和生活的真實。

四

《文學二二八》以文藝創作形式表現了兩種矛盾。一是陳儀武裝集團所代表的中國地主階級、買辦資產階級、官僚資產階級與包括廣大大陸和台灣被壓迫階級的絕對性矛盾；二是省內外人民之間的相對性矛盾。絕對性矛盾無法調和，鬥爭激烈；相對性矛盾在相互理解、同情、支援下，可以解決，從而進一步取得團結。

可惜的是，在國民黨反動派長期獨占、排他、專制統治下，相對性矛盾不得解決，在一九八〇年後又為帝國主義和反民族派利用，擴大了矛盾，歪曲二二八歷史的認識，煽動民族反目，離間民族團結。

其次，二二八事變是一九四六年到一九四九年全中國人民反蔣、反獨裁、反貪腐、要求民主、和平建國的國民民主運動的組成部分，是舊中國地主階級、官僚資產階級、買辦階級與全國被壓迫民主人民間的矛盾與鬥爭的一個環節，絕不是「外來」「中國政權」和「外省人」對「台灣人」的「殖民壓迫」的統治。

第三，在包括省外人士在內的人民內部，在事變中存在著互相保護、相互理解、同情和支持、共同鬥爭的歷史和現實。當時滯台省外的作家林斤瀾就因參加台灣人民變被捕坐過牢。本省人在變亂中掩護保護外省人，蔣軍登陸濫殺時外省人保護本省人的事實和民族相互殘殺的事實同時存在，也存在著外省作家文化人反省、批判省外官僚、接收人員對台民歧視、腐政劫掠的事實。

《文學二二八》不是學究式的「研究」論文，但卻遠遠比「學術論文」更高、更深刻、生動地反映了事變中人民生活的政治、思想和心理真實，是重新認識民眾歷史中二二八實相的珍貴材料。因此對於曾健民、橫地剛、藍博洲三位先生的科學的、勤勉的編輯勞動，深為敬佩。既受囑為序，欣然應命。

二〇〇四年一月十八日　北京旅次

初刊二〇〇四年二月台灣社會科學出版社《文學二二八》（曾健民、橫地剛、藍博洲編）

〔訪談〕陳映真新年訪談錄[1]

趙稀方（以下簡稱「趙」）：您的小說中可以看到很明顯的基督宗教色彩，而您又是個社會主義者，在我看來，這之間是有矛盾的，譬如基督教強調普遍的愛，而社會主義強調階級鬥爭等等，你是如何調和這一點的？

陳映真（以下簡稱「陳」）：我傾向於基督教與我從小的經歷、與我的父親有關。基督教事實上有內在差異，我喜歡解放神學一派，這是它與社會主義信仰的共同點。基督教其實可以做共產黨的好朋友，可是因為歷史的原因，黨對基督教是採取不信任的態度。你越是不信任它，它就越膽小，越萎縮到個人和上帝的關係中去。只剩下個人那種火熱的信仰：主啊讚美你，主啊感謝你。

很可惜，現在台灣又搞什麼地下教會，更糟糕，地下教會就是以上帝，神的精兵，來跟無神論的中國共產黨對立，傳播基督的福音，就相當於帝國主義那種形態。他們回去聲稱，有幾千人幾千人受洗，如何如何，而他們回台灣講道頂多是十幾、二十個人聽，不曉得是不是吹牛。

趙：《聖經》裡面有很多衝突的地方，比如您剛才說的耶穌和下層人站在一個立場上，他的確說富人要想進天堂比駱駝穿過針眼還難，但我覺得《聖經》還有另外一個方面，它也經常強調要服從統治者。

陳：完全對！你們要服從那些掌權的人。這很簡單，因為它是《聖經》，也是時代的產物，不能擺脫羅馬時代的統治。我一直沒有餘力，但是很想研究耶穌時代的以色列的社會是什麼樣的社會，這一定很有意思。

趙：從耶穌本人來說，因為他自己預知到自己將要犧牲，但是他還是去赴死犧牲，我想他是用他自己的死去贖回世人的罪。

陳：是這樣的。這就是基本教義，一個是處女誕生，一個是流血，用他的血洗淨你的罪惡，然後信的人就能得救。這就是宗教的部分。不過對於耶穌與社會的關係的研究，我相信會很有意思。怎樣去理解當時的以色列、羅馬帝國統治下的以色列的階級關係，由此角度理解耶穌，另外，耶穌跟傳統猶太教的關係也值得研究。

趙：對您的作品的解讀有一個地方我覺得很有意思，就是說您的作品看起來是一種反抗，其實骨子裡有一種脆弱和頹廢。往往是這一點比較吸引讀者，這與一些人對於魯迅的解讀是有點相似的。

陳：這個其實有很多人講，李歐梵也這麼說過。我有一個很好的朋友，他是個畫家，他的感情神經非常纖細。我的神經比較粗，被捕就被捕，坐牢就坐牢。我還讓家裡寄吉他給我，在牢裡彈。但我的這個朋友就很不能通過這個shock。因為他繪畫很好，監獄方面就用他來畫蔣介石的大畫像。為了酬勞他就給他酒喝，給他菸抽。這些我們在牢裡是完全沒有的。因為苦悶喝得很多，出來以後他就酒精中毒了。他要正式去跟人家談問題就緊張，就偷偷去喝兩口。他後來喜歡上一個女性，細節我就不說了，那是徹底的頹廢。他喝酒喝得整個床底下都是酒瓶。他爸爸本來準備給他辦婚事成家的錢，他拿去帶著那個女的全島旅行，坐著計程車旅行。我當然勸他。我勸他不是道德上的規勸，我說：國民黨巴不得你這樣呢，關了那麼多年你都沒有被關垮，怎麼出來就變成這個樣子了。可是我是很欣賞他的那種頹廢的，其實我的內心與他有一種共鳴，可是我的後天的社會主義等等東西把我管住了。

趙：那您的頹廢主要來自於何處？為什麼它會出現呢？

陳：可以從宗教和文學兩個方面說。第一個方面是文學。我覺得文學最大的特色就是不審判人，它承認人有很軟弱的地方。我們不會說這個人該死，應該把他釘在十字架上，而是說一個人有兩面，有善良的一面，神聖的一面，也有陰暗的一面，人是動物變來的所以也有動物的一面嘛。這個頹廢就來自於這另外的一面。想要放縱自己這一面我是有的，雖然實際上沒有這樣的事情。第二個方面是宗教。宗教特別是基督教最大的特點就是基本上承認人是軟弱的，人是有罪的。我年輕的時候與我所謂的原罪奮鬥了半生。

趙：您對當前台灣的台語寫作的問題是怎樣看的？

陳：我不反對台語，因為台語還活著。中國的很多方言都還活著，它們是活的語言，而活著的語言作為一種方言要成為公共領域裡面使用的語言要有一個很長的發展過程。第一是標音的問題，第二是用什麼字的問題，需要統一，第三個最重要的就是要有作品。他們用台灣話寫了很多台獨的理論，我看了大樂，你寫吧，沒有人看得懂。因為我們的語言不是拼音字嘛，拼音字就好辦了。每一個漢字都有它的形狀、它的聲音、它的意義。有時候是不能假借的，你借的這個字連帶著很多東西都帶過來了，這怎麼讀呢？所以他們走的是死路。當然，北方話也是一種方言，可它在變成國語之前幾百年已經有很重要的作品，話本、章回小說，而且經過半文半白的過渡。台灣話很難轉變，轉變成通行的寫作手段是不可能的，如果可能至少還要有五百年。他們現在的幾個方案都跟過去差不多，沒有逃脫三〇年代爭論的那幾種方案，沒有辦法解決，而且那個時候因為台灣和中國分離，又有日本話的威脅，又有保住自己文化的急迫任務，所以提出台灣話的問題。現在北方普通話在台灣已經成為日常語言、字典、廣播語言、報紙語言，這樣的態勢下你再去搞台語怎麼搞得起來呢？不可能的。太愚蠢了。

趙：這事實上是一種反歷史的行為。

陳：對方言應該尊重，但是不限於所謂的閩南話，閩北話就有那麼多種，湖南湖北的方言很多。我一坐牢才知道中國的方言那麼複雜。在台灣的外省人（語言）從來沒有統一過，蔣介石照樣講浙江話。從世界民族國家形成史來看，共同語的普及都帶有一種暴力，帶有一種國家強制的力量。法國人在推行巴黎的法文時，不會講標準優美的法語是有罪的，是可以殺頭的。明治時代東京腔的推動也是強制性的，也是以國家的強制性去推動的。

趙：現在本土論者將光復後國語的普及與日據時代強制推行日語相提並論，以為是同樣的殖民手段。

陳：這是講不通的。

趙：我這兩天正在看三〇年代鄉土文學的論戰的材料，同樣的問題早已討論過了。按照那個邏輯推下來，台灣本身也有各種各樣的語言，哪一種語言能算台灣語？因為任何一種語言都會壓制另外一種語言。中國各個方言區也是這樣。當時還提出：文學是讓近的人看的，還是讓遠的人看的？如果用台灣語寫作的話，大陸人如何看得懂呢？

陳：美國獨立了還不就是用英語，他們不會問「Do you speak American?」，對美國人講「Do

you speak English?」，他不會覺得受到了侮辱。其實我也能體諒他們，他們可能受過委屈，儘管他們的委屈感可能是錯誤的，但他們這樣搞是沒有出路的。

趙：哈貝馬斯有一篇文章叫作〈何謂民族〉，他在這篇文章裡討論的問題與台灣現在的情況有點相似。文章談「日爾曼語言文學家大會」自十八世紀開始努力要建立一個很純粹的德意志民族，談他們怎樣遇到一些挫折。比如說在法律上，當時羅馬法已經非常完善了，因為羅馬法是從國外來的，他們覺得應該採用德國本地的法令，但是德國本地的法令很不完善。還有語言問題，德語本身算是一種比較純粹的語言，但德語本身裡面仍有各種各樣的方言，有高地德語和低地德語之分，這樣他們十分為難。後來他們接觸到托克維爾的東西，才懂得民族國家是以民主主義為基礎的，而不是以地方性構成的。語言共同體與政治共同體的邊界，並不是一致的。民族國家及文化都是存在著一個建構的過程，不是一個純粹的東西。

陳：台獨派談族群，談identity，這些都不是根本問題。問題在於台灣是最後一塊被外國人支配的地方，是中國歷史中最後一個未竟事業，不管是哪一個黨執政，都要解決這一問題。這已經超越出煩瑣的語言問題。語言問題很簡單，閩南話就是方言裡面的次方言，它存在於台灣的外省人中，存在於全中國，東南亞很多國家用的也都是這個福建話。它是漢語裡面的一個組成部分。問題的焦點不在所謂的「語言的壓迫」，而是怎樣克服我們祖國最後一塊沒有收服的土地，讓我們的祖國統一起來。

趙：如何看日本的藤井省三的台灣文學論？

陳：我特別想指出的是，藤井寫百年來的台灣文學，需要有一個歷史的反省。作為一個日本學者，你是不是應該正襟危坐，回想你們在台灣加害的歷史？台灣跟中國第一次的分離就是由於日本的占領，你不從這裡出發，太沒道理。

不過話說回來。我認識一個天津南開的日文老師，翻譯了一本《殖民地文學研究》，這本書完全是站在一個過去侵略者的立場上進行反省的。這是一本很重要的書，出版很有意義。很高興有一些真正有良心的日本知識分子做這樣的事，他們看到現在日本學界向台獨傾斜心裡很痛苦。所以楊逵說的是對的，日本人有好人也有壞人。

趙：您有沒有注意前一陣日本人珠海集體買春的事件？這正是當年黃春明在小說中描寫的狀況。

陳：這個問題不僅是台灣和香港的問題，是整個世界結構的問題。比如說日本人到東南亞地區經營，貸款給東南亞地區，在東南亞設立工廠，從農村吸收了很多的女工，價錢很便宜，然後又從日本的旅行社帶來了很多的觀光客，引誘那些低工資的女工變成妓女。

趙：所以我們現在應該重新面對一些問題。

陳：不過我並不擔心，因為你們有理論資源在那裡，你們有左翼的歷史在那裡。

初刊二〇〇四年六月《世界華文文學論壇》（南京）第二期、總四十七期

1 本篇為陳映真訪談，初刊《世界華文文學論壇》「作家訪談錄」欄目。訪談、整理：趙稀方；時間：二〇〇四年一月二十二日（春節）下午；地點：中國作家協會。

學習楊逵精神 1

一九五〇年韓戰爆發前後，在全球冷戰體制下，國民黨當局頒布各種包括《戒嚴令》、《懲治叛亂條例》、《匪諜檢束條例》在內的各種「反共・國家安全」法令，和戰後亞洲及拉美廣泛對美扈從國家一樣，形成「反共・國家安全・法西斯政權」(anti-communist national security fascist state)，以極端反共主義的「國家安全」體系，嚴厲限制一切公民自由權利，破壞民主法制，推動有組織的、國家政權發動的、蹂躪人權、對進步勢力橫加的「清洗」的運動。就在這戰後冷戰史的過程中，台灣被組織到美帝國主義東亞冷戰戰略的最前線，納入東西對峙和國共對立的世界冷戰與國共內戰的雙重構造，展開了台灣在一九五〇年代後的戰後史。

從而，自二〇年代到三〇年代初日據下台灣民族、民主運動傳統和一九四六年迄一九五〇年代初在台灣新民主主義運動的組織、人脈、連帶一切進步社會科學、哲學、思想和文藝都遭到徹底破壞和摧殘。中國三〇年代以降的新文學作家、作品、文論和台灣在一九三〇年前後的左翼作家、作品和文論的傳統，都被強權禁刊和抹殺。

因此直到一九六八年我入獄之前，雖然知道楊逵先生的大名，但一直沒有機會讀到以〈送報伕〉為首的他的小說，也不知道他在我大學畢業的一九六一年從十二年囚禁中獲釋。等到聽說楊逵先生在台中東海大學周近開闢了「東海花園」不久，我已在一九六八年入獄。

一九七三年，我在獄中讀到畏友尉天驄兄寄到獄中的、由他主編的《文季》季刊上，初次拜讀了楊逵先生的力作〈模範村〉，震動很大。一九七五年我出獄後，楊逵作品曲折地、陸陸續續地、由官方和民間文學媒體和民間出版社零星或選擇性地公刊。直到二〇〇一年，由台灣的彭小妍教授、日本的河原功先生等人合力編輯的十四卷版《楊逵全集》問世，學界和世人終於才有全面一窺楊逵先生文學、思想堂奧的機會。伴隨楊逵作品出土、相關資料的新發現和海內外楊逵研究的進展，人們對楊逵文學成就和思想維度在很大範圍內增進了認識，從而增進了對這位優秀、勇敢、人格氣節始終一貫的台灣文學家、社會活動家和思想家由衷的敬佩。

我是台灣文學研究的門外漢。我只能以一個微末的台灣文學後輩作家的身分，說一說我對楊逵先生的認識、體會和崇敬之情。

二〇〇四年二月

一、楊逵先生的文學

一九二四年，楊逵先生到日本勤工儉學，接觸了進步的社會科學理論。一九二七年，二十二歲的楊逵參加了在日朝鮮勞動者的示威被日本當局拘捕。九月，楊逵在日本發表的文章是一篇為社會運動服務的紀實報導〈自由勞動者之生活斷面〉。同年九月，他應台灣農民工會（「台灣農民組合」）的召喚，毅然返台。十二月，由他執筆起草《台灣農民組合第一次全島大會宣言》。一九二八年，因方針路線的矛盾鬥爭，楊逵被迫離開「農組」。一九二九年，任左傾後台灣文化協會中央委員會主席。一九三一年，日本發動進攻中國東北的戰爭，同時全面鎮壓島內一切反日民族民主運動。就在這暗淡的一年的前後，楊逵在十分艱難的物質生活中，漢譯並發行《馬克思主義經濟學》第一部分，也漢譯了其他多篇重要的馬克思主義實踐運動的論文。這簡要的編年，說明楊逵手上的筆和心中的志業，首先並不是文學，而是改造和批判的進步事業。

一九三二年，當日帝將台灣抗日民族、民主運動摧毀後，在偉大的台灣新文學創建者賴和先生的關懷和支持下，二十七歲的楊逵開始執筆寫他第一篇，也是對他而言和對台灣新文學而言都極為重要的小說〈送報伕〉。幾經周折，這篇小說在一九三四年獲選東京進步文學雜誌《文學評論》的第二獎（首獎從缺），從此展開了他的文學創作的生涯。

而縱觀他的文學作品，楊逵以批判和改造的實踐運動家邁開了他的革命的一生，而文學創作，究其實，也是他以審美的形式延續他的批判與改造的事業的過程中留給包括台灣文學在內的中國文學的極珍貴的遺產。

楊逵先生的文藝思想，歸結起來有這幾點。

（一）人民文學論

首先，楊逵先生認為文學不能脫離人民和生活。一九四八年，楊逵在〈台灣文學問答〉這篇重要的講話中說，文學工作者要深入人民生活「必須深刻地了解台灣的歷史、台灣人的生活、習慣、感情，與台灣民眾站在一起」。楊逵先生晚年不斷強調了他的三點文學觀：文學作品要識字的人看得懂，讀給文盲聽也聽得懂；（文學作品）要讓讀者有興趣（讀），那就得（描寫和表現）現實生活；（作品）要表現「健康、積極和光明的精神與思想」。他又說作家要認識人民百姓的生活，「為人民找出路」。在〈如何建立台灣新文學〉這篇文章中，楊逵先生說「文學要表現人民真實心聲，文學就有促進人民奮起、促起民族解放及國家建設的強大力量」。

楊逵先生的創作，忠實地實踐了他的小說（文學）創作觀。他的作品都充滿了豐實的生活內容。在〈送報伕〉中，楊逵先生以派報站真實生動的生活材料描寫了派報站老板在不景氣下普遍失業的社會中誘騙失業青年、殘酷剝削無償勞動的黑暗，也徹底揭發了日帝統治下糖業帝國主義資本以暴力圈地，驅使失去土地的台灣農民成為農村低工資農業工人的絕望現實。在〈頑童伐鬼記〉中，楊逵以批判現實主義的手法，生動刻畫了殖民地台灣由貧困台灣人、朝鮮人和低層日本人構成的、依傍在垃圾堆形成的貧民窟的生活，楊逵先生的寫實主義，莫不經由厚實的真實生活表現出來。

(二)新現實主義的創作方法

其次，楊逵先生的創作方法，是在傳統現實主義的基礎上，從批判和改造出發，辯證地綜合了敢於追求和企望幸福、勝利、光明的浪漫主義的「新現實主義」。在〈送報伕〉中，楊逵以現實主義描寫了資本主義對弱小者殘虐的掠奪，但也描寫了像田中、伊藤那樣敢於鬥爭，並且取得了罷工鬥爭的勝利的人物。而在故事的結尾，也表現了決心自日返台的主人公為家鄉的改造鬥爭，滿懷希望和信心。在〈泥娃娃〉中，楊逵描寫了一個亟思依靠日本勢力去大陸昧著良心發戰爭財的人物，加以撻伐。而眼看著自己的稚兒稚女受日本軍國主義宣傳的影響，表現出日本軍人的野蠻言行時，發出了這沉痛的悲鳴：「不！孩子，再也沒有比讓亡國的孩子去亡人之國更殘忍的事了……」但小說絕沒有在絕望中結束。可憎恨的現實生活反而激起作為作家的故事主人翁決心要「寫出充滿光明、喜樂的作品」和「謳歌人類健朗、勇敢和幸福、光明形象的作品」。而一場大雨，又把稚兒們表現軍國主義意識形態的泥塑飛機、坦克和軍艦「打成一堆爛泥」。

再次，楊逵先生的作品極其突出地表現了真誠的無產階級國際主義的精神。

(三)在創作與生活中體現無產階級國際主義精神

在帝國主義時代，第三國際主張並實踐帝國主義宗主國的共產黨要反對自己國家的帝國主義，也要協助宗主國所統治各殖民地組建其共產黨的族支部，共同反對宗主國資產階級和帝國主義政府的殖民政策，以宗主國和殖民地無產階級的跨國界大同團結，打倒帝國主義，爭取殖民地的民族解放與國家獨立。

在日帝統治下的台灣新文學史中，以創作實踐深刻、真誠、藝術地表現這種無產階級國際主義的感情和思想的作家，除楊逵先生的〈送報伕〉、〈頑童伐鬼記〉等之外，絕無僅有。不僅僅在文學創作上，楊逵先生早年和日本進步農民黨派及聲援台灣農運的日本進步人士、律師間的團結，和日本警察入田春彥之間淒烈的友情，都體現了這國際主義的信念和思想。

（四）楊逵先生的民族主義文學

無產階級的國際主義，把帝國主義各國的壟斷資產階級、帝國主義的政策及其實踐，辯證地和宗主國和殖民地被壓迫人民分別開來。宗主國和殖民地被壓迫人民要團結起來，共同反對帝國主義宗主國的壟斷資產階級和殖民地自己的買辦資產階級和官僚資產階級。因此楊逵先生是無產階級國際主義者，也同時是最堅定不移的反日民族文學家。終其一生，楊逵先生都以文學創作、文學評論，先後堅持反對日本和美國帝國主義，反對民族分裂主義，並與之做針鋒相對的、堅毅不搖的鬥爭。

一九四三年初，日帝動員在台「皇民文學」總管日人西川滿等，企圖將台灣人的抗日文學雜誌收編，為「皇民文學」服務。在一個會議現場中，楊逵先生和黃得時先生不顧戰時台灣法西斯氣焰正熾之際，公開起而與西川滿等力爭，抗拒收編。

一九四三年，代表「皇民文學」一方的西川滿、濱田隼雄和葉石濤寫文章辱罵台灣作家的抵抗現實主義、不理會「皇民」叫囂的文學作品與思潮為「狗屎現實主義」，而代表抗日、反法西斯一方的楊逵先生(署名「伊東亮」)、世外民、吳新榮等人公開發表文章犀利反駁。其中楊逵先生的駁論〈擁護狗屎現實主義〉一文,尤為深刻。文章嫻熟地運用歷史唯物主義和辨證唯物主義的嚴密邏輯,以日常生活為例,靈活地闡釋現實主義與積極浪漫主義辯證綜合的理論,最後對西川滿殖民文學中充滿的腐朽、唯心主義的、異國風情(以今日語言說便是「東方主義」)的「浪漫主義」痛加批評與嘲笑。

光復前楊逵先生所留下的小說、評論等,無不在堅決揭發日帝統治下台灣人民的苦難與殖民地生活的黑暗,無不以新現實主義表現不屈的抵抗和敢於鬥爭又敢於勝利的革命浪漫主義精神,在艱難險阻中堅持反帝民族主義和愛國主義精神不動搖。

(五)堅持省內外同胞的民族團結

台灣光復以後,於一九四七年發生了二月不幸事件,造成無法避免的在台省內外人士間的「鴻溝」。這時,楊逵憑借其長期人望,和因〈送報伕〉早已經由胡風翻譯,而廣為大陸進步文壇所認識,在二月事變後,自然成為推動省內外有志之士相互理解、克服「鴻溝」,力爭民族團結的核心人物。在一九四七年十一月到一九四九年四月間,有關「重建台灣新文學」的長期論議中，楊逵先生起到了指導和團結的作用。楊逵先生一仍以他清醒的歷史唯物主義與辯證唯物主義的邏輯，深刻闡述了「台灣、台灣文學是中國、中國文學的組成部分」；倡言台灣文學固不能自外於中國文學，但在二月慘變後（一九四七－一九四九）的特殊歷史時期，為了鼓吹作家、文化人深入台灣人民及其生活，從而為人民創作，表現台灣人民的思想感情，以彌合因二月事件造成的省內外同胞間不幸的芥蒂，克服民族反感，增進民族團結，而特別強調此一意義上的「台灣文學」概念。此外，楊逵先生早在一九四八年就敏銳地認識到美國和日本借著「獨立」、「託管」陰謀，要把台灣從中國分離出去的圖謀，公開抨擊「如其台灣的託管派或是日本派、美國派得獨樹其幟，而產生他們的文學」，此種文學就是「奴才文學」，他們「雖有主子的支持鼓勵而得天獨厚」也不得人心，「不得生存」……

一九五九年，楊逵在獄中創作並演出短劇《牛犁分家》，表達民族不能分裂、分則兩害的愛國主義思想。

二、楊逵先生的政治思想

（一）深刻的馬克思主義理論素養

一直到楊逵先生的晚年，楊逵先生都不憚於公言他是「人道社會主義者」或「社會主義者」。如前文論及，楊逵先生以政治活動家邁向人生青年期的步履。一九二七年受到故鄉台灣激動人心的農民鬥爭的呼喚返台，投入實踐，一九二八年入左傾後文協中央，同時從事馬克思主義政治經濟學、哲學和運動實踐理論的譯介。一九三一年前後，楊逵先生漢譯了《馬克思主義經濟學（一）》、〈勞動階級陣線〉、〈革命與文化〉（一九二九年）、〈序說——思維的運動和社會變革的過程〉和〈戰略家列寧〉。雖然其中只有《馬克思主義經濟學（一）》公刊，但也很令人驚訝地看到楊逵先生對馬克思主義相關理論的探索、研究和傳播的深度與熱情。這些遺稿的出土，具體地標示了三〇年代台灣左翼運動理論的水位標高，也顯示了楊逵先生絕不只是隨著時代大潮漠然地「搞搞運動，寫寫小說」的「左傾青年」而已。當然，我們也從這些理論譯作，打破了楊逵先生只能寫日語，不能用漢語表達的刻板印象。

（二）堅持「合法」、持續的公開鬥爭

文學創作之於楊逵，是政治鬥爭的另一個形式。一九三一年日帝全面鎮壓台灣的抗日民族、民主運動後，楊逵的抵抗改以文學創作為主要手段。文學鬥爭要爭取在合法的方式和環境鬥爭；因此楊逵在晚年的回顧中，幾次自稱為了爭取文學領域中合法的抵抗，他沒有潛入地下組織而使自己非法化，致無法公開鬥爭，卻機智和勇敢地利用一切哪怕是最小的合法性，進行果決不撓的文學創作和評論的鬥爭。今天我們讀他〈送報伕〉以降〈模範村〉、〈無醫村〉、〈頑童伐鬼記〉、〈怒吼吧，中國〉和〈剿殺天狗〉，不能不嘆服楊逵在最惡劣政治環境中，力爭利用「合法」的隙縫，以令人折服的機智和勇氣持續創作，和法西斯進行公開持久的鬥爭的強大氣魄。

（三）《和平宣言》的重大現實意義

在政治上，楊逵先生不但勇於鬥爭，也善於團結。台灣光復後直到楊逵先生被捕的一九四九年，經歷了不幸的一九四七年二月事變，楊逵不遺餘力地團結在台進步省外文藝界和文化界人士，力爭民族理解，達成民族團結。二二八事變後，有感於省內外同胞間的誤解與反感必須

化解，楊逵先生和台中地區省內外文化界人士組成「文化界聯誼會」，由楊逵先生起草《和平宣言》，並且為其文責，被捕入獄十二年！

一九四九年一月在上海《大公報》發表的《和平宣言》的主旨，是說為了達成中國在戰後「和平建設」的目的，要「推進」五事：

（一）協力消滅所謂（台灣）獨立以及託管的一切企圖，避免類似「二二八」事件重演；（二）政府從速還政於民：保障言論、集會、結社、出版、思想、信仰的自由；（三）釋放一切政治犯，停止政治性捕人，保證各黨派依政黨政治的常規公開活動；（四）增加生產、合理分配；（五）遵照國父遺教由下而上實施地方自治。

《和平宣言》切合當時（一九四九年初）的歷史形勢，有的放矢。一九四九年一月二十一日，《宣言》發表於上海《大公報》時，國民黨在東北和平津地方的三大戰役中折損成百萬大軍，華北解放，蔣介石下野，國共和談再啟，楊逵先生的《宣言》才有「和平建設」、「國內戰爭已經臨到和平的重要關頭」的形勢分析。而早在一九四三年二戰結束前，日帝敗相已露，美國軍方和外交特工人員就覬覦台灣的戰略重要性，主張美國應在戰後以「託管」、倡言「台灣地位未定」論、「公民投票決定台灣前途」、「鼓勵台灣自主」、「謹慎謀求與台灣人領袖接觸，以便一旦時機成熟，有利美國國益之時，利用台灣自治運動」等把台灣從中國分離出去的陰謀，至今不息。楊逵先生非常敏銳地洞燭了當時強權對台灣的野心，把反對「台灣獨立」和「台灣託管」列為《宣言》的第一條綱領提出。實際上少數政治目光和楊逵先生同樣尖銳的台灣政治家當時還有謝雪紅、蘇新、李友邦等人。今日回眸楊逵先生的政治洞見，很有重大現實意義。

楊逵先生的《宣言》中，以明確的語言提出民主改革、保障公民權利、一切政治黨派在政治地位和法律上一律平等、釋放政治犯、「和平建國」、實踐中山先生的充分地方自治。這些都是一九四五年國共《雙十協定》中的共同綱領，也是一九四六年到一九四九年間，包括台灣省在內的全中國以「反獨裁」、「反內戰」、「和平建國」為口號的民主運動中共同語言，說明楊逵在光復後思想上、政治上、形勢認識上和全國保持了相當的一致性。

（四）「一統」論和「統一」論

在民族認同問題上，楊逵的民族統一立場直至暮年一向是鮮明而不動搖的。一九八二年，楊逵先生第一次放洋，參加美國愛荷華大學的「國際寫作工作坊」，受到旅美台獨派新僑的包圍。他們逼楊逵先生在否認中國認同的「台灣人」認同問題上表態，楊逵公開回答，如果依台獨派的定義，「我就不是台灣人」，使逼問的人們啞口。楊逵在兩岸的前途問題上提出反對兩岸任何一方片面將自己的主張強加於人者，叫作「一統」，他表示反對。兩岸依民主協商和平討論取得共識，叫作「統一」，他表示支持。用今天的語言，楊逵先生早在一九八〇年代初就有兩岸問題應該以民主和平的方式達成民族統一的智慧。

結論

楊逵先生的文學是他的政治思想和實踐在審美上的體現。新現實主義的創作方法，人民文學的文學觀，反帝民族文學的永不動搖的創作立場，堅決主張台灣和台灣文學是中國和中國文學的一部分，力主通過「台灣文學」運動填平省內外同胞間的誤解，促進民族團結。楊逵先生是日據下台灣文學中唯一突出了無產階級國際主義思想和母題的作家。在政治上，楊逵先生直至晚年都不憚於宣稱自己是社會主義者，沒有動搖過社會主義的思想立場。他敢於鬥爭，善於團結，熱心指導和培養年輕的一代。他與反民族的分離運動鮮明對立，堅持克服民族反目，力爭民族團結，不遺餘力。

作為楊逵先生後輩作家，我對楊逵先生的文學、政治和民族團結的堅持之敬佩和仰望之心，可謂與時俱增。我應以餘生更好地學習楊逵精神、做好楊逵先生的學生自勉。

參考書目

彭小妍主編《楊逵全集》，台南：國立文化資產保存研究中心，二〇〇一年十二月。

陳映真、曾健民主編《一九四七—一九四九台灣文學問題論議集》，台北：人間出版社，一九九九年九月。

陳映真〈楊逵《和平宣言》的歷史背景：紀念《宣言》發表五十年〉，一九九九年四月七—九日《中國時報》第三十七版。

曾健民編《人間思想與創作叢刊2・噤啞的論爭》，台北：人間出版社，一九九九年九月。

初刊二〇〇四年六月《世界華文文學論壇》（南京）第二期、總四十七期

收入二〇〇四年九月台海出版社（北京）《楊逵：壓不扁的玫瑰花——楊逵作品研討會論文集》（金堅範編），二〇〇七年六月人間出版社《人間思想與創作叢刊15・學習楊逵精神》

本文按人間版校訂

1　本篇發表於二〇〇四年二月二—四日「楊逵作品研討會」（南寧）。

〔訪談〕陳映真：台灣的文化人需要反省[1]

記者：中國大陸現在出現的情況和台灣前些年頗為相似，物質上富裕了，但精神卻在逐漸窮乏。

陳映真（以下簡稱「陳」）：相應資本主義發展的精神貧窮是必然的規律。馬克思早就講了，隨著資本主義高度發展，什麼事物都會商品化，精神產品的商品化就是精神產品變得膚淺、短小、輕浮，訴諸人們最庸俗的官能和欲望換取金錢。幾千年來神聖不能交易的關係成了市場的商品和金錢的關係。

記者：這種狀況在現實中已經得到印證了。但是從另外一種角度來說，在資本主義社會還是有宏篇巨著出現，只不過它不是托爾斯泰。或者我們換一個角度說，作家作為一個文學家，還有沒有存在的價值，還有沒有發展的可能？

陳：從世界文學史來看，每個歷史時代都有主要的創作形式。比如說，詩有很長的一段創作時間，古代的時候寫政論是用詩，寫藥草的經典也是用詩。散文的時代從西方文學史來看，是資本主義興起以後，新興資產階級的文體——小說基本上是資本主義時代的文學形式。隨著資本主義內部不斷的分期，從自由競爭的資本主義到了國家獨占資本主義，不同時代都有不同的藝術形式。自由競爭期之初是浪漫主義詩，隨後比較偏重寫實的小說，到了獨占資本主義就是進入現代主義創作方法了，講的是抽象、超現實。然後到了現在所謂後晚期資本主義，就是後現代的東西，原創的東西越來越少，它在思想上就接受了資本主義的體制，最終否定了創作，成為虛無和遊戲。實際上，現代派在某個程度上它對資本主義有反抗的，但是這個反抗，不是批判現實主義的反抗，是個人的反抗，是對這種高度發展的資本主義生活、囂鬧的城市的反抗，人與人都躲到自己的內心世界裡面去，對人生開始變得很悲觀和很虛無，認為生命的本質是絕望的，有一種變態的、放縱肉欲、官能的交錯，他可以從你頭髮的顏色感到悲傷，聲音可能變成一種視覺。

在資本主義的發展早期，社會矛盾出現以後，就開始有比較批判的、描寫社會基本矛盾困境的現實主義。所以從這個歷程看起來，資本主義高度發展的時期，的確有相應的文學形式，在西方就是後現代的東西，拼貼、遊戲、沒有統一的情節，藝術上的複製等形式，甚至把創作最原初的動機放到市場效應上，最終否定了創作本身。不過既有的偉大的作品還是會有人看，有人去聽，比方說目前聲光技術下的貝多芬交響樂光盤產品，我們花很便宜的錢就能聽，以前要花很多的錢才能聽得到，可是已經產生不了新貝多芬，已經沒有古典交響樂的創作形式和作曲家。但是家裡還是有人作為商品收藏、聽，在音樂學院裡面也有人教，但是它們已經像博物館的收藏一樣放在玻璃櫃裡。

記者：您剛才講到的西方後現代的文學樣式，在大陸也出現了很多，您對這種現象怎麼看？

陳：關鍵是文學理論空前地變成了一種世界性的理論。其實在一百五十多年以前的《共產黨宣言》裡面就講到了，當資本主義高度發展的時候，物質生產會世界化（就是今人所謂「全球化」），精神產品也會世界化。現在後現代、結構主義，全世界的文化研究，全球所到之處都一樣。在先進的資本主義國家，這些東西有一定的社會經濟合理性，像我們經濟還沒有達到所謂後期資本主義階段，但在物質生產世界化的基礎上，對後現代化理論也望風披靡，我們有大量的留學生到先進的國家去取經，然後我們的語言馬上就變化了。外國新的語言、名詞、論說、人名、署名氾濫了，新的歐化語言也出來了，知識分子唯恐不知道這些東西，能直接讀英文的就拿來讀，不能直接讀英文的就看翻譯，很快整個文論界就改變。文論界一改變，創作也跟著改變，還有媒體也參加炒作。實際上，後進國家的經濟水平還遠遠沒有達到晚期資本主義國家的這個階段，可是已經籠罩在世界經濟體系的影響之下了。

記者：現在大陸也流行著如您剛才所說的虛無的東西。這出現在西方可以理解，在不發達的國家也有這樣的現象，該如何解釋呢？

陳：這就是我們的問題，就是傳播的快速化，還有就是學者養成過程的全球化。人們都到西方讀書，西方就教這套東西，按照它的生產帶，合格了，就給你貼個標籤——碩士、博士、教授，有的就留在人家那裡教書，有的就回到自己的國家來。結果就形成了一種發達國家的意識形態和學問對世界支配的影響。第二種情況，就是不發達國家由於長期的被殖民的歷史，比方說中東，是受西方帝國主義侵略最早的國家，有些殖民地精英就因移往宗主國進入西方的核心，它在西方最好的學校受教育，用他們的語言，用他自己被殖民的歷史的資源提出一種反論，像孫悟空跑到妖魔的肚子裡造反一樣，提出一種反論，指責西方對殖民地東方的殖民地的偏見。另外也有一些人用很嫻熟的、優美的西方的語言創作訴諸於國外的校園、國外的文壇。也有第三世界的知識分子用嫻熟的英語，或者是葡萄牙語、西班牙語、法語來創作，描寫自己國家的苦難，或者是西方列強在自己民族歷史中所造成的各種問題，訴諸西方，受西方的矚目，這個至少還有一點批判性的作用。有些第三世界國家，長年受到帝國主義國家的支配，沒有辦法形成自己的國語，部族語很多，他們在三、四百年前就被殖民化的時候還沒有民族國家的形成，很多這樣的國家常常是被硬生生地分割統治的。很多複雜的民族和部族的語言，就形成他們國家很大的困難。然後又受外來統治幾百年，外來語變成他們的國語，部族語又沒有辦法成長。可是他們部族的問題又非常的嚴重，貧窮的問題、疾病的問題、自己民族文化喪失的問題。他們有些有識之士就不走西化的道路，用各部族的語言，用拼音的方法來寫他們自己的文學。為了廣泛的文盲同胞，他們的作家就發明「廣播文學」，來訴諸於文盲民眾。

所以我們的幸運，是我們的確是文明底蘊非常厚實的國家，我們的文字語言，有深遠的歷史和輝煌成就。所以提出的問題是，怎麼樣尋找自己的主體性，也不要一味排外，不是一定要把外來的東西都丟掉，還是魯迅的拿來主義。我自己覺得還是那句老話，要到民眾的生活中去，真正地了解和創造。

現在由於經濟的發展，中國自然地分裂成兩個，一個是有的人，一個是沒有的人，地區的差距，兩極分化。我們剛剛開始有，所以很沉醉在有的幸福裡面，就比較容易忘記那些（落後的地區）。一個山窪窪裡出身的青年，考上了北大，可是沒有錢註冊入學，他父親是硬生生要讓他去讀書，把牛賣了，他兒子就紅著眼睛說，爸，我今年不去，我以後再考。在台灣的時候，我在CCTV四套節目還可以看到。像這樣的事情公開報導，我覺得就不錯。像你們《南方周末》在這方面也反映了中國發展過程中發生的問題，引起關注。媒體的批評有兩種，一種是為了銷路，第二種是為民喉舌。所以就像我們台灣一樣，我們在一九五〇年整個把左派的東西統統消滅，跟著下來就是二十年的現代主義文學支配的時代。然後到了一九七〇年，我們有一年多一點的時間回復到現實主義。那時候，保釣運動的左派對我們產生了影響，可是到了八〇年代就不行了，隨著國民黨在國際外交上的失敗，國民黨在台灣統治的合法性遭到了質疑。地方的資產階級民主運動，在美國的鼓動下，很快起而代之，終於發展成反民族的台獨運動。

記者：關於全球化的問題，中國的文化界除了有意無意地向西方靠近之外，還有一個比較嚴重的傾向就是，用西方的價值觀念、價值尺度來衡量一個作品的好壞。比如說電影，必須要去參加三大電影節，才算跑了碼頭了，再比如說文學，只要是拿了外國的什麼一個獎，拿也算是出人頭地了。這說明一種什麼心態？

陳：按照我個人的看法，我覺得一個民族的作家，他最大的榮耀應該來自於他的作品受到自己民族、自己同胞廣泛的愛讀、讚許，那種快樂遠遠比他得到西方的某一種獎，或翻譯成外文所得到的還要大。這是一個創作者世界觀的問題，我為誰寫？寫什麼？學術界也是一樣。有人就趕著世界流行的題材，去做研究，然後用英文寫，發表在非常權威的外國學術季刊，取得自己的位置。在文化非常不平等的世界裡，知識分子、文化人要有一種自覺，民族的自覺，這種民族的自覺當然不是什麼「狹隘的民族主義」。因為所有的學術知識，所有的高等教育，其目的是傳承我們民族積累的知識，我們民族所需要的知識，而不是外來的。外來的東西很多肯定對我們有很好的參照作用，可是有些東西是不一定適合我們的，可能也是對我們有害的。

記者：面對這樣文化不平等的狀況，一個藝術家，一個作家，他應該做些什麼？

陳：首先要認識到，在這個世界上有一個壓力，一個強力的文化壓力。外國的常春藤學校、外國的獎學金、人員交換，肯定對第三世界文化形成很大的吸引力，特別是對落後國家，對發展中國家。第二，對中國知識分子來說，從海外看，有這麼一個矛盾，我們在四九年大革命以後，批判了資本主義，批判了殖民主義，正是那一代受過半殖民地半封建主義的壓迫。革命成功，就把整個(半殖民地半封建主義)打掉了。可是新一代人在革命後社會根本沒有見過真正的封建主義、真正的資本主義，沒有見過真正的文化侵略洶湧而來的情形。所以一旦八〇年代以後，由於我們在前三十年犯過一些錯誤，所以就很機械、很直覺地把前三十年全部否定掉了，沒有經過反思就將前三十年的一切拋棄之後，就開始盲目追求跟前三十年背反的東西。

到了新世紀初，大陸少數年輕的學界，開始有一些反思：把前三十年全部否定掉了對不對？反思能不能這樣全面地否定前三十年，前三十年是落後的，還是另外一種不同的現代化等等的問題都被提出來了。所以第一個就是，首先要認識到知識的世界、精神的世界有它不平等的構造，作為一個發展中國家的知識分子，一定要認清自己的位置，不是說讀幾本英文書就可以和中心國家的知識分子相提並論，你要模仿他一點用都沒有，你就是把你的作品翻成英文，那就更不堪了，他們那裡類似的論述和作品比你更多。所以我覺得就是要先科學地認識我們的現狀。還是你們過去三十年前所說的話，回到具體的歷史和生活裡面，從事審美或知性的勞動。

記者：您在花蹤文學獎得獎感言中這樣寫道：「讓我們建設一個開放性的、敏於吸收、豐富、發展的世界華文文學的公共領域。」我們現在很少從全球華人的概念去界定，更多是以地區去劃分華人文學，您為什麼會從這個角度去分析？我們這樣來界定的話會不會看到新的東西？

陳：其實，我是從得到這個獎的時候，才開始比較認真地思考什麼是華文文學。華文文學的意思無非就是漢語寫成的文學，我發現以一個一個漢字為基礎建立的漢文化，其實曾經支配了東亞幾千年。比方說，在越南有漢語的古文，有漢語的詩，在朝鮮、日本也都是一樣的，他們只是用他們的文法去讀我們的古文、讀唐詩。我們的歷史有將近一半的朝代是外來的所謂「野蠻民族」所統治的，可他們就在漢字所形成的文化裡被同化了，同化就是一種吸收的、開放的體制，所以我們以漢語為基礎所形成的漢文化世界，本身就是有很大的開放性和容納性。自從十九世紀以後，華人以各種各樣的原因向全世界播遷，所形成的包括中國大陸在內的華人世界，華人的文化圈，是一個不應該受到忽視的文化圈。可是如果我們不急起直追的話，將來的計算機基本語言將是英語，或者說學術界的基本資源都是西方來的，這樣的話，占全世界四分之一的華人，就只能當人家的尾巴。可是我覺得沒有這個道理。有過那麼悠久而璀璨的文明的民族，有過一場在我來說是很偉大革命的民族的兒女，應該有自己的話語，有自己的經驗，自己的文化和文學。我相信中國是會有這個能力的，只是要及早地自覺到這個問題。

記者：如果我們把世界的華人放在一個整體裡面來看的話，除了有很深厚的文化傳統之外，您覺得最大的共性是什麼？

陳：現在華文文學要依靠翻譯才能被世界所認識，可是實際上現在為了各種目的而學習華語的外國人也越來越多。韓國在八〇年代曾經有過一個相當重要的關於韓國社會史的爭論，社會史爭論的材料和著作汗牛充棟，可是他們很驕傲，從不把這些東西翻譯成外文，外面的世界幾乎都不知道。後來移居到美國、英國、日本的第二世、第三世的韓國人，為了學韓語，回到南韓，才發現那些資料，然後以這些資料為資源，再帶到世界上的社會科學的論壇去。我們的人口遠遠比韓國多，最主要的是我們自己的發展，我們自己發展真正偉大的作家，偉大的學人、思想家，就首先要面向占世界人口四分之一的華人，不要老想著我這個東西找人翻成英文或者法文，不能為了在世界上得一個獎，來服從外國的文學或學術理論、文學思潮來寫作，一定要寫自己民族的心靈。我們最大共性是我們獨特的文化知識傳統，加上二十世紀救亡運動經歷積累的歷史和社會變革理論與實踐。

記者：作為一個華文作家，他應該有一種比較好的心態，這個心態裡面應該有一種很驕傲的東西，而不是很自卑。您在花蹤文學獎得獎感言中就說道：「托爾斯泰和高爾基、契訶夫都不是用英語寫他們的小說，而是用他們的母語俄羅斯語寫的，卻依然光耀全球。」

陳：文明的高低絕對不能以物質成就的高低同比例地來看。我們看印第安人的文明，有時候我們都要慚愧，他們對大自然的理解和看法，講究天人平衡，有一種很深奧的自然哲學，他們的口傳文學，他們的口傳詩篇，都是非常優秀的。所以一個在物質上不發達的國家，並不等於在文化上不發達的國家，這是兩回事情。物質上的發達是生產方式採取了大規模的科學的機械化的方式，就是大量生產的文明，大量生產結果的文明就是大量消費的文明，大量消費的文明就是放縱你的欲望和需要的文明，你一輩子就是在換房子，換車子，這樣過掉你的半生，你再精神上是貧窮的、固陋、庸俗的。

我們反對了半天資本主義，可都是教科書上的反對，沒有真正認識到資本社會中人的勞動力變成商品，人被推向市場裡面掙扎，市場所造成的欲望對人支配的那樣一個具體的歷史與生活。所以有時候外面看起來，你們有時候對物質、對商品的飢餓遠比我們強烈得多，這就是有些共產黨幹部經不起強大物質誘惑的原因。

記者：您九〇年第一次到大陸，現在的情況和當時相比有了很大很大的不同。您覺得最大的不同在哪裡？

陳：差別太大了。我覺得這個國家需要的不只是文學家，或者好的幹部、好的政治家，還需要有人研究世界經濟，或者世界的發展經濟學。怎麼樣尋找自己的路，而不要老是讓那些先進國家按照自己的需要來編排你，不搞唯發展論，因為他們現在的資本已經跨國際化了，他們的生產的程序已經可以鋪排在全世界的範圍了。怎樣擺脫這個鏈子，走向一個大國和小國互相支持、平等，而不是依靠一部分窮乏者的犧牲與淪落，或一部分窮乏的民族付出的代價來取得自己的發展。我們的革命的歷史曾經尋求這樣的發展道路，可是由於非常複雜的原因，我們走了很多的彎路，但前三十年還是有它一定的貢獻。

記者：您曾經研究過台灣的經濟，出版過台灣經濟史、台灣社會史一類的書，作為一個作家，您這麼做，是出於什麼考慮？

陳：你這個話問得很好。我覺得談文學、談文化不能只停留在概念與概念之間的交換、模仿或者遊戲。我們是在一個沒有共產主義，也沒有共產黨的台灣社會下生活，但是我們畢竟可以用別的途徑，略微涉獵到歷史唯物主義。我覺得資產階級社會的知識分子比較缺乏的是，從社會史，從物質的歷史、物質的規律，比較科學地去看待文學的問題、文化的問題。

記者：當時您是不是希望在台灣找到一個可行的方向？是不是當時文學有它的局限性，能做的都已經做了，而通過對經濟和社會的研究，可以看得更透徹一些。我注意到您的講座，都是從社會政治經濟學的原理剖析了社會現象之後再擴展到文學，它們其實有因果和連帶的關係在裡面。

陳：我有一個毛病。我的作家意識並不強，我不太炫耀我是一個作家，或者我有什麼作品，我最不會講得就是我自己的作品，怪靦腆，自己講自己總覺得很奇怪。別人說我意念先行是不好的。我寫雜文、寫評論文章、辦雜誌，或是寫小說，表現的形式都不一樣，可是目的是一樣，是想把我的思想表現出來。就像喜歡運動的人，如果喜歡打籃球、棒球、排球，當他玩籃球的時候，就不能用棒球的方法來玩。當你要用文學的形式來表現你的思想的時候，第一個誡命就是它必須是文學的，是藝術的，你不能以戀愛加革命就是文學。我寫五〇年代當時台灣地下黨人的故事的時候，這很顯然是一個政治意識形態很重的主題，而且在台灣寫這種題目是敏感的。那個時候我就特別注意到藝術性了，藝術性越高，解釋的歧義越大，當國民黨特務來找我的時候問，你這是什麼意思？我可以有多種解釋。

我並不是搞社會科學的人，可是我所以必須研究台灣的經濟史，就是想要了解台灣生活的本質。我不滿足於說什麼國民黨統治這個抽象的說法，當你說台灣史美帝國主義新殖民地的時候，你要有根據，你怎麼界定新殖民？說它是經濟的支配勝於政治的支配，是文化的支配、軍事的支配等等，那你就要了解具體的情況。

記者：當時做這方面的研究是不是做了非常多的功課？

陳：對，因為在台灣沒有這樣的書可以看。可是我非常的幸運的就是，我們台灣有兩個很好的學者六〇年代到日本留學，到日本留學的反而比大量到美國留學的人回答了這些問題，因為日本的學界，在戰後有一批左翼的學者。他們一個是劉進慶，他寫了台灣戰後經濟一九四五—一九六五這段期間，另外一個學者涂照彥，用比較進步的社會科學來分析一八九五—一九四五年日據時代經濟的構造和性質，日本帝國主義經濟在台灣支配的構造。這兩本書我很早就有了，一九八七年解除戒嚴後我就請人幫我翻譯成中文，因為當時他們用日文寫的，是東京大學的博士論文。然後我又找到了相關的其他著作，在我的小出版社出版，雖然這幾本書在我的生意上沒有帶來大的好處，因為在銷路上很慢，可是已經在學界起到作用。在討論台灣經濟的時候，引用這幾本書的研究著作越來越多。所以是做了一點功課，不過我必須承認我不是專業的搞經濟學的人，可是我是一個沒有思想出路就不能創作的人，所以我也很關切大陸經濟的情況和經濟的本質。當然我沒有答案。我覺得這個問題應該由大陸的知識分子來解決。

記者：台灣的作家現在很少寫小說，大量地去寫政論文章。這是什麼原因呢？

陳：一九八〇年代國民黨還沒有被推翻以前，黨外運動以突然襲擊的方式組黨。那個時候，黨外運動有一定的道德性，有一定的社會正當性，包括我們的《夏潮》雜誌在內，以辦雜誌的方式寫政論性批判。我們的雜誌不同的是，我們受到保釣運動左翼的影響，我們是唯一的色彩比較偏左的雜誌，所以也引起比較多的年輕人的注意，大概有整一代人受到我們雜誌的影響。那時候我們的論述裡面開始有民族主義、帝國主義、殖民主義、階級，像這些話語過去都被禁止的。就在這樣的時候，我自己也參加寫一些評論。到了一九八〇年代，形勢改變，左翼的東西被壓下來。因為高雄美麗島事件，因為大量的逮捕右翼的民主化運動（成員），在美國的壓力下，逼迫國民黨公開審判，報紙連篇累牘地每天登載他們在法庭上的問答，起了很大的作用，引起全社會對黨外的民主同情，人雖然抓了一籮筐，可是影響反而擴大了。台灣國民黨長期施行了排外獨占的統治，在「立法院」也是，在省級以下，才有所謂的自由選舉，但是「自由選舉」還是控制在國民黨的手裡，因為一九五〇年代的農地改革，培養了地方資產階級精英，好多的佃農都因為土地改革得了好處，加上軍公教集團，都投國民黨的票。在那樣的時代，就有一些作家開始寫評論的文章，但也沒有完全放棄寫作。

八〇年代以後，有一個很大的變化，台灣的文學界轉變成台獨的比例，連我都很出乎意料。外省人很少轉變成台獨，可是他們也不站在鮮明統派的立場。為什麼呢？因為階級性吧，跑到台灣去的人，不能說全部都是在大陸時代的統治階級，可是以大陸上的統治階級為主。那些老兵的孩子出身也很苦，在那種被台灣人社會包圍的情況下，國民黨給他們一定的軍眷地區居住，與社會隔離，像一個特區把他們圈起來。後來他們就演變成為一種選舉機器，選舉的時候他們始終投國民黨，因為國民黨給他們福利。黨外運動越是興盛，他們就越往國民黨靠。所以這些外省作家當然是不會去參加「台獨」，只有極少數的人在民進黨裡。在一九七〇年代末期，有一場鄉土文學論爭，當時還信誓旦旦地說台灣的文學是中國文學的一部分的一些台籍作家，也是一夕之間，隨著政治形勢的改變，就完全都站到「台獨」那一邊。

這是投機，是機會主義。從歷史上看，從國民黨來台灣以後，在日本人統治結束以前，台灣人的抗日是前仆後繼的，那偉大的抗日運動是站在中華民族的立場上抗日的，這個抗日主要的力量與所有的殖民地一樣，是左派的力量。所以蔣介石來了以後，清除左派，連愛國主義也根除了。反共的國民黨寧可跟日據時代的右派合作，右派就是所謂的漢奸派，漢奸派在日據時代也是反共的，他們在反共的共識上結盟，然後在反共的基礎上清除了愛國主義這一派。應該受到民族褒揚的、讚美的、高舉的這一代進步愛國的本省人，死的死，關的關。應該受到清算懲處的親日派，反而與國民黨結合，就是這麼一個畸形的歷史。當然這些倒向「台獨」的作家有時候寫寫文章，可是，他們正享受肥厚的資源，當官，領獎，其實幾乎也不創作了。

記者：他們怎麼會被稱為作家呢？

陳：他們過去寫過一些東西，過去寫的東西也沒有什麼「台獨」意識。他們有些年紀大的一代就寫當時在日據時代怎麼樣的被日本人壓迫，但基本上站在中華民族主義，更沒有什麼特殊的作品突出地主張「台獨」思想，說我突然覺醒了：我是台灣人，我不是中國人，也沒有那一類作品。另外，當前他們得到很大好處，得獎、封官、當「總統府資政」。能不能稱為作家，取決於文學成就，不取決於政治投機。

記者：現在有很多台灣的外省人紛紛到大陸定居，就是因為台灣政局的關係。

陳：「台獨」有非常非常狹隘、非常封閉的「族群歧視」主義。這樣其實只能使自己走上自己的死路。他要搞台語文學，到最後就會走上一種極端的惡質反動的民粹主義。所以我對在台外省作家有一點遺憾，對外省學者也是一樣，他也應該堂堂正正站出來嘛，可是他們在台灣不敢言動，有一種像在德國納粹統治下的猶太人一樣，至少在公開場合不敢提統獨的問題，可是私底下非常的苦悶、駭怕，而有些本省人和外省人來大陸也不見得要融入這個社會。

我覺得在台灣有一些外省人，可能受到自己的階級的限制，他們不覺得大陸是他們的家。比方說他的家族因為有去台關係等原因受到清算，他們沒有辦法跳出個人的恩怨來看待整個歷史，所以他們也沒有辦法認識到雖然家族因為中國的變化遭到了一些痛苦，也沒有辦法跟一般的中國同胞站在等身的高度來看待這個問題。大陸社會有錯可以批評，但是取得的成就也應引以為驕傲。但是他們很少人能這樣，不能認同大陸，要靠向台灣又被拒，進退不得。只是敢怒不敢言地過日子。我和「台獨」派論爭的時候，在街上碰到外省朋友，他們會說，啊呀，你的批判文章寫得很不錯。我說，你怎麼不寫呢？你也搞文論的，你也留過洋，你也搞過「後殖民主義」研究，你也可以看到陳芳明後殖民主義的荒謬，你為什麼不寫？他說，只有你能寫，我不能寫。我說，為什麼？他說，因為我是外省人，我要是寫，就捅破了「台獨」的馬蜂窩了。我說哪裡有這種歪道理！其實他完全能夠寫。

記者：他如果寫了又怎麼樣？

陳：他就是自己心裡有鬼，我對他說你不要講統獨的問題，你就講後殖民主義理論就可以了。他說他不行。其實就是他自己不敢寫。我覺得在台灣的文化人需要反省。

記者：有一種說法，現在台灣強烈的文化本土意識，是因為政治的緣故，有些人把文化當成了政治的綁架者。

陳：沒錯。他們就是要盲目地脫中國化。比方說日本是脫亞入歐，在落後的亞洲裡，日本因為更早由國家推動的資本主義化，在資本主義還沒有成熟的期間，就由國家推動帝國主義擴張。

實際上把中國的東西從台灣抽離了，台灣就什麼也沒有了。比方說，台灣民間非常盛行的民間宗教，台灣的廟宇特別多，可是你會注意到，每一個廟宇裡面的神都是從大陸隨早期移民過去的。拜關公，拜媽祖，都不是台灣地方的神。還有開漳聖王，開闢了漳州的那個人，被漳州人奉為神，也隨著漳州的移民帶去了台灣。還有清水祖師爺也是閩南泉州的神。九五%以上的神都是大陸去台的神。

可是，現在就是一種非常極端的反中國主義，我很痛心。他們甚至用日本人侮辱中國人的言語來侮辱中國，像「清國奴」等等，還說外省人是「中國豬」。這是光復時批評國府接收集團的話，日據時代我們稱日本人為狗，因為日本人有個壞習慣，隨地小便，像狗一樣。光復以後，看到外省人的劣政以後的一句話就是，「狗去豬來」。這個豬代表什麼意思，指新來的人貪婪、貪汙、骯髒、不講衛生。所以現在重新用「中國豬」，這是非常非常不幸的同族相憎，不只是傷人，而且用帝國主義壓迫台灣人的話又來凌辱自己的民族，是以殖民統治者的眼睛來看自己的民族，以為自己已經是被宗主國開化了的人，從黑人變成了白人，然後用白人的口氣來罵黑人。

記者：我注意到您說過一九四五—一九四九年之間，大陸文學和台灣文學的交流非常非常頻繁。在這個之後，就不行了。您說是舊書攤上找到三〇年代的文學作品，這些書怎麼會流傳進來呢？

陳：因為這些書都是禁書，有的是書的主人當時被捕了，家裡人害怕，所以把這些東西都清出去了，或者是流傳了幾代人以後，已經沒有人要看了，或是不敢看，終至流落在書店中。數量是很少的。所以我在買的時候，隱隱感覺到有些影子在跟我競爭，也有很多人在找這種書。

一九四七—一九四九年間，有一些「東渡」來台的大陸進步文人，和在地台灣進步文人結合，力圖克服二二八事變造成的民族反目，介紹中國三〇、四〇年代進步文學。可惜一九四九年四六大逮捕事件徹底打擊了這個追求團結與進步的運動。

記者：當時沒有一個索引，也沒有一個指南，您怎麼樣去獲得信息，怎麼知道這些就是當時進步作家的作品呢？

陳：最初我是從爸爸的書房裡拿到，他在五〇年代白色恐怖時期燒了很多大陸出版的進步的書刊。那時候抓共產黨的時候，家裡有左派進步書刊都足以遭到橫禍。我看過父母在半夜裡在廚房裡面燒書，又不敢大量地燒，因為有火光，一頁頁地撕，一頁頁地燒，燒掉了很多的書。可是有一本書估計是他捨不得燒，就是魯迅的小說集《吶喊》。我們家那時候很窮，最笨重的家具就是書。當時我看那本書的時候，是初中生，其實也看不太懂，我只是覺得〈阿Q正傳〉比較好玩。那本書給我很深刻的印象，我也看了其他作家，像矛盾的作品。三〇年代文學首先告訴我文學是什麼，文學為誰，寫誰，文學應該怎麼樣去寫。

記者：當時您自然地傾向於現實主義的寫作方式？

陳：對。那是因為我看到了這些三〇年代作品，很自然地受到影響。我也看到一些舊俄的文學作品，岡察洛夫、高爾基、屠格涅夫、契訶夫，受到他們的影響是很自然的，但這些書還是很少，後來他們（書販）偷偷地要賣給我政治經濟學的書，我沒有興趣。後來又拿來一本艾思奇的《大眾哲學》，每一個年輕人都自認為對哲學有興趣，就把書買回去讀，轉變了思想。又反饋到了我讀到的三〇年代小說，加深了對作品理解的維度。這就決定了我一生道路和命運。儘管當時台灣從一九五〇年到一九七〇年間現代主義的風潮很盛，可是我一點不為所動。就是因為打了批判現實主義的底子的關係。

記者：當時的台灣青年有相當一部分人對台灣的統治心生厭惡，他們希望找到另一個參照，當時大陸是最近的一個參照。我不知道您當年是不是這樣？

陳：在冷戰格局下，共產主義被極端的反共意識形態宣傳惡魔化。當時台灣更多的青年知識分子嚮往美國式的自由主義。但我有不同的歷程。自從思想轉變了以後，我的整個心就都在大陸了。我想象著大陸上遍地紅旗，年輕人都奮發向上，為建立社會主義而拼搏。當時完全是想象，我曾經透過短波聽中蘇共爭論「九評」，反反復復地聽。還有就是我從一些進步的日本人那裡，讀到很多左派日本人、外國人去到文革中國的所見所聞。當然現在看起來可能是片面的，他們的報導充滿了歌頌。當時世界上所有的激進派、革命派都看著毛主席，看著中國，看著這場文化大革命。他們說每一個政黨在奪取政權的時候要求革命，一旦建立政權都要求穩定，只有毛主席會把自己的黨、自己的國家機器打破，其目的就是在建設一個人民的、直接生產者的中國等等。我讀了真是熱血沸騰，然後帶著這種熱血沸騰去坐牢。

不管文革事實的狀況是怎樣的，可是文革的理想給全世界一代進步青年的影響基本上是深遠的。文革犯了錯，有些還是犯了嚴重的錯，這是不爭的事實。但搞全面否定，也不科學。人們也不能從基督教成為羅馬帝國的國教時犯的錯，全面反對耶穌在原始教會時的教義和神學。

記者：當文革的真相出來以後，大陸很多人的理想是幻滅的，我不知道您有沒有這樣一個過程？

陳：這個問題對我來說是非常矛盾的。我身處在台灣，我很多的朋友，比如我保釣的左派朋友回到中國大陸，因為他家也是國民黨的關係，而七〇年代的中國，還是比較落後，他的親人肯定是受到一定的衝擊，回去以後，他就灰心喪氣。因為我和他的友情很深，他就不斷地千方百計地要告訴剛剛從牢獄裡面出來的我說，革命不是想象的那樣，大陸的革命已經變質了。當時我聽不下去。我當時還比較激進，我想，你自己個人的苦難應該超越。可是我後來覺得我這樣講，不是那麼正確。我後來常來到大陸，從個別個人的遭遇，不斷地聽到反右文革的災難，而且這些人不是我們在台灣看到反共的人，他們都很有理想，都是因為理想，在四九年以前投奔到中國大陸參加革命的台灣人，他們吃了不少苦頭，但現在都很能夠超越個人的命運看問題，不過講起那個時候的情況的確是令人感慨萬千。我的感覺是反右文革的最大的受難者，當然是無數個別個別的人，有的人不能發揮自己的專業，兒女也都受到牽連，這個的確是很大的被害。可是我聽了許多的個別人的遭遇之後，覺得最大的受害者其實是共產黨自己。共產黨最好的群眾、最好的知識分子、最忠誠有理想的黨員，大面積受到打擊，連帶了打擊了理想主義。從此，犬儒主義取代了理想，遺害是深刻的。

記者：您把您的想法與大陸的作家交流的時候，是不是有不同的意見，因為他們有切身的體會？

陳：我有一次經驗，大家在談論我的作品的時候，有人對我小說裡面的理想主義表示讚許。一個老同志就很不客氣地當著我的面講了一些話，我是很能理解的。他的意思大概就是說，這些理想主義都是我們過去災難的源頭。這只讓我了解過去的傷痕有多麼深。

記者：您在台灣是「中國統一聯盟」的主席，這是一個民間的組織嗎？

陳：是的，我們是在一九八七年成立的。因為那個時候已經解嚴了，「台獨」也成立了一個政黨，即民進黨。形勢讓我們覺得需要組織一個民間的而不是官方的主張民族統一的政團。過去的統一論只有國民黨一家獨占，要「反攻大陸」統一，要「打敗共匪」以後統一，只許這麼一種說法，任何別的說法都會賈禍。一九八七年後兩岸已可來往，有到大陸來訪問過的，都很震驚大陸的進步和發展。我們幾個朋友就決定來搞一個民間的主張中國統一的組織。這個組織的成員大概有三個來源。第一，已經釋放了的左派前政治犯。第二個就是「夏潮」系統的比較少壯的「左統派」年輕人。第三個就是以胡秋原先生為中心、外省籍的愛國知識分子等。目前正式登記入盟的盟員已經將近兩千人。可是我們這個組織第一個困難就是資源缺乏，我們要自己租辦公室，有些基本開銷就不得了，打電話、發通知、辦活動，所以我們的執行委員會除了交盟費以外，還要每個月認捐，以貼補費用。這幾年來運作都很正常。每個禮拜都會有工作會議要開，出席率是高的。

記者：「中國統一聯盟」主要做哪些推進工作呢？

陳：主要是反制「台獨」活動。比方說他們舉行「我是台灣人」大遊行，我們就發動「我是中國人」的遊行，有時候就到美國或者日本駐台北辦事處，對他們的某些言論表示抗議。其他或者是辦講座，談兩岸統一的問題。但必須說，「中國統一聯盟」在「台獨」逆流比較倡狂的台灣，基本上還是比較被邊緣化的團體。

記者：這個邊緣化是指在政治上的還是別的方面的？

陳：政治上的，現在「台獨」反民族勢力在島內外敵對勢力支持下已成氣候。香港也要警惕反民族氣候的形成。

記者：從一九八七年到現在，您覺得壓力是不是越來越大？

陳：現在我們比較大的問題就是我們的資源和他們的懸殊太大，他們有政權，他們有「立法院」的麥克風，他們有大眾媒體，好幾個報紙都是傳播他們的立場的，他們甚至還有自己的電視台，他們有「中央政權」、地方政權，然後他們可以通過掌握台灣基礎教育和高等教育來擴大「台獨」的思想政治意識。台灣內部統獨力量對比真的是太懸殊了，形勢是嚴峻的。

記者：在台灣像這樣的組織，其他的還有沒有？

陳：有，有不少，但是很少像我們這樣正常運作的。因為台灣現在有加括弧的自由，只要你去登記，哪怕你要組織一個共產黨，說不定也會獲准，可是那就是你們所謂的皮包公司。有的人是想要組織一個統一派的團體，方便跟大陸交流。可是我們是有具體工作的，而且經常有工作會議，還正常活著的組織，大概只有我們。

記者：您從一開始就擔任「中國統一聯盟」的主席嗎？

陳：說到當創盟主席，我原是很不喜歡當頭頭的。創盟的時候，他們提議讓我當主席，我就一口拒絕了。後來胡秋原先生講了一句話，我心裡為之一震。他說，您知道在台灣推動中國統一運動，如果由一個較有聲望的本省人來做，遠遠要比一個外省人來做更有意義。我一想這是很對的話，我就不能推辭了。所以我就變成了創盟主席。到快卸任的一九九〇年——章程上規定，一任一年，連任只得一次，連選上就是兩年嘛——一九九〇年帶「統聯」團訪大陸的時候，受到了出乎意料的高規格的接待，這給盟員很大的鼓舞，事後有人就紛紛要求我破格連任，我堅決不肯，我說不是謙虛，而是規章既然定了，就要按照規章辦事，不能自己來破壞這個規章，而且畢竟統聯不是政黨，它是統一戰線的組織，裡面也有各種略有不同立場的人，可是在反對「台獨」，主張中國統一的前提下，我們還是要團結，一定要輪流坐莊，不能一個人連莊到底。所以我堅決勸說他們，要看得遠一點，結果就按規章換屆了。

記者：您眼中的楊逵先生是怎樣一個人？

陳：我在東海花園認識他，楊逵老人有一個人特點，他絕不炫耀自己。他知道我，我最近才從資料上知道他讀過我的東西，而且對我的東西表示嘉許。當年我去看他純粹只是帶著對他的憧憬的心情，去和他坐一坐，聊一聊。

他不願講他自己的過往，他也不是那種害怕事情的人。我現在想想非常後悔，我們這幾年挖掘了四五年到四九年這段是時期的文學史料，才知道了他在那個時期起到了很大的進步作用，我要是早知道的話，我就會問他很多這個方面的細節。可是這幾年發掘的時候，他早已過世了。我覺得他最了不起的地方，除了他那終身堅定不移的對於社會主義理想的追求以外，他畢生坎坷、貧窮，可是絲毫不改其志。我每次看到他，他沒有一次是愁容滿面的。從歷史上看起來，他很早就看到了外國勢力干預台灣必欲把台灣從中國分離出去的危險陰謀。他很早就發出警訓，要反對台獨，反對台灣託管論。他一九八二年到美國，我是八三年去的，在美國聽到了很多他的言行，他實在是一個在民族立場上、在社會主義立場上、在人格方面，都是很令人敬佩的一個人。他的形象在我心目中很高大。在台灣文學界廣泛台獨化、反民族化的今天，他更顯得崇高偉大。

初刊二〇〇四年三月十八日《南方周末》（廣州）第一〇四九期
本文依據打字稿校訂

1
本篇為陳映真二〇〇四年二月六日於南寧接受《南方周末》記者王寅訪談的打字稿，標題〈陳映真訪談〉；訪談節錄初刊於《南方周末》，題為〈陳映真：台灣的文化人需要反省〉。本文依據經陳映真修訂的完整打字稿校訂，篇題沿用《南方周末》版。《南方周末》版前言：

去年年底，台灣作家陳映真獲得了馬來西亞《星洲日報》主辦的「花蹤世界華文文學獎」，成為第二位獲此榮譽的華文作家。陳映真在受獎詞中這樣說道：「請容許我把今天得到的榮譽獻給分裂的祖國兩岸和全世界華文文學的勤勉並卓有才華的作家們。」

陳映真一九三七年出生於台灣，本名陳永善，為了紀念死去的孿生哥哥映真，改名為映真。陳映真從一九五九年開始創作，主要著作有〈將軍族〉、〈第一件差事〉、〈夜行貨車〉、〈山路〉等。一九六八年，陳映真被台灣當局以「閱讀毛澤東、魯迅的著作」、「為共產主義宣傳」的罪名將他逮捕，並判刑十年。

陳映真堅持現實主義文學創作，有「台灣良心」和「老靈魂」之稱。陳映真始終是祖國統一堅定的擁護者，一九八八年，陳映真發起並組建了「中國統一聯盟」，並擔任主席，為兩岸和平統一奔走吶喊。

今年一月三十一日，陳映真在上海圖書館演講，演講的主題是從台灣的社會經濟看台灣文學的發展。滿頭白髮的陳映真對台獨勢力的分裂行徑憂心忡忡。

探望

訪港前夕的隨想

編按：陳映真先生今天抵港，擔任香港浸會大學駐校作家，提供多場公開講座。「讀書版」連同「世紀版」特別策畫一系列專輯，深入探討陳映真在文學創作和社會關懷等各方面的成就與意義，敬請讀者留意。

這次有機會來香港，事出突然。原先浸會大學請的是好友黃春明先生。黃先生不幸喪子之痛未癒，不能成行，浸大請我代勞。校長吳清輝先生也是多年朋友，不好推辭，遂有來港之行。

香港和台灣近在尺咫，雖然也去過幾次，但都是短暫的停留。這次決定來港，除了出於浸大的盛意，也出於我一直對香港的歷史、社會、文化和香港的知識分子懷抱著關切，卻一無所知。香港和台灣都曾在歷史的帝國主義時代裡當中國淪落為半殖民地半封建社會的總過程中成為強權的殖民地，都在殖民地時代被迫推向歷史的現代；都在戰後世界冷戰和國共內戰的雙層構造中的戰後「美國制霸下的世界秩序」(Pax Americana)中的上世紀六、七〇年代取得依附性的資本主義發展；香港和台灣的精英知識分子，也都受到英美教育和文化的深遠影響。

我的極粗淺的認識也看到台、港歷史的一些不同。一九四五年台灣光復，曾經熱烈地迎接想像中的解放，曾經認真地討論過自我去殖民化——即「中國化」的課題。一九四六年迄一九四九年間，即使經歷了不幸的二月事件，當時東渡來台的部分進步省外知識分子和以作家楊逵先生為中心的省內前進的知識分子仍然在有關「重建台灣新文學」的議論中，力圖彌補二月事件造成的民族反感，力爭民族團結，兩岸間形成了一個熱烈的公共領域，生動活潑。直到一九五〇年韓戰爆發，美國大船隊封斷了海峽，島上推動了一場徹底的異端撲殺運動，民族分裂的構造在外國強權的戰略利益下固定化，並在這分裂的長期化中，逐漸銷蝕了民族認同。而香港卻不曾在日本戰敗自港撤出後「光復」。一直到九七年，香港仍然處於英國「殖民地」(雖然不是「一般意義上」的「殖民地」)的地位。九七年回歸前夕，據說大量人口為「避秦」離港。九七年後，思想界似乎也沒有過「去殖民」的反思。在一個意義上，情況很像今天台灣一些留洋知識分子以國府(泛指中國)為繼日本之後的「再殖民」當局，而居然硬生生地把「後殖民批評」搬來為反民族、台獨運動張目。

殖民主義的世界史，為遼闊的(約占全球人口百分之七十五以上)前殖民地留下了複雜、深遠問題。我希望能藉著與香港青年學生、知識分子多相與接觸，並通過他們的教育，親炙香港的文學、歷史、文化和社會，並反照島嶼台灣當前的問題，以回歸後香港經驗和心性，增益我對島嶼台灣的理解維度。

然而我絕不是也不願意是一個社會科學者。我最人的喜悅仍然是文學創作。僅僅是因為我是一個如果對於由生活提問的諸問題沒有回答或出路時，就啞然無法寫作的人，才成為一個老是給人以喋喋不休地關心「理論」至令人厭憎的作家的印象，這也真是沒有辦法的事。但總之，我來，是來學習，來受教育，來理解，來尋求同胞的親情，而且，但願可能，來探望中國和它的人民的希望所寄……

初刊二〇〇四年二月十五日《明報・讀書》（香港）D9版

〔訪談〕中國的傷痛與台灣的認同悲情

專訪香港浸會大學駐校作家陳映真[1]

作者按：二〇〇四年回暖的春天時分，二月十五日下午，香港浸會大學文學院院長鍾玲、人文素質教育計畫總監陳載澧、中文系副教授黃子平和筆者一行人，到機場迎接著名作家陳映真伉儷來港，歡迎陳映真出任首任駐校作家。這是香港大專學府第一次聘請駐校作家。筆者很榮幸受《明報月刊》委任，負責專訪陳映真。十六日上午，我們在浸大校園進行了有關訪問，《明月》總編輯潘耀明稍後也趕來探望這位老朋友。

在他的內心深處曾有一個哀傷世界揮之不去，以一種二十世紀特有的時代力量為他洗禮。**陳映真，一個台灣現今少數僅有的唯物主義者，特立獨行，張著相對激烈的「左眼」，深邃而長久地注視著新世紀如何跨越詭譎多變的舊世紀。**

今天，他仍然站在新時代的前沿，仍舊以他充沛的生命力回顧舊時代遺留下來的民族傷痛，並且不忘前瞻當代思潮的走向，憂心忡忡。今天，筆者在他的聲音、語調中，感受到他精神的底蘊仍舊充滿熱烈的叛逆力量和反思情懷。

民族分裂的傷痛

農曆春節過後不久的二月中旬，陳映真受邀來到香港浸會大學校園，成為浸大的第一位駐校作家。在他抵達香港的第二天，我有幸對他進行了專訪。當年陳映真寫了許多「社會中不堪觸撫的痛傷」這類他所關心的文學主題，經過台灣這些年來快速變化的局勢，他依舊關注社會上久未痊癒的傷口，以他寫小說的敘事語言，揭開他眼中悲劇性的民族與時代的創傷。

陳映真指出，海峽兩岸最大的傷痛在於民族分裂的現實。從歷史的視角來看，外國武裝力量的介入導致了今日中國民族的分裂構造。他說，海峽兩岸的分裂可分為兩個階段：一是從一八九五年的《馬關條約》割讓台灣到一九四五年二戰結束，這時期日本帝國主義占領了台灣，使台灣脫離大陸，成為殖民地；二是一九五〇年在國共內戰和世界冷戰的雙重結構下，使得台灣和大陸又一次面臨分裂的歷史弔詭。陳映真以低沉的聲調說道：「一個在外力干涉下分裂的民族，是一個不完全的、畸形的，跛腳的民族。每一個中國人都應該引以為恥，引以為傷痛。但遺憾的是，隨著經濟的發展、綜合國力的提升，兩岸三地這種傷痛的意識相對比較薄弱，大家只致力於經濟的發展，對於怎樣克服外力干涉下的民族的分裂，相對有些冷漠，這是更大的傷痛。」

這種冷漠的態度以及對待冷漠現實的冷漠化，竟然逐漸被人習以為常了。陳映真這種看法，其實觸及了他和他論說的對象的更大傷口——一個跨世紀的分裂悲劇下的文化傷痛。

市場導致人性喪失

陳映真說，兩岸三地經濟的發展，在資本主義發展的規律下，付出了很大的代價：自然環境與生態的代價，以及人的勞動成為可以在市場中交易的商品，從而導致了人性和自我價值的喪失。他指出：「在市場主義下，人的價值讓位給市場機制，一切都通過市場來檢定，一切都從效益和可能創造的利潤來決定。這自然使人依市場邏輯物化去區分合格與不合格品，以及適用與不適用品。人必須交給市場來判斷誰合格、誰不合格，這造成一大批弱勢群體和社會中被邊緣化的貧民，失業人士、無家可歸者，以及面臨破滅的民族。」

面對全球化的經濟發展，陳映真表示，全世界資本主義發展的歷史，事實上都是以廣大農村農民的經濟衰退和弱勢群體的犧牲與潰滅為代價，這現象特別嚴重地反映在這幾年來台灣社會的生活之中。因失業、失學、生活的困苦而自殺的比率驟升。上世紀八〇年代末開始，東歐社會主義陣營的瓦解使資本主義少了來自社會主義體系的威脅和挑戰。陳映真感嘆道：「新自由主義大行其道，大肆主張資本可以在完全沒有監督和節制的條件下自由擴張，不受國界的限制，透過市場機制不斷自由積累。這種經濟發展模式去除了很多社會福利政策，造成僱主恣意解僱或肆無忌憚地延長僱員的工作時間去降低成本、增加利潤的現象。在經濟繁榮的背後，弱勢群體的破滅可以說就是現在世界的傷痛，而更大的傷痛是民眾對傷痛的冷漠。」

人們對這種傷痛的冷漠與麻木，構成了雙重的傷痛。陳映真因此認為，**文學應該更加關懷弱勢群體，而不只是沉醉在社會經濟發展的商品崇拜之中**。

認同悲情與豹變

台灣和中國的關係隨時代轉移，今天已變得極為複雜。陳映真說，從日帝統治期一直到上世紀五〇年代初白色恐怖時期，台灣人民始終懷抱著強烈的中國認同和驕傲。他從當年在獄中所聽聞到的、一位無名英雄前輩的遺言來開始表述這一段台灣民主化的歷史——台灣人民對白色祖國的希望幻滅，如何變為對於紅色祖國的期望。他告訴筆者：「某一個已經被槍斃了的政治犯在政治監獄臨刑前講的一句話流傳至今——台灣人民是從對白色祖國的幻滅中，即從『二二八事變』中看到了來自祖國的醜惡、腐敗和落後的一面，從而轉為對紅色祖國的希望和寄託。在大戰結束後，很多人只看見蔣介石的中國，可是對海峽對岸大陸的真實形勢卻不了解，所以對來到台灣的大陸政權和軍隊抱著很熱情的希望，但最後都幻滅了。」

許多磊落青年消失了

陳映真表示，在「二二八事變」後，大量憤怒的年輕人奔向在台灣的中共地下黨。一九四七年「二二八事變」後，大陸的中共勢力成為他們新的注目焦點，他們嚮往新中國的崛起。這情況有如小說《紅岩》所說的那樣，台灣和新中國革命的勝利擦肩而過：一邊是勝利，紅旗升起；一邊是走向死亡，國民黨進行了大規模的逮捕和屠殺。在美國艦隊封鎖海峽後，很多台灣地下黨人都在白色恐怖的陰影中壯烈犧牲了，許許多多磊落而有理想的年輕人消失了。這些有遠見、有理想的年輕知識分子，就在國民黨全面肅清、撲殺異己的鬥爭中全面潰滅，受到殺害或是監禁的命運。這當然不能說成是台獨的出發點，不是台獨分子所說的「離開中國」、「去中國化」的歷史進程。

在民族、國土分裂的大時代中，台灣人正受到某種歷史命運的撥弄。這一點陳映真有很深刻的理解。他指出，在日據時代，台灣長時期直接受到日本帝國主義的壓迫，然而大陸的抗戰卻只有短短的八年，縱然從一九三一年的「九一八」算起，也只有十五年的抗日歲月，而台灣人民的抗日鬥爭卻十分長久、深沉。因此，**日帝時代的五十年中，漢民族的光榮和驕傲正是台灣人民對日本帝國主義抗爭的精神支柱**。

從一九四五到一九四九年之間，雖然經過一九四七年「二二八事變」的傷痕，但在台灣的外省和本省的進步知識分子，都力圖克服民族的裂痕，爭取團結。他說，這是一個歷史的轉捩點，「二二八事變」後台灣人寄望於另外一個新中國的崛起。然而，事變卻被台獨反民族集團歪曲為台灣人民「告別中國民族」，成為一個「獨立的民族」的起始點。在陳映真看來，這種說法是經不起史實驗證的：「事實是，恰恰在『二二八事變』以後，一九四七年國共內戰已經發生了轉捩點，共產黨力量由弱轉強，國民黨則節節敗退。『二二八事變』真正使台灣人對以陳儀政府為代表的舊中國感到幻滅，徬徨甚至憤怒。這促使了一批有遠見的知識分子將目光投向大陸的內戰，看到一股正在崛起的新生力量，並且投身於新中國的誕生，終而家破身亡。」

台灣的戰後清理問題

在「二二八事變」期間，台灣島內興起反國民黨腐敗的運動，強烈要求更為廣泛的自治權和民主權，但受到國民黨強硬的武力鎮壓。陳映真指出，在這時期，全中國已有反對蔣介石獨裁的民主運動，主張和平建國的全國民運也遍地開花，台灣人民也看到了這一點。

他說，「二二八事變」其實是當時全國民主化抗爭運動的一部分。上世紀五〇年代到六〇年代的「自由中國運動」，以及七〇年代的黨外運動，都是中小資產階級發動的，帶有反蔣、親美、反共、反華性質的民主抗爭運動。八〇年代中後期，台獨勢力滲入黨外運動而壯大，成為一股反民族勢力，在外來勢力慫恿下，強化了民族分離運動的構造。

對於戰後台灣政經的發展，陳映真認為，戰後留下來的所謂後殖民時代的慘痛經驗，有很多值得歷史學家注意的一面。他指出，**由於當時國民黨政府有比較賢明的政策，認為台灣淪為殖民地達五十年之久，所以不去追究漢奸問題，否則很多人都不能倖免**。可是後來在冷戰和內戰的雙重結構下，反共政策無限上綱，反而失去了殖民地台灣史清理的機會。

陳映真表示，日據時代中台灣堅持反日的勢力和所有殖民地反帝運動一樣，都不同程度受到共產國際和共產黨的指導，都是左傾的一派。他們在戰後冷戰體制中成為被殲滅的對象。在日據時代中的反帝愛國勢力，有的後來參加了地下組織，或因歷史上的左傾問題，不但不受表揚，反而慘遭殺害或監禁。從這種種事實來看，在國際冷戰結構下，反帝國主義的愛國者都遭受到不幸的命運，而反共、與日帝勾結的精英反而得以與權力結合，至今榮顯。

二戰後在台灣發生的白色恐怖事件，應該在戰後世界史中找到位置。陳映真說，從六〇年代到八〇年代，美國新殖民冷戰體制在東亞、東南亞、中南美洲、希臘、中東扶持極端反共的親美法西斯政權，在人權蹂躪和民主破壞上，犯下罄竹難書的罪行，台灣的白色恐怖應該說是其中輕微的案例了。陳映真認為，戰後這種對殖民地時代以及冷戰與內戰雙重構造的歷史缺乏反省和批判所帶來的問題，是非常複雜和嚴重的現代史課題，值得學者、作家們去挖掘、探討。

初刊二〇〇四年三月《明報月刊》（香港）第三十九卷第三期

1 本篇為陳映真訪談，訪問、撰述：林幸謙；時間：二〇〇四年二月十六日。根據篇末資訊，陳映真於二〇〇四年四月十二日在香港中央圖書館另有講座「陳映真：我的文學創作與思想」，主持人為香港浸會大學文學院院長鍾玲、香港《明報月刊》總編輯潘耀明，演講大要〈民族分裂下的台灣文學——台灣的戰後與我的創作母題〉初刊二〇〇四年五月《明報月刊》第三十九卷第五期，收入全集本卷。

〔訪談〕左翼人生：文學與宗教

陳映真先生訪談錄[1]

一、魔幻現實主義的革命故事

古蒼梧（以下簡稱「梧」）：最近讀到您的一篇文章，發表在台灣《印刻文學生活誌》第四期上。那是為吳音寧小姐的報告文學《蒙面叢林》寫的序。您在二〇〇一年發表了〈忠孝公園〉、〈歸鄉〉等三篇小說以後，在這三篇和上述文章之間，還有沒有其他新的作品？

陳映真（以下簡稱「陳」）：〈忠孝公園〉以後，我生了一場病，寫作幾乎停了下來，再沒有寫小說。吳音寧這篇是去年寫的，因為她是我的好友詩人吳晟的女兒，從小就叫我阿伯。她寫了一篇報告文學，寫墨西哥的Zapatista（查巴達民族解放軍），在山林根據地的活動，很有意思。Zapata是十八、九世紀墨西哥的一個農民革命英雄，今日的Zapatista聲稱要繼承他的事業。吳音寧在游擊區住了幾天，寫了這篇台灣罕見的報告文學。

梧：寫的是這個游擊隊的副首領，叫Marcos（下稱「M」）。

陳：他永遠稱自己為副首領、副司令。吳音寧好像沒有親自見到他。她見到是那些帶她到叢林裡面去的游擊隊員。

梧：這個M他本身是個詩人，會寫詩，寫童話。

陳：也非常「後現代」，他利用電腦與外界聯絡，「促銷」他的革命，使根據地成為一個觀光勝地，賺錢，甚至浩浩蕩蕩地公開跑到城市裡面來，宣傳革命。很有意思。怎麼會有那樣子的游擊隊？從六〇年代到八〇年代，中南美洲的革命受到非常殘酷的暴力的摧殘，受到親美反共的獨裁政府的瘋狂鎮壓。他們能在墨西哥以這種方式存在，很不可思議。簡直是「魔幻現實主義」。

梧：你有跟吳音寧小姐談過嗎？

陳：稍微聊過，她同意我的意見。她應該在那邊多留一段時間，深入了解。

梧：她怎麼進去？

陳：像過去中國知識分子、文人去解放區一樣，你跟他們搭上頭了，就有負責交通的人帶你進去。如果商業、觀光是主要的，那當然絕不難進去吧。

梧：墨西哥政府沒有對他們鎮壓？

陳：沒有，而且，將來很可能和解。這很值得研究，我對它的情況也不了解。它變成像一個觀光事業一樣，游擊隊員都蒙著面，賣手工藝品，例如用刺繡描寫一個士兵拿著槍蒙著面，賣給來看的人。M很少露面，他在更深一層的森林裡面。沒有什麼武裝鬥爭，也沒有什麼革命理論。就是寫一些詩，寫信，這樣跟社會和世界左派精英聯絡。在全世界革命低潮時期，他們激起了全世界激進知識分子的想像。非常多的作家、左派作家、知識分子、教授都聲援他，很引起注意，他靠著這種世界左派的輿論換取公開行動。我想墨西哥政府也比較聰明吧，知道他沒有什麼威脅，也沒有公開地說要推翻現存的秩序，他只是為那些墨西哥的農民抱不平。農民太苦了，那些印地安農民太苦了。

梧：他們都是原住民嗎？

陳：原住民為主。

梧：好像女性為主？

陳：女性也有參加。是不是為主我就不知道了。

梧：照片上好像都是女的，他們說，蒙面是怕被認出來。

陳：有人說這樣（蒙面）反而增加可見度，也可以變成一種「行銷」手段，很有意思——這是一種非常「後現代」的「革命」。我覺得像這樣的「革命」，採訪一個禮拜是不夠的，一定要像斯諾那樣，跟著紅軍長征，然後跟著毛、周、朱德有得聊，才能夠理解深刻的本質。要不然這樣的採訪總是難免比較浮面。

梧：我看了那篇文章，當然她的立場也是同情游擊隊的，但寫法與一般山水風光的報導沒有太大的差別。

陳：是的。不過她有相對的傾向性，對墨西哥農民的革命是同情的。這在台灣像她這一代年輕人是少見的。相對說，她已經很不容易了。而且自己花錢，被蚊子叮得一身。

梧：您從那場大病以後，現在回來參加文學活動，第一篇就是寫這篇序？中間兩年沒有寫其他的？

陳：寫過一些序啊、評論啊，都不是很重要的。

梧：都與文學有關嗎？

陳：有關的。我出來以前，寫了一篇對於一個日本擁護台獨的右派學者的批判筆記。現在政治的台灣獨立運動跟台獨文學運動很有關係，他們要奪取台灣文學史以及台灣文學解釋的權力，有很多歪曲。還有不少日本的右派學者支援他們，其中有一個叫藤井省三，是東京大學搞魯迅的一個學者，他非常右，支持和同情台獨。他甚至說日本占領台灣後第一次把日語作為共同語帶到台灣，使台灣有了現代意義的「國語」。他說否則台灣只有客家話、閩南話和山地話。

我的批評是，作為一個日本人知識分子，談台灣的歷史、台灣的文學，首先要有一種自我反省意識。不要忘記你們在台灣統治了五十年，從一九三一年「九一八」到一九四五年有十五年的對華侵略戰爭。你不應該忘記，你作為一個這樣的國家的知識分子的歷史定位來討論台灣的問題。日帝強權剝奪了我們民族的語言，你怎麼可以說是你給了我們「國語」，我們講的是漢語的方言。

梧：他所謂的「國語」指的是中國的「普通話」？

陳：不是，指的是日治時期強加的日本語文，強以日語為台灣的「common language」、「national language」，他認為日本對台灣的統治是有功勞的。

梧：他指的是日本話。

陳：日本話。藤井省三說，日本人在台灣推行了日本話，讓你們有一個共同語，有了這個共同語，才有了一個公共領域，而這個公共領域就是後來台灣「民族主義」的起源。完全是暴論！

我生病以後陸陸續續寫了一些序、評論，就是創作還沒有開始。病後知道生也有涯，我想把出版社的工作減少一些，請一個人來幫忙，然後我想花更多的時間來搞創作。

二、往來生死之間的覺悟

梧：聽說您這次病得不輕。除了肉體上的辛苦，您中間有些什麼思考？

陳：我突然覺得生命有它的限度。我在理論上已死過一次了。因為最危急的時候心臟已經停了，然後打開胸膛，搶救過來。

梧：一個驚心動魄的經驗。

陳：我小時候受過基督教的影響。在那危急的時刻，從急救，到開刀，然後是送到加護病房，然後從加護病房出來療養。我的感覺是仿佛從很深沉的睡眠裡醒過來，沒有痛苦，也沒有像別人說的那樣，我飄上來看見自己躺在那邊，或者像別人一樣看見一道光亮，或者看見我已故的親人，都沒有。在黑暗的房間裡面，黑暗、安隱，甚至舒適，沒有恐怖，在一個完全沒有光線的地方沉睡。

梧：那時候還是有意識？

陳：在最危險的時候沒有，麻醉的關係。

梧：醒來後第一個感覺是什麼？

陳：那個時候已經插管子，插各種管子。自己也不覺得痛，呼吸也很順利。我這開胸是要用電鋸鋸開的，肉跟肋骨都擘開了，可是我醒來以後也沒有痛。所以我就開始思考生命的問題——人真的有靈魂或者第二個生命？還是會像燈一樣，滅了以後就甚麼都沒有了？

因為受到少年時期的宗教影響，在病危時禱告了，但是沒有什麼來自天上的回應。沒有像一般的基督徒所說的，那個危急的時刻祈禱會得到重大的啟示，或者很大的激動，改變我的一生，達到生命另外的一個層次，然後變成一個基督徒。我只是感覺到生命的有限。

梧： 促使你禱告的習慣回來，是因為你面臨一個新的危險，一個生死的關頭。

陳： 我危急的時候，我的家人很多都是虔誠的基督徒，他們來加護病房探訪時都會為我祈禱，他們說，我的親人和他們的教會每天都在為你祈禱，可是你自己也要祈禱。

梧： 你除了覺得生命有限，以後，對於人生有沒有一些新的看法，你會不會重新做一個基督徒？

陳： 我想不會吧。我那時，主要是少時的信仰的痕跡。我想，如果可能，我想再活下來……。此外，基督信仰往往改變人的一生。我的父親就是。

他出身貧窮，是個無神論者，他利用函授學校，修完了日本高等教育函授課程。後來在一場大變故中，一首很簡單的聖歌，改變了他，完全改變了他，從一個無神論者變成了有神論者。後來有一個教會要在台中建立神學院，需要一個有信仰，又有辦校經驗的人，他就去了，籌建了那所神學院。終其一生，他是一個有生命的基督徒。我很傾向歷史唯物論，但父親的榜樣，使我不輕易侮慢基督信仰。

梧：能不能談談那一場變故？

陳：是我的孿生兄弟陳映真夭折了，在九歲那年。

梧：你的筆名原來是你孿生兄弟的名字。你原名是陳永善。

陳：原來是陳映善，我姊姊叫陳映美。

梧：真、善、美，真有意思。你兄弟走了，你父親怎樣？

陳：很悲痛。他和喪子之痛苦苦搏鬥了幾年，不得排遣。

我父親對我的影響很大。他同我討論《新約聖經》裡面初代基督徒的宗教公社。他們分享共有，每個教徒把個人的所有都捐獻出來，按需要去拿。父親說初代教會的公社沒有注重生產，只注重分配，那就不能持久。早期的基督教組織帶有社會主義性質。他認為台灣教會當時極端反共是不對的，應該要知道基督教傳統裡面也有這種分享共有的思想。

不過他認為人有人的根本的罪性，這個罪性不解決，再好的思想體系，再好的社會體制也不能免於腐敗犯罪。一直到文革的暗面不斷出現的時候，我就想到他的話，最崇高的東西以崇高的名義變成了最醜陋的東西，當然不是全部。文革或者反右，我個人的感受，受害最大的當然是個別的人，有的人一輩子毀了，有的人從文革到最後平反，都二、三十年過去了。但受打擊的往往是黨最忠實善良的知識分子，歸根結底受損害最大的還是共產黨自身——文革一過，再沒有人相信崇高的東西，認為崇高的東西是假的，從而變得犬儒，嘲笑一切崇高正直、正義的可能性。這損失是很大的。

三、左翼人生：文學與宗教

梧：你是基督家庭出身，後來卻成了一個左翼作家。你小的時候就偷偷地去讀一些左翼作家的作品，包括毛澤東的作品、魯迅的作品，還研究馬克思主義，這些如何與你的基督教家庭聯繫起來？

陳：我走向左翼出於兩個原因，一個是文學，一個是宗教。文學當然是從魯迅開始。

梧：您大概從什麼時候起開始讀魯迅的作品？

陳：最早是高中的時候，五〇年代。我從父親的書房裡把《吶喊》——紅皮的那本偷了出來。當然第一次讀是不太懂，只有〈阿Q正傳〉印象最深。「阿Q」這個人受別人欺負就咒別人是他的兒子。可是後來每一年都要讀好幾遍，裡面的內容慢慢讀懂了。跟著，我開始讀魯迅同時代或後來的左翼作品，是自己到舊書店裡去找的。他們這些作品使我更加理解魯迅，更加理解魯迅的偉大——在文學上，在思想上和語言文字上偉大的成就。他的現實主義跟別人像茅盾這些人不一樣，他有很深的俄國象徵主義或者德國表現主義的部分，但你不能說他是個「現代派」。他的現實主義豐潤、深沉。

他的批判現實主義是非常豐潤豐富的，不是橫眉露目握著拳頭嘶喊革命的那種。他有很大的藝術和審美的空間吸引你，不僅僅是他對革命、對人類解放的關懷。作為文學作品，他的豐富——我常常解不開一個答案，魯迅是五四以來第一個白話文小說家，可是他在語言、文學創作上的水平是拔尖的。我們說莎士比亞，莎士比亞前面還有很多作家給他墊背，例如馬羅。魯迅不是，他是第一聲雷，是時代唯一的高音，而且高出他的同時代的人太多了。直到今天，我個人的偏見，白話文章寫過魯迅的，幾乎還沒有。魯迅實在是一個奇才。

第二當然是宗教。宗教裡面有愛、憐憫、赦免的部分。在《新約聖經》裡面，耶穌告訴人們，你們如果在世上給那些衣不蔽體的人穿衣服，給饑餓的人以食物，看望被下在監裡的人，這些都是做在基督身上的。這就是德蘭修女為什麼要到印度去，把每一個骯髒垂死的窮人都當作耶穌，因為《聖經》教導她，世上被棄的破落、病苦、窮乏者，可能就是耶穌，所以她幫死去的窮人洗澡，讓他們乾乾淨淨地離開這個世界。

有一次，我在父親的書房看到《社會思想史》的一套書，第一本我記得是柏拉圖的，最後一本是卡爾·馬克思的，包括各種各樣的西方社會學說。讀這套書我很震驚，讀完一本佩服一本，讀到最後是老馬的，我覺得老馬的是比較科學。那是一個大眾化的讀本，不是那麼難懂。我在上面看到一些左派的政治經濟學思想史，轉變了我的一生的命運。

梧：這個時候還是五〇年代？

陳：這些都是一九四五到一九四九年間從大陸流落到台灣的書，我的閱讀則在一九六〇年代。

梧：那個時候你已經開始寫作了。

陳：是的。比起那些一開始就讀乾燥火熱的馬克思主義著作的人，有了文學和宗教的土壤，我的激進主義思想土壤會濕潤一點，寬容一些。後來我沒有辦法去教堂了，因為思想改變了——我接受了歷史唯物主義，無神論。

當時我沒有辦法去教會，除了主觀上的變化以外，客觀上當時全世界的教會都受到冷戰意識形態的影響。他們常常說，主，消滅那些無神論者的共產國家，求主祝福我們的「總統」。基督教成了美國文化冷戰的工具，褻瀆了基督教。

後來我偶然接觸到左派教會的小冊子，高度評價了中國共產黨在中國大陸進行的土地改革；還主張要反省基督教到中國的整個歷史，在基督教東來——基督教到中國來的過程中教會所犯下的罪行。實際上我後來看資本主義發展史，從十五、六世紀的地理大發現，不斷擴張，在搶掠剝奪、殺人越貨的重商資本主義積累過程中，教會起了共犯的作用，在殖民地的榨取，基督徒雙手沾了罪惡的血漬。前進的基督神學覺得這是教會歷史不可抹殺的篇章，基督徒應該誠懇地面對這段歷史，要悔罪，在這個基礎上才可以重新傳上帝的福音。而且上帝的臉不一定就是白色的，對於全世界那麼多民族來說，有多少個民族就有多少張上帝的臉。

梧：這是哪個年代的事？

陳：七〇年代。從那時起，我才知道基督教有兩種。有一些信徒被派到中南美洲，那裡有非常鞏固的封建農奴莊園制度，有農奴、莊園主，那些年輕的神父被逼著去面對這個殘酷的現實。他們每天的讀經禱告裡面總是很痛苦，而支援教會的都是那些大地主，坐在前排的都是那些大地主，對教會奉獻最多錢財的都是那些大地主，那些帶紅帶子的主教最尊敬的也是那些大地主。第一線的那些小神父他的良心過不去，有的甚至帶著《聖經》、帶著槍跑到叢林裡，跟著游擊隊打仗。

後來我到菲律賓碰到這樣一個神父，他住smoking mountain貧民窟，垃圾山，由垃圾堆成的小山，周邊有很多矮矮的房子，住著一些窮人。窮人的孩子就在這些垃圾中找活。很多從農村來的少女來到馬尼拉，無以為生，淪落為妓女。傳統的神父，只會說你的身體是上帝的殿，你要愛惜，你不能幹這種骯髒的職業。可是這位神父居然說你們做妓女沒有關係，上帝應該知道你們的難處。神父知道這些農村來的少女都是極虔誠的教徒，她們賣身是為了解破產農村家中燃眉之急。她們是天使。即使耶穌也接納過妓女的膏油、懺悔與服侍。神父對少女們說，可是你們要有計畫，把錢存起來，怎樣選擇客人，不讓他們虐待。猛一聽，是非常驚人的，第一次聽到他們講這個故事，我都快哭了。我才知道基督教的生命力，信仰的生命力，不是中產階級裡面那些虛偽的禱告。而在這樣一個世界裡面，人們才能夠看到真正活著的耶穌。

在基督教與馬克思主義之間，我在哲學上，在理智上，是比較傾向歷史唯物主義的。我也很清楚地知道我有很深的基督教的影響，就是它的博愛、從社會和心靈的「罪」中得到解放、人道主義部分。其實西方共產黨人有很多在幼時有過教會生活的經歷，他們對基督教有一定理解。我一直對基督教與馬克思主義間的對話的可能性抱有很大的興趣。

我基本上是歷史唯物論者。但基督教對我有影響。什麼時候我突然回到基督宗教，難說。但即使我再回頭，我也是被世俗教會詈罵的、激進的、在知識上服膺歷史唯物論的基督徒。

四、我是個意念先行的作家

古劍：你的這些思想怎麼轉化到你的小說創作裡面去？

陳：所有左派作家，都是一樣的，都是有話要說而寫作。我不管是辦《人間》雜誌、寫評論、寫論文、寫序、寫小說，都一樣，不可能單純地為了看到一朵盛開的玫瑰就去寫一首詩。這是一種寫作的哲學吧。有人當醫生為了賺錢，有人當醫生是為了救人，有人當醫生是為了把現代的醫藥帶到不能享受現代醫療的地方，每個人的想法都不一樣。問題是，如果我是一個很會運動的人，我會打各種球，那我現在宣布我要打籃球，我就不能抱著籃球滿地亂闖，那是什麼？橄欖球嘛。我說我寫這篇東西是小說，首先就要是小說，小說這一關過得了關才算數。我首先要把小說寫好，寫得合情合理，寫得各方面都能過關。

即便像馬克思、恩格斯早就嚴格、明確地說，文學所面臨的問題是席勒與莎士比亞的辯證統一問題。德國詩人席勒他是比較冷靜的，比較哲學的，比較理論的；莎士比亞那是光輝燦爛的才華。他們常常告誡當時的左派作家，批評當時的左派作家，說他們簡直是按照公式在寫作。馬恩兩位無產階級文學論的宗師不斷地強調藝術有它「相對的自主性」，不能像政治論文那樣喊口號，要更多一點莎士比亞，要更少一點席勒，席勒跟莎士比亞應該矛盾統一。

我剛剛讀到這個文件的時候，真的是很震憾，他們沒有鼓勵你們要喊口號，他們不斷地叮嚀你要多一點莎士比亞，少一點席勒。不是不要席勒，而是席勒與莎士比亞的矛盾統一，同時給莎士比亞更高的評價。我總認為寫作對於一個作家來說是一種實踐，一個作家只有在實踐裡面來證明他自己。

梧：目前的文學處境與您原來的文學觀有很大的衝突，您原來對社會、對世界的關懷在當前的處境下會不會落空？

陳：時代不一樣了。上世紀二、三〇年代左翼文學的時代，中國人生活在半殖民半封建地社會底下，當時還有一個革命的政黨，還有一個根據地，在那樣的情況下左翼文學發展很快。現在是一個資本主義生產高度發達的消費主義時代，人們對於消費的關懷遠遠多於對於人的關懷，文學自然相應地高度商品化、庸俗化……

梧：黃繼持先生認為，在五四以來的作家裡面，您是屬於魯迅這個傳統。您關懷的是更廣闊的人的世界，作為一個作家，一個個體他如何深入地去了解另外的個體？您如何把其他個體的感受表現在你的作品裡面？

陳：這個問題對於任何一個認真從事追求真理的人都是一樣的，即個體的局限性與他所面臨問題的普遍性的關係問題。我並不那麼重視我自己的作家身分，我事實上是在一個非常偶然的機會裡被推到文學裡面去。我從小就讀了很多文學作品，但是沒有想到要當作家。因為當時沒有電腦，沒有電視，玩在鄉下也玩不出什麼名堂。有幾本書，就看，看出興趣來了，就都看，再找書來看。大學二年級的時候有一個朋友尉天驄有了條件辦一個文學同人刊物，居然要我寫小說，我心想我怎麼可能寫小說，要寫，那只能參照過去讀過的小說去寫。我就是這樣偶然性地開始了創作。我也讀過一些書，我知道，比起真正的馬克思主義者，我是微不足道的；我沒有那麼重視自己，認為我的筆將要翻動一個世界。

當然，只要我寫，我就要表現我自己的生活，我自己的一些想法。寫的時候儘量把它寫好，儘量把席勒減少一點，莎士比亞多一點，其目的在於讓人家接受。如果寫的是生硬、公式化的「革命加愛情」，人家就把它擱在一邊了。

舉一例子，我第一次在戒嚴時期決定寫五〇年代發生在白色恐怖時期的故事，都是我入獄以後親耳聽到的故事。那一代人的犧牲，在我入獄前，只存在耳語當中，大人傳講的時候都非常小聲。可是我六八年入獄以後，我與五〇年代入獄倖免活下來的地下黨人、同情者面對面交談，我才知道人有罪性、好逸惡勞、墮落的一面，可是千萬不要忘記，人也有崇高的一面。

在那個年代，不僅在台灣，在革命年代的中國、越南、廣闊的革命的第三世界，都有無數那樣的人，從知識分子到貧困的工人、農民，都曾經把他們生命中只能開花一次的青春和生命獻給了這崇高的理想和道路，不惜破身亡家。不管怎樣，人類的崇高，他們一代人的志業與實踐就像水庫的水位的紀錄一樣，的的確確高到那個程度。不要那麼犬儒地貶低自己說，人就是吃喝玩樂、聲色犬馬。人吃喝玩樂、聲色犬馬，這是對的，真的，可是人也崇高，也愛，也犧牲，也為弱小者的解放鬥爭，這也是實實在在的。

這種故事在我的內心裡隱藏了很久。在戒嚴時期，忽然有必須寫出來的內心的召喚，動筆的時候首先考慮的就是藝術性，我要從策略上去考慮藝術性，而不是要藏之名山、傳之後世，我沒有那一套。

梧：您的創作既要講求藝術性，同時又要把內心的想法表達出來。

陳：目的很簡單，就是宣傳，宣傳一整代足以譴責眼前犬儒主義世界的一代人。小說的藝術性就是為我的思想服務的，我公開承認我是一個意念先行的作家，我公開承認我是一個文學藝術的功利主義者，我公開認為文學是思想意識形態的宣傳，我並不以此為恥，問題是你寫得好不好。提高藝術性，也提高了「多義性」、「歧義性」，有利於在戒嚴時代的扣帽子，有利於讀者受到觸動。

五、是他們教育了我

梧：您還在繼續創作，而在目前的環境下，文學創作不可能發揮像魯迅時代一樣的作用。您為什麼還要寫？

陳：我剛才講過，從開始到現在，我並沒有對自己有那麼高的期望，說我就是要改變這個世界的人。

梧：你相信作品是可以改變世界的？

陳：有可能，如果寫得好的話，在一定的條件下。作為一個寫作的人，不會說為了一個嬰兒的笑靨去寫一首詩。我沒有辦法這樣做，我只能在有思想要表達、有話要說時寫小說。儘管我寫出來的東西沒有得到非常熱烈的反響，但是至少還有一些肯定的評價。還沒有人說，陳映真你不要寫了，你令人生厭，江郎才盡了。只要還沒有到那個地步，就繼續寫吧。

梧：你認為寫作是一件快樂的事情？

陳：寫作的確令我快樂。我這種人寫作，常常是為思想服務。有時候寫作前也寫筆記。比如，人物古蒼梧，五十歲，哪裡人，是什麼情況，然後需要表達些什麼，再想了好幾遍素材，就把筆記擺在一邊，開始寫。但開始寫作的時候，常常完全脫離了筆記，突然之間有別的東西在腦中湧現出來，比如一段我認為蠻精彩的對話，比我原來設計好的還要精彩，或者是故事的安排、走向，忽然而來。這就是寫作最大的喜悅和神奇。不過我絕對不願意把創作神秘化，但所謂「神來之筆」，的確有這回事，那是最快的雷電，令人詫愕的靈光一閃，以致於你要快快在稿紙旁邊記一下，就怕等一下忘掉。我的寫作有時候照本子，有時候照那靈光一閃，可是靈光一閃，再怎麼閃，也不會脫離我原來的軌道。這是寫作難言的快樂。

第二個快樂就是，有讀者覺得我寫得還可以。這不是說我有了成就感，而是至少我沒有完全變成席勒，我還有人家在審美和思想上都可以接受的東西。當然不是像魯迅先生那樣風靡整個時代，魯迅先生的作品相當於好幾師團的兵力都不止。

梧：你創作的時候都要寫大綱？〈忠孝公園〉裡面的人物都有真實的原型嗎？

陳：我是有兩個人物形象，與我最近關心三個主題有關。實際上意念先行，就是主題先行。一個是省籍的問題，這是台灣生活中我一直關心的問題，很多文章都討論到民族理解和團結的母題。現在台灣這個問題變得非常惡劣，當然不能把省籍矛盾看成一種民族矛盾，我們不能用「民族歧視」這個講法，但至少可以用「省籍歧視」這個講法。現政權正在操弄冷戰故伎，製造強大「邪惡」的大陸敵人，壓迫島內「不純」、「不忠」於台灣的個人和族群、語群……

第二就是台灣民主化。兩蔣時代是非常嚴厲的社會，一個高度專制獨裁的社會，需要的不只是公開露面的統治者——警察或者是調查局，每個人的生活周邊密密麻麻的都是情報系統。在所謂「自由化」以後，有些——各行各業、機關學校過去都是打小報告的，而今天他們在電視節目上面大談民主、人權，像這種情形非常可怕。過去我們承受國民黨嚴酷的統治，一旦過去了也就雲淡風輕，也沒有辦一個交代的手續。一些與統治者共同犯罪的人，現在搖身一變就變成了民主派。這個歷史沒有人注意。

第三個關心的問題是日本帝國主義的皇民化教育所遺留下來的意識形態與台灣獨立運動的結合。台灣獨立運動是以過去帝國宗主國日本的眼睛來看中國。這是後殖民批判的非常好的題材。後殖民批判現在被台獨分子用作台獨的工具，把國民黨「中國人」的統治當作外來民族殖民地統治，說國民黨時代是殖民地時代，批評國民黨中國人是後殖民批評。是非、本末顛倒，莫此為甚。這就是台灣戰後史不曾清理的結果。

梧：〈忠孝公園〉中的主要人物都來自生活？

陳：我做了一些調查研究，讀了一些日軍占領下菲國的歷史紀錄，還採訪了一些台灣人原日本兵。我們第一次去的時候，用國語交談，反應很冷漠；沒有辦法，只好用日語跟他們講，什麼都講了，用日語他們這些可憐的台灣人原日本兵老人就有了「親切感」。所以這個採訪很不愉快。他們都是不知道自己是被害者的被害者，這是很嚴重的悲哀。

梧：從六〇年代到現在，您的小說寫低下層的人物蠻多的，你對他們還是有一種同情，有一種悲憫的心態。

陳：我的小說與別人不一樣的地方，就是心靈的負擔、懺悔、罪感那種東西比較多。這種東西多，是好是壞，我想是另外一回事。在我向左傾斜的作品裡面，都伴隨著一種內心的掙扎、靈魂深處的一種罪感、懺悔。有人說這是基督教的影響。另外，我覺得文學與政治不一樣的地方，它比較不會去審判一個人，比較不會像法官一樣去裁判他，詛咒他。

梧：所以您的寫作不一定是一個政治的立場，而是有更大的關懷在？

陳：不好這麼說。我的作品裡面政治傾向是比較強，我也不敢說我怎麼關懷別人。我辦《人間》雜誌不是我去教育了民眾，而是很多採訪現場的民眾和生活教育了我。現場上的採訪，我也去過，是他們教育了我，不是陳先生有愛心，他辦了一個這樣的雜誌，表現了基層人們的哀樂。真的不是。我跟我的同事從現場受到了教育，很大的教育。

梧：接近群眾，關切他們，然後在這過程中，自己受到教育，獲得生命上一個更大的力量。另外一方面會不會把群眾的偉大、群眾的思想境界神話化，倒過來貶低知識分子？

陳：這就是大陸的經驗。這是革命走上唯心主義以後，把階級的定義從科學的政治經濟的基礎轉移到只講政治的條件，當把你打成什麼階級的時候，都不是從你的社會階級來看的，而是從你的政治傾向來看，你就是反動派啦，資產階級代言人啦，走資派啦。我們在台灣沒有這個問題。我們有的問題是我們作為知識階層與民眾嚴重脫離而怡然自傲的問題。台灣沒有共產黨。我們去接近人民不是因為「黨」的指揮、「黨」的指示，而是因為我們有一個信念，想要理解光輝燦爛的資本主義社會的背面人民的生活。我們看到生活中民眾的力量，他們的悲傷，他們的勇氣，他們的命運，他們的在非理社會中的不幸，都不是因為「黨」教導我們，是實際生活吸引了我們，我們跟他們談，跟他們一起住。

梧：這裡有兩個創作取向。您的創作是一種取向，另一種取向像張愛玲，四〇年代的時候，她說，弄文學的人向來是注重人生飛揚的一面，而忽視了人生安穩的一面。而她傾向於寫人生安穩的一面。

陳：這裡有個寫不來寫得來的問題。在那樣一個民族存亡，或者說階級矛盾深化的時候，有很多人也寫不來她的那種作品，就像她寫不來革命的主題一樣的。每一個人的寫作哲學不一樣。共同點是，文學必須是人學，你寫的是頹廢的，儘管日本人打到那裡了，我還是寫這些（娘姨之間的是非或是種種感情糾葛），而且那也需要很厚的生活的底子才能寫得好。至於對這樣的文學的價值判斷怎麼樣，這是另外一回事。是什麼時候了，你還寫這東西，就好像有人說，是什麼時候了，你還在搞左翼文學，一樣的道理。張愛玲也有她的席勒——卑微寄生的、在七情六欲中喘息的人物，男女的戀情，至於抗日戰爭和民族危機就讓別人去照顧吧，我就不照顧了。

不過，夏志清對張愛玲的評價就高於魯迅。這樣評價，他有他的道理，至於我絕不接受，則是另外一回事了。作為文學作品，肯定都有它的席勒，主要看你是哪一種顏色的席勒，是黃色的席勒，還是紅色的席勒。

初刊二〇〇四年四月《文學世紀》（香港）第四卷第四期、總三十七期

1 本篇為陳映真訪談，初刊《文學世紀》「陳映真專輯」。訪問者：古蒼梧、古劍；記錄整理：曹清華；時間：二〇〇四年二月十八日下午；地點：香港浸會大學吳多泰博士國際中心。

給趙稀方的信[1]

稀方兄：

到香港浸大(二月十五日)至今日稍空，給你回信交個差。

(一)此次得馬來西亞《星洲日報》「花蹤世界華文文學獎」，覺得很意外。所以決定接受，是八〇年代幾次訪馬，對在馬華人長期在民族文化歧視壓力下，堅持私力辦學，教育華文，成效很大。我有不少留居美國的朋友，無法、有時也無意為自己滯美兒孫延續華語文教育，實也因在外語文環境下維續母語文有具體困難。相形之下，我對馬華自己辦學維續華語文(到了可以辦報、寫華語文學的程度)很欽佩。我因而很樂意接受這樣的獎，回應他們的努力，分享他們維護民族母語的驕傲。

我對世界華文文學沒有研究，不敢發言。下面的話，只能是粗淺的隨想。

(1)港澳回歸，港澳文學是否也稱「海外華文文學」，應該是個問題。台灣雖未與祖國完成統一，維持（非一般意義上的）美帝新殖民地的性質（因為在法理上台灣是中國領土），但也不能稱為「海外華文文學」。

當然，由於歷史原因，港澳台文學作為中國的地方文學，自有其特色、特點，如何將上述三地文學特點與中國現當代文學的共同點做辯證統一的研究似乎是一個不能忽視的課題。

（2）中國新文學自五四文學革命——新文學創作實踐，三〇年代左翼文學的發展，三、四〇年代由左翼為中心的抗戰文學和毛延安講話，甚至到了文革時期，大陸的文論和創作都對台灣、香港、南洋（菲律賓、星、馬）在不同階段、不同程度內起了重要影響，而總地說，是各階段中國文壇思想、傾向、創作方法和實踐在華人、華僑世界中的延長與投影。

（3）長遠看，今日海外華文文學創作者第一代人（經歷三、四〇年代革命文學、抗戰文學——馬華文學甚至一直跟到文革時代）正值飄零的時代，革命和抗日都過去了，他們也被「邊緣化」了，新起一代是台灣六〇年代和大陸八〇年代渡美、歐、澳大利亞的第一代，瞄準的讀者也是台灣、大陸。

（4）因此進入二十一世紀，由於歸化國、僑居地的語文政策、環境、教育諸因素「海外華文文學」圈能否維持一個海外華文文學堅實的公共領域，我是有疑惑的。

（二）我走上創作道路是十分偶然的。在除了閱讀別無娛樂的少年時代，我也偶然地讀了魯迅和中國三〇年代其他作家作品，也讀了幾家蘇俄大文學家的作品，大學時代也讀了幾家西方文學作品。大二那年，朋友尉天驄兄辦了一個文學同人雜誌《筆滙》，來信邀稿，恍惚下筆，寫了第一篇小說〈麵攤〉，也不知道從此就推開了文學創作之門。

台灣自（上世紀）五〇年代後，因極端反共意識形態，政治和法律上禁絕中國三、四〇年代的文學。五〇年代之後，台灣的文藝青年只能以美歐為師搞「現代主義」，和台灣與大陸二、三〇年代左派的、批判現實主義的民族文學傳統斷裂，依西方七折八扣輸入的各種文論模仿創作，從上世紀五〇—七〇年間成為主流和霸權。

但在這主流之外，存在著以鍾理和為代表的素樸（沒有左派思想）的現實主義寫作，屬於戰後初代用白話共同語寫作的作家。第二代是黃春明、王禎和、白先勇和我，他們都接觸過三〇年代（不同程度）的文學，白先勇親炙《紅樓夢》等傳統。第三代以後，基本上是按西方流行文論創作，其中自不乏有創作力的一些人。

我個人受左派文論和作品範式的影響較深，所以一貫誠實地宣稱是一個「意念先行」的、「文藝工具論、功利論」的作家，只是我也重視馬恩關於席勒和莎士比亞的辯證統一論，只要是寫小說，一定力所能及地照顧到「藝術性」，照顧到莎士比亞（這一點我自認我的才能難以企及）。

既「意念先行」，我很自覺地把「民族在新帝國主義下的分裂」當作當代台灣史的核心。五〇年代後歷史的、政治的、社會的反思和清理，台灣「族群」矛盾與和解，惡質「民粹」論撕裂島內民族團結，奔向法西斯族群歧視，以及中國社會主義歷史、本質和去向，中國社會主義實踐對國際壟斷資本全球化構造下的廣泛弱小民族、人民的影響，有焦慮和關切。

（三）如果八〇年代在大陸首先從社會主義脫離，倒向形形色色的非馬、反馬、自由主義的是大陸文學界，那麼，八〇年代在台灣刮起台獨反民族歪風時全面向台獨轉向的也是台灣的文學界。台灣文學的台獨化，是在台灣史、台灣文學史、台灣文學思潮史、作家論和作品論上全面歪曲、沖淡台灣文學和中國文學的歷史的、文學的聯繫，變造史料力言台灣社會、歷史、文學針對中國的「自主性」、「主體性」和「獨立性」。

欲達到此目的，台獨派編造一種史觀，即台灣三百年歷史，從荷蘭、明鄭、清代、日據、國民黨時代全是外來（民族）統治、殖民、殖民地化的歷史。因此，陳芳明開始寫一部台灣新文學史，開宗明義，說他要依台灣不同社會階段性質來為台灣文學史分期。於是他提出日據時代為殖民時期；光復後國府統治（一九四五—一九八七）為「再殖民」期；一九八七李登輝繼政後迄今為「反殖民」期！

陳芳明喜歡以「左」派台獨自居，但對Marxist社會科學一無所知，以故對社會性質＝社會生產方式性質理論完全無知。

我不惜浪擲筆墨反駁，目的在（1）介紹社會性質理論的原委；（2）試圖依社會性質論分析台灣戰後資本主義的分期，和相應的台灣現當代文學現象；（3）從殖民主義理論揭破台灣史＝外來（殖民）統治史的謬論……

但是由於台灣自一九五〇年後就沒有馬克思主義的政治經濟學，爭論沒有引起統獨雙方的應援與回應，注意的人不少，懂的人很少，由於陳芳明水平有限，很多筆墨不能不浪費在最基礎的有關歷史唯物主義、社會生產方式和上層建築理論，爭論的理論水平無法提高到當前台灣戰後資本主義性質、變革的方針政策等主要方面去。在大陸全面拋去「前三十年」，台灣對馬派社會科學的無知條件下，這場爭論大約不能不是一場白費的爭論，而陳芳明依然大膽就「後殖民」歪論大放厥詞，考慮得空還是要對付一番。不過，陳芳明畢竟中止了他的台灣新文學史，不能往下寫了吧……

（四）在《人間思想與創作叢刊》刊趙稀方、賀照田文章原因有幾點：

（1）驚訝發覺有人對全面否定「前三十年」有反思的能力，來得比我想像的早，且文章很有深度，令人喜出望外，台灣有些朋友對大陸知識分子的西化、資產階級化、自由主義化深為扼腕，刊出二人文章，證明大陸思想界畢竟有反省沉思的力量。

（2）兩岸雖然分裂，但透過網際網路、公開合法的刊物，討論同一個共同關切問題，藉以逐漸形成超越海峽，介於公、私領域間的、批判的公共領域，早一步在思想知識生活上把祖國統一起來。

大陸的思想問題，終竟依靠大陸優秀的思想界解決，至少是主要依靠大陸思想界，正如台灣皆然。但兩岸思想界相互應求，也十分重要。我們希望：

（a）全面科學地反思大陸社會主義運動的歷史，清理一九九二年以後的歷史。

（b）除了做概念上的思索，建議從一九四五—一九九二至今日的中國社會史（生產方式史）的整理，增進思想知識的科學性力量，更有力地抗擊自由派和保守派。

（c）伴隨著因社會性質論而來的變革論，思索中國基於大革命、一九九二年後的變化之經驗教訓的、自己的發展社會學，走自己的路，為第三世界各族人民共同探尋一條解放的道路。

（d）希望在大陸文學界也有一個全面反思運動，以雄辯的作品，走出一條有力量、有希望、有人民和他們的生活的作品。

（五）〈忠孝公園〉以後因病、因生活未有新作。

我覺得我要寫的思想題材不少。如果身體體力許可，也想寫好的報告文學……

我多年的理論焦慮，是建設台灣戰後資本主義性質論。從而找出變革理論在政治、社會、文學、思想、文化各領域中的方針政策，付諸實踐……

二〇〇四年二月

稀方兄，以上只能是大意，不宜逐字利用，煩請您依大意整理成文章再發表，你是香港文學專家，我則剛剛開始接觸，初步看到港台文學發展歷程的異同、饒有興趣。

匆匆，祝

筆健，問湘萍兄好，也問照田兄好

映真　2/24 '04

本文依據手稿校訂

1　本文依據手稿校訂，稿面無標題，此處篇題為編輯所加。

人生小語 1

世上沒有抽象、先驗的道德。因為道德是一定歷史條件和歷史階段中的道德，而歷史也是一定道德的歷史背景，有一定道德內容的歷史。

在抗日戰爭的歷史中，日本「八紘一宇」、「大東亞共榮圈」的「愛國主義」是不道德的，而中國人民抗日民族解放的愛國主義的道德性，則無庸置疑。在阿富汗、巴勒斯坦、伊拉克的民族、生存、文化、宗教受到毀滅性威脅時，伊斯蘭人民自殺性抵抗的愛國主義就不能視為「邪惡」、「野蠻」，而以最強大經濟力和武力殺人民族、毀人家園的霸權「愛國主義」的「道德性」，正引起世人的疑慮和批判。

香港事，我不做置喙。但在台灣，反民族分裂主義在外來勢力慫恿下形成較大逆流的歷史的當代，堅持克服民族分裂，堅持民族團結、和平與統一的愛國主義道德性，不辯自明。

台灣和香港的當代史，都留下未曾清理的冷戰邏輯下極端反共反華主義和新殖民主義的課

二〇〇四年二月

題，等待兩地思索的知識分子認真對待。

本文依據手稿校訂

1 本篇稿面有不同顏色的字跡註記「給明月」、「二〇〇四年二、三月」，疑似為《明報月刊》而作，據此定序。

〔訪談〕人道關懷與生命的背離

陳映真的文學告白[1]

整理者按：本文是根據陳映真在內地電台《讀書時間》節目的談話重新整理節錄而成，主持此次談話節目的是李潘君。事隔多時回頭重溫當年陳映真初到中國大陸時的心境，言談中流露出作家心底深處一種寓意深遠的淑世情懷。

李潘（以下簡稱「李」）：在一九七五年的時候，您用了許南村的筆名寫了〈試論陳映真〉一文剖析自己，您當時是怎麼想的？

陳映真（以下簡稱「陳」）：我從綠島的監獄回來是一九七五年，馬上就有出版商找我出書，我覺得蠻感動的。像我這樣的人出書，出版社要冒風險。坐牢出來對我來說是人生的新階段，若要繼續從事創作，首先要把自己這本帳算清楚。在那以前，我常用陳映真的筆名搞創作，用許南村的筆名搞評論。對這兩個角色，我的自剖主要是想讓自己站在比較客觀的立場上看待自己，對自己做自我批評。後來兩個名字就混起來了，有時候我也以陳映真的筆名寫些評論、寫論文，漸漸地較少用「許南村」。

陳映真是我雙胞胎哥哥的名字，我哥哥在十歲時過世了，我倆是同卵性雙胞胎，所以感情特別要好。他死之後給我很大的打擊，在年幼的心靈裡，第一次理解到什麼是「死亡」。我開始創作時用了很多的筆名，其中我為了紀念他用了「陳映真」。這裡面還有一個小故事。我是過繼給我三伯父的，而我生父的家就要搬到隔壁的桃園市去了。我覺得很憂愁，他說，你別那麼難過，我們互相想念的時候，就趕快去照鏡子，我就來了（笑）。他現在已經過世了，我用他的名字，只是單純地為了紀念他，沒想到寫著、寫著，現在我哥哥比我更有名了。

李：在評論家眼中，您的小說技巧比較圓熟，可是您自己似乎比較不在乎文學技巧問題。在您看來，文學創作或者說小說創作中，思想內涵和技巧究竟占怎樣的比例？

陳：不能說我不注重技巧，但我的側重點比較注重內容和思想。一篇在形式、技術上比較好的作品，可是思想卻空泛；另一篇作品的思想內容很讓人震動，可是表現手法比較淳樸，不花俏，那麼我寧取後者。這是我自己的一種選擇，是我所追求的一種文學哲學、文學觀點吧！創作領域裡有非常非常細緻的獨立王國，有著服從藝術技巧的規則，我個人覺得，思想上越是前進、越是想讓人透過你的作品理解人生和生活的作品，作家就應該越自覺地提高藝術性。這不是說為藝術性而藝術性，如果作品充滿了口號，橫眉怒目，而技巧上卻讓人望之生厭，寫和沒寫都一樣。在這意義上，我是很注意技巧和藝術性的。

李：在文學中，您總是關注黎民百姓，十分關注下層百姓的生活。這是不是您作品中比較溫厚的愛心的源泉呢？像〈麵攤〉寫一個患了肺病的孩子，他的父母為他憂心如焚，孩子將一口帶血的痰吐在媽媽伸著的掌上，讀到這段時我感到一種非常溫厚的愛心，這是否就是您剛才所講的您的創作哲學的一種表現？

陳：是，特別是在最近工商業發達之後，「愛心」這個詞經過大眾傳播變得非常便宜。很多企業用「愛心行動」來宣傳他的產品，來擴大他的商標的認識。「愛心」是個很好的事情，但是在高度商業化的社會，它被商業化了。人之所以為人，與其說是「愛心」，不如追問「人應該怎麼活才是合理的」？一個直接參與生產的人是不是就比那些管理者更卑微？人跟人應該怎樣對待？我們應回到人和人之間，一種和平、和睦、充滿友情的對待方式。

李：學者說您的文學創作非常關注現實，不管是您的小說，還是文化隨筆，或是文化批評文章都關注到最迫切的現實。您在文學創作時，為什麼這麼關注現實？

陳：我想，寫小說跟做記者工作一樣，每個人都對工作有不同的哲學。比方說，有些醫生覺得自己是精英分子，卻把醫學當作商品，交不出保證金的病人就不醫治他；另外一種醫生，卻沒有想到要把醫療服務當作商品，病人來了就應該醫治。寫作也是這樣：有些作家以我為中心，寫自己的感情、思想和喜怒哀樂，可以不考慮現實。他們認為照顧到現實就不是文學，文學藝術應該追求純粹的東西，追求那種美的、善的東西。可能另有一種寫作的哲學，認為文學藝術只是一種手段，用這種手段讓人能夠更加理解生活、歷史、社會的本質。理解這些本質和本質裡所透露出來的生活或者社會歷史當中存在的矛盾，並且想辦法去克服這些矛盾，讓人能夠生活在更美好的環境和世界裡。我大概選擇第二種。

李：在大家眼中，您似乎屬於一個比較左派的作家，這個「左」的涵義對您來說究竟意味著什麼呢？

陳：所謂「左」和「右」，絕對不只是表面上的「左右」兩個字可以限定的。這牽涉到寫作的哲學：你是為什麼、為誰、為何目的而創作？在生活裡，因此存在著很多背離。比方說，台灣於一八九五年淪為殖民地後，知識分子立刻就面臨著兩大矛盾：第一是民族的矛盾，即在異族統治之下遭受到的歧視、侮辱和壓迫；另一是階級上的矛盾，這體現在日本民族對台灣人的矛盾上，也體現在台灣社會內部跟日本統治階級比較接近的地主、資產階級，以及底下農民之間的矛盾。這些矛盾，是日常生活中處處可見的矛盾，所以台灣文學有這麼一個獨特的傳統。就像所有的殖民地半殖民地的文學傳統那樣，第一個當務之急就是反對帝國主義，反對外國對我們的壓迫。第二個當務之急就是怎樣解決內部的階級矛盾。在這樣的傳統下，形成一個寫實主義的問題，一個批判的寫實主義的問題，抵抗的寫實主義的問題。這成為日據時代一個非常重要的主流。這樣的傳統一般稱為「寫實主義文學」或「抵抗文學」。在殖民地半殖民地階段，這是非常自然的。所以，離開歷史來看「左右」，恐怕就會成為一種標籤了，看得不夠深刻，這是第一點。

第二點，一九五〇年以後，台灣社會由於被捲入日本、美國、台灣三角貿易的經濟發展中，導致台灣戰後資本主義發展出現很多問題，比如有很多跨國公司和外國資本來到了台灣。在這問題裡，小說不是社會科學，小說關注的是在這樣巨大的結構下，人受到什麼樣的影響。人的處境、人的選擇、人怎樣看的問題。有很多在外國公司工作的讀者，讀到我的某一篇小說的時候，他說他突然跑出去痛哭，因為他的處境就是那樣。在外國公司裡當個夾在中間的領導者，要民族尊嚴又要薪水來養家餬口。當民族自尊受到玷汙時，又不敢反抗，一反抗就什麼都沒有了，像這樣的心情，都投射到這樣作品裡面了。所謂的左翼，就是在經濟發展和社會發展過程中不僅僅矚目經濟的發展而已，而應關注這個過程裡一些弱小者被當作工廠的報廢品而被排擠的現實。我關心這些人不是因為他們窮，我們才關心；不是指窮人都是好人，而是站在人道的立場。人畢竟不是動物，不是靠叢林法律去生存。人固然有貪婪、欺壓別人的行為，可是內心的深處也需要去愛別人，去關心別人，去幫助別人。

李：您除了小說創作之外，同時也是一位社會活動家。您更喜歡作為一個小說家的陳映真，還是更喜歡作為一個社會活動家的陳映真？

陳：在充滿矛盾的社會裡，一個思想者無法避免一個難題，即思想和實踐的問題。思想到一定程度，就會有一種要求：不能光說，不能光讀書，不能光在那兒寫！你眼皮底下有那麼多矛盾，你是不是要在實踐中去解決這些問題？人的思想可以有不同行動來表現。我可以寫小說、寫雜文、寫評論、辦《人間》雜誌通過攝影來表現，也可以參加一些社會活動等等，總而言之，都是我自己思想的表現吧！

初刊二〇〇四年三月《香港文學》（香港）總二三一期

1 本篇為陳映真訪談，初刊《香港文學》「第二屆『花蹤世界華文文學獎』得主陳映真作品研究特輯」。訪談：李潘；整理：林幸謙。

四十五年前的朱批

一九五七年，我在淡江英專（兩年後改制淡江文理學院）的台北市校區讀外語系。而我的一個自初中就同校同班的摯友邱勝男兄，則在國文系就讀。勝男兄不時向我提到他們系上有一位葉嘉瑩教授教舊詩教得極好。我於是在課表上找得到的空隙，去旁聽葉嘉瑩老師的課。

那是我平生頭一次感受和認識到我國舊詩文學豐富璀璨、美不勝收的審美世界。我也旁聽過名學者臺靜農教授和鄭騫教授的課。兩位老教授的課，是博學鴻儒講解古典的堂奧，有不少地方，也不是一個素來沒有國學根柢的外語系學生所能理解的。

相形之下，葉嘉瑩教授的每一堂課，幾乎都令人感到永遠新奇的審美的驚詫。她看來總是滿有智慧，嫻靜優雅，總是全心全意地教書，諄諄善誘，一點也看不見她因當時專校學生水平相對低下而稍減她教育者的熱情。

然而，對於當時老是坐在全班末排座位上的我最大的迷惑，不僅在於葉嘉瑩教授對我國龐大舊詩文學寶庫中所珍藏的每一首傑作的熟達、研究和深刻的理解，還在於她能在一整堂課中以珠璣般優美的語言，邏輯地、條理清晰地講解，使學生在高度審美的語言境界中，忘我地隨著葉嘉瑩教授在中國舊詩詞巍峨光輝的殿闕中，到處發現藝術和文學之美的驚嘆。一直到今天，我都以為葉嘉瑩教授講的課，直接記錄成文字，雖一字不易，仍是知識和才情並盛的好文章。書面語和口說語絕不可避免的差異，居然在她的講堂中的教育實踐裡統一了起來。

一九五九年秋，我極偶然地成了畏友尉天驄兄主宰的青年文學同人雜誌《筆匯》的一員，發表過第一篇小說〈麵攤〉。年底，又寫了一篇青澀的小說〈我的弟弟康雄〉，卻很沒有自信，很想請葉嘉瑩教授指教。我不是國文系的學生，加上我有不為人知的內向與靦腆的個性，便先讓摯友邱勝男兄過目。不料勝男兄非常熱心地拉著我帶上稿子去見葉教授。

葉嘉瑩教授含笑接了稿子以後，直到下一個旁聽課間的三、五日間，我開始十分懊悔把那樣青澀的作品交給了飽讀過無數文學傑作的葉教授，而自惴惴終日，不知所措。

然則那日終於來到。我和勝男兄到葉嘉瑩教授那兒取回稿子。葉教授睜大眼睛看著我，含著微笑說了於今完全不復記憶的嘉許的話。我接過了稿子鞠躬而退，才發現原稿後面附著整兩張葉教授細心的朱筆批語。我時常想，我開始認真地思考自己和創作的關係，肯定不是一九五九年九月在《筆匯》發表習作〈麵攤〉之時，而是在我反反覆覆避人細讀葉教授的批語之後。然而那兩張紙朱批的內容，於今竟一字也不能記得。我問過勝男兄，他也不能記得，問了看過朱批的天驄兄，也說不能記憶。但我記得清楚的是，葉教授的朱批認真嚴肅，竟沒有把我的稿子當作文學青年賣弄文藝腔的稚淺之作，說了一些由不得人不認真對待的讚賞和期勉的話語。

一九六〇年一月發表的〈我的弟弟康雄〉，在小小的非主流文藝圈內激起小小的波紋。兩個月後的一九六〇年三月，〈家〉發表；八月，又發表〈鄉村的教師〉；九月，發表〈故鄉〉；十月，發表〈死者〉；十二月，發表〈祖父和傘〉。從創作發表之勤，看得出葉嘉瑩作為老師的鼓勵、影響是明顯的。

我內向靦腆的個性，使我再也沒有去親炙葉教授的教誨。很久之後，聽說了她到國外教書。又很久之後，聽說了她也到大陸開課。九〇年代，居然在北京兩次巧遇了葉嘉瑩教授，喜出望外。令人驚奇的是，她看來優雅、智慧、和藹如故，一點都不見歲月流逝的跡痕，而精神面貌卻更見煥發於往昔。

我一直沒有學習好中國的古文學，也不曾是葉教授真正入門的弟子，因此絕不敢以老師稱葉嘉瑩教授。作為作家，我寫得並不多，寫的質量也遠遠不夠好。但當命運在一個偶然中把我推向文學創作的路途時，確有少數一些不能遺忘的推手，例如尉天驄、尤崇洵、邱勝男諸兄。但第一個以老師的關懷鼓勵了我，使我半生面向了文學創作的，確確實實，是尊敬的葉嘉瑩教授。

二〇〇四年三月

二〇〇四年三月十四日，台北

初刊二〇〇四年九月洪範書店《陳映真散文集1・父親》
收入二〇〇五年十二月南開大學出版社（天津）《葉嘉瑩教授八十華誕暨國際詞學研討會紀念文集》

我的寫作與台灣社會嬗變

陳映真香港浸會大學演講[1]

壹、一九四五—一九六六年

主持人：鄭樹森教授

鄭樹森：謝謝各位來聽陳先生演講。這一個系列的講演分四個部分，今天第一個部分是以戰後到六〇年前後，就是陳先生入獄之前，即第一次被舊的國民黨政府捉進去之前告一段落。戰後發生的最大一件事，就是四七年的二二八事件，就是舊國民黨政府對台灣人民要求民主自治運動的軍事鎮壓。跟著第二件事情就是五〇年代之後，台灣進入了東西方的冷戰體系，從此舊國民黨政權在台灣展開了一系列白色恐怖的鎮壓。到了六〇年代，零零星星一直都有知識分子的反抗，可是都並不是很有效，但是也引起一些陣仗。在這整個東西冷戰跟國共對抗的局面下，陳先生開始寫作，也為他的寫作和思考付出了重大的代價。陳先生將針對這一段歷史變遷、社會變化，及個人的成長、創作，結合起來跟大家講一講，介紹一下。

陳映真：各位香港的朋友們，今天非常榮幸能夠來到香港，雖然港台近在咫尺，我從來沒有像這次待這麼長時間，而且有機會在這裡同大家交換點意見，非常高興。

我一貫都很不願意也不擅長提到自己，第一次提到自己的文章，是一九七五年第一次出獄後，想對我前此的創作做一總結，準備再重新開始的時候，以第三者的身分寫的〈試論陳映真〉，嚴厲地省視自己的創作生活。後來到了八〇年代寫的〈後街〉，也是以第三者的身分回顧，這回顧倒不是說我自己，而是回顧我所走過的台灣戰後社會的歷史，跟國際走過來的道路。

我記得有一次在台灣跟鄭教授一起擔任某報紙的小說獎評審，發覺年輕一代的作家寫作的觀點都是「我」，這是一個「我我我」的世代，整天只看自己的肚臍眼喃喃自語的年代，而我不擅於講我自己。今天我很高興主辦單位把我自己的寫作和我一路走過來台灣社會的嬗變聯繫到一起，這樣的話，我講起來就不會覺得都是在講我自己。

因為時間的限制，今天我想講的時間是一九四五年到一九六五年，剛剛鄭教授非常明確地指出了時間點，重要的編年上的事件，特別是提出國共同戰和國際東西冷戰的雙重結構。

首先是四五年，台灣光復，我的印象還很深刻，張燈結綵，萬眾歡騰，幾乎每家每戶，在家中客廳裡不管寫對寫錯，都有一個注音符號表，還有幾乎每家每戶都掛著國父和蔣委員長的肖像，是那樣的一種氛圍。光復在社會上最大的感觸就是所謂外省人來到台灣，我住的小鎮，突然就來了一些穿布鞋的外省人，他們一來就當鎮上的領導人，還有我家後屋裡搬來陸家兄妹跟嫂子，還有個剛生下來的嬰兒。沒多久陸家姐姐就被帶走了，我們也聽說她在南部糖廠上班的哥哥也被以「匪諜」罪名帶走。所以光復時我的年紀雖小，才八歲，但白色恐怖卻在我生命中烙印很深。一方面是後來白色恐怖事件的延續，另一方面是我開始對外省人產生了很深的印象，因為他們講的話跟生活習慣，都和我們不一樣。這兩者日後都成為我創作上相當重要的內容，這跟戰後史有很重要關係。

光復後，台灣的社會性質也起了很大變化，用社會科學理論來說，日據時代的殖民地半封建社會，一變而為跟大陸一樣的半殖民地半封建社會。從一九四五年到一九四九年農地改革開始之前，台灣的土地關係還是地主佃農關係，在我們普遍貧窮的鶯歌鎮上，總有幾家同學經濟比較好的，我的小說〈兀自照耀著的太陽〉描寫一個小鎮醫師家裡的生活，主角就是地主出生，往來到日本學醫，回到台灣開業。

在經濟上，日本系統的國家占有的專賣企業，和日產、私人資本都一變而為公營事業，成為台灣三民主義下的國家資本主義。另外就是從一九四六開始，國內的整個內戰情勢產生快速變化，台灣在整個舊中國動搖崩潰的過程中，也受到必然影響，金融上也感染了大陸的通貨膨脹，形成了一九四七年二二八事件的重要因素之一。

很多人視二二八事件為台灣人追求獨立的原點，其實我並不這樣看。一般認為台灣戰後民主化運動，是從雷震「自由中國」運動開始的，亦即一九五〇年代台灣自由士紳階級參加來台外省人右派民主人士的改革運動，並在美國人支持下推行「自由中國」運動。從中國歷史全局看，這其實是台灣戰後民主化運動的第二波。第一波是一九四六年以後到一九四九年，當時全中國籠罩在全國性的反內戰、民主化、和平建國的運動中。二二八事件所提出的要求，無非也是一九四五年國共兩黨《雙十協定》裡的要求：各地高度民主化與自治，反對內戰，要求和平建國，在野黨一律平等、合法等等。所以四七年二月事變的重要文件，及二二八處理委員會提出的「三十二條」中，沒有一條要求從祖國獨立出來，沒有一條說要把台灣給外國勢力託管，現在看起來，都和當時全國民主化運動口號與要求非常一致。特別是一九四九年初，台灣著名作家楊逵先生提出的《和平宣言》，裡面劈頭就說反對台灣獨立、反對台灣託管，接下來提出的，也是和平建國、反對內戰、要求民主化、釋放政治犯等訴求。香港在四〇年代有南來作家，抗戰或內戰時期有大量作家或民主人士來到香港，對香港起到相當大的影響；在台灣，我們也有東來的文人，其中有很多進步的文人，等一下我會介紹。

另外一個很重要的事件是，一九四九到一九五二年，台灣在美國的協助下推行了農地改革，這在台灣戰後經濟史上是很重要的事件，將台灣維持了三、四百年的地主佃農體制推翻了，使地主階級消失；同時，佃農階級轉為小資產階級性質的獨立自耕農。這個變化給當時台灣的中共地下黨帶來一定的打擊。由於當時台灣的地下黨，最大的支持來自貧困的佃農，此一改革，一方面解決了台灣的土地矛盾，一方面迫使得台灣地下黨失去了農村貧農和佃農的階級支持基礎，影響深遠。

其次就是一九五〇年六月二十五日韓戰爆發，韓戰可說是東西冷戰的高峰，也就在此一體制下，台灣進行了一場非常徹底的政治肅清運動，大概槍斃了四千到五千人，投獄的人約八千到一萬人。在這場肅清中，不只殺人、關人，主要在文學、社會科學、哲學上，把台灣左翼的、進步的傳統完全滅絕了。台獨派常常埋怨國民黨把台灣日據時代的文學都禁掉了。實際上他們為何不說國民黨也把中國三〇年代進步的文學禁掉了，其實，禁掉台灣日據下的文學的原因，不是因為作品是台灣人寫的，而是台灣日據時代的文學有極大部分受到大陸或日本左翼文壇的影響，這點也許和香港文學不太一樣。

一九五〇年開始，台灣走進口替代的工業化道路。一九六〇年代開始加工出口工業化的政策，而自五〇年開始台灣就接受美國每年一億美元的經濟援助。一九六五年，美國原先無償的援助改為投資方式，顯示台灣的經濟對美國經濟依賴的結構成熟。為何我把時間點放在一九六六年？因為一九六六年是台灣工業部門的產值真正超過農業部門產值的一年。

一九六〇年以後，在美國、日本、台灣的三角貿易當中，發展了台灣戰後資本主義，到了一九六六年，到達了成熟期，所謂的NIEs即所謂「新興工業化經濟體」，一躍成為「亞洲四小龍」之一。在這樣的體制與反共圍堵的地緣政治下，當世界體系分工調整的時候，台灣拿到了美國不要的勞力密集產業，發展了資本主義經濟，完成了工業化或現代化。在此背景下，書被禁掉了，才有我跑到台北市牯嶺街去找魯迅、茅盾及其他三〇年代的作家，也才有我在舊書店看到左翼的社會科學的書，使我思想發生巨大轉變，影響我一生的命運與我的道路。

另外一個就是反共的、戒嚴的、國家安全體制的正式確立，台灣成為冷戰時期美國遠東地區對中國包圍戰略的最前線，我們民族隔著海峽分裂的構造也開始形成，演變到現在，情況實在惡化到令人憂慮。其次，在文化上，台灣在這段期間有了很大的變化，美國在台新殖民體制的形成，不只透過美國經濟援助，使美國過剩的資本以援助的方式進入台灣，也形成了台灣在政治、外交、經濟、軍事、文化上對美國高度的依賴。美國新聞處、各種各樣美國的基金會，包括ＣＩＡ的亞洲基金會，人員的交換、留學體制、獎學金體制等，對於戰後台灣文化思想意識形態的影響非常深遠。

另一方面，六〇年代開始，隨著美國經濟的調節，跨國資本進入台灣。我也在六〇年代初期進入一家外國的製藥公司工作，並在工作期間被捕。我在跨國公司的工作經歷和生活，後來也影響了我創作的主題與內容。

這大概是一九四五到一九六六年的台灣經濟社會歷史現象。

在文化方面，剛才講到，跟香港一樣，我們雖然沒有那麼多梯次的南來人員，可是從一九四六年起，有一批進步的東來文人到台灣，我現在大略把一些名字說出來：像夢周、丁樹南，丁的原名叫歐坦生，另有編《台灣新生報．橋》副刊的歌雷、黃榮燦等進步木刻家，還有台灣最早的女舞蹈家蔡瑞月的丈夫詩人雷石榆、揚風、陳大禹、孫達人、蕭荻、王澍、姚隼、駱駝英，還有香港的金堯如先生，也在一九四六後幾年在台灣工作活動過。這段期間台灣進步的文人以楊逵為中心，跟東來的進步文人互相結合，一起辦刊物、辦活動、帶學生。一般台獨派宣傳的印象是，經過一九四五年以來惡劣的政治，加上一九三七年二二八的鎮壓，台灣變成一片沙漠，省內外文化人反目，大家都噤聲不語。其實不然，一九四六到四九年期間，台灣成為兩岸進步人士交流活動的熱鬧平台，辦副刊、辦座識會，形成左翼進步的論壇，與東來文人密切交流。因楊逵先生成名較早，作品早經胡風中譯後，曾經為大陸左翼文人所熟悉，所以東來文人首先都經過楊逵，形成了他們力圖在二二八事件民族誤解和反目的環境下，進行民族團結、民族理解的非常有意義的工作。

其中最著名的例子是一九三七年到四九年，二月發生二二八事件，十一月就在《台灣新生報・橋》副刊上，展開一場非常重要的、為期一年多的「如何重建台灣新文學」的論爭。此論爭非常有意思，資料長期被台獨派抓在手裡不發表，後來我們自己到圖書館找出來，輯印成書，成為重要文獻。他們討論的，是如何把台灣文學重建起來。因為日據之下，台灣文學無法充分發展，如今回歸祖國，如何重建台灣文學成為祖國文學毫無羞愧的一部分，是一個主題。第二是討論台灣文學的屬性，且眾口一詞地說，台灣文學是中國文學組成的一部分，非常堅定。另外又提出「台灣文學」的概念，與今天台獨所說的不同。今天台獨所說的「台灣文學」，對立面為中國文學，認為台灣文學是台灣文學，跟中國文學無關。而當時以楊逵為中心所提出的「台灣文學論」，尤其在二月事變造成傷痕後，認為台灣文學應該描寫戰後台灣的生活，應該深入台灣人民當中，寫台灣人民，為台灣人民而寫，其目的在透過這樣的文學，增進民族的和解與團結，意義與台獨派者完全不同。

另外，這次文學論議也帶來大陸四〇年代抗戰文學與三〇年代左翼文學的重要文論，比方人民文學論、大眾文學論，與香港的東南方言文學論類似；也提出新現實主義與浪漫主義新舊的問題，把當時所有的進步文論比較有系統、深刻地傳播到台灣。

可惜一九四九年四月六日，國民黨當局逮捕當時的師範學院即現在的師範大學以及台大學生兩百多人，在此行動中，包括楊逵、張光直（後來成為世界有名的考古人類學家，當時還是高中學生）、歌雷、雷石榆都被關進去。楊逵先生一關就是十二年。不過他很幸運，提早被捉，再晚幾個月，《懲治叛亂法》公布以後被捉，他早就沒命了。

此後，整個形勢為之一變，白色恐怖把台灣左翼文學連根拔起，書也禁了，人也關了，大量的進步文人匆忙西渡逃回到中國大陸。我必須很難過地說，這些來過台灣，後來回到中國大陸的作家，都受到五〇年代後大陸各種運動波及，命運也不是很好，這是我們中國前進的過程中應當深刻反思、汲取經驗教訓的事。

作為反共抗俄文學的孿生兄弟，台灣的現代主義文學、繪畫也同時誕生了，當初以何鐵華為中心的一個藝術團體組織，跟當時很多由國家主導的反共抗俄文藝團體同時成立。從現在來看，現代主義與反共法西斯主義的關係，是既有矛盾又有統一。矛盾的一面是曾經發生「秦松事件」。秦松畫現代畫，梁又銘、梁中銘兩兄弟是御用畫家，他們去看畫展，看到秦松的一幅畫，疑心是將蔣介石的「蔣」倒過來的抽象畫，結果立刻將展覽會封起來，造成當時籌備中的大型現代畫展紛紛打退堂鼓，劉國松趕緊找美國新聞處幫忙，使得展覽得以展出，但秦松的那幅畫還是被禁止展出，此後秦松的畫便遭到長期的監視。這當中的關係很有意思。在香港也一樣，有「美援文化」、「美援文學」，成為文化冷戰的重要基地，很多第三世界國家也一樣。

總地回顧起來，一九五〇年大肅清時，我是小學六年級生；更小的時候，住家後面陸家大姐被捕。初中上台北成功中學，我每天早上出台北車站，可以看到憲兵隊的車疾馳而來，忽然煞車，跳下幾個武裝憲兵，在車站的柱子上貼布告，「有張三、李四等人，身分證某某號碼，因參加『中共奸黨』，經驗明正身於今天凌晨某時正法」。一旁有專門在等告示的人，看完有人默默離開，有人當場哭倒在地。成功中學在青島東路旁邊，當時軍事監獄在青島東路上，我在那裡讀了初中和高中，不斷看到一些鄉下來的人在門口等著要求接見獄中的政治犯親人，手提衣服和食物。這些印象和記憶對我都非常深刻。後來我自己被捕，過去只存在於大人耳語中的恐怖歷史，與真實活下來的人在監獄裡見面，跟活生生的五〇年代歷史接上了頭，這對我影響也很大。

整體說來，我首先是受到魯迅小說集《吶喊》的深刻影響。我現在還記得，每次在舊書店裡買到那些禁書，常常看到過去擁有過它們的人的簽名和蓋章。當時便想，這些人不知是否還活著？因而激動得久久不能自已。有時看到他們用功的眉批，也對我產生重大影響。

在此背景下，我在此階段的作品，大概有幾個母題，一是描寫主人翁懷抱著某種模糊的理想去工作，後來受到種種挫折而墮落，或者死亡。據說有位日本學者為我早期作品寫下一個公式：「理想↓幻滅↓死亡」。今日回看，知道實在是因為我讀禁書覺醒的過程中，一方面給了我力量，給我不同眼睛看世界，但同時我也感到孤獨、危險、無助，因此我無法寫出像革命年代那種人物，只能蒼白憂鬱地死掉，這與我當時內心的煎熬，關係非常密切。

當時我有許多朋友書信來往，各自展現文藝才華，多是吟風弄月之作，自從看了三〇年代那些禁書之後，突然覺得這些東西很無聊，信也不寫了，只剩下自己一個人，不敢跟即便是最親近的人分享想法，只能在這種煎熬下度過我的青年期，代表作品有一九六〇年〈我的弟弟康雄〉；〈鄉村的教師〉，第一次反映了二二八事件後從南洋回來的台灣人，在我的小說裡出現了；〈祖父和傘〉。一九六一年我寫了〈加略人猶大的故事〉，猶大懷抱著一種理想，追隨耶穌，猜想著耶穌是個革命者，往來發現耶穌的革命理想不在地上而在天上，因幻滅和自責自殺死了。〈獵人之死〉、〈兀自照耀著的太陽〉，寫一群鄉下的布爾喬亞在他們所疼愛的小女孩彌留之際，各自反省他們所過的虛假、墮落的生活。在第二天清晨的豔陽光下，小女孩小淳回歸大化，死了。還有一九六六年我發表〈哦！蘇珊娜〉，其實寫的時間更早，沒有發表的原因是因為覺得自己寫得太煽情、太情緒化。

第二個母題是我對留寓台灣的外省人的關係與關懷。比方說〈貓牠們的祖母〉、〈那麼衰老的眼淚〉、〈文書〉、〈將軍族〉、〈一綠色之候島〉，在這些作品裡面，外省人與本省人都是以族群的、階級的關係，而不是以地域關係出現，而且本省人往往是低下階級，這不代表我認為所有本省人都是低下階級。我雖然這樣描寫，但我卻讓低層階級的未來有一種被許諾的力量。不過我這樣的描寫讓台大外文系教授在紐約聖·約翰大學開會時說我是台獨。還使得很多參加會議的朋友替我辯護、吵架。後來我認識了台大外文系顏教授，知道是一場大誤會，我們成了主張民族統一的朋友。

另外，在此一階段，描寫知識分子的虛偽軟弱無力，也是個母題。比方六六年我寫了〈最後的夏日〉，寫一個中學裡的幾個老師，怪模怪樣忙著要留學；六七年我寫了〈唐倩的喜劇〉，表現了台灣知識分子的無力、虛偽與保守。

這大概就是我成長的背景。

最後我要說明，我的作品很少，質量也不夠好，不值得在這裡說「我我我」，只是要分享台灣戰後資本主義與政治經濟發展的歷程，與有志之士交換點意見，在此背景下，來理解我寫的幾篇不怎麼樣的作品。

（時間：三月三十一日十八—二十點）

貳、一九六九—一九七九年

主持人：劉紹銘教授

劉紹銘：今天很高興能夠來這裡，為了對陳映真先生表示尊重，我先補充報告。我的國語不是很好，後來我要是唸文章，為免口齒不清，我會用廣東話再補充一遍，裡面要是有些特別名詞，如覺得用英文比較恰當，我會使用英文，無法遵守民族大節，所以在香港我還是外省人，我覺得。

我今天來以前看到《文學世紀》對陳映真的訪問稿，很有意思，我現在用訪問稿裡的一段做個開場白，問的是古蒼梧先生：你的創作既要講求藝術性同時要把內心想法表現出來。陳映真先生的回答是：「小說藝術性就是為我的思想服務的，我公開承認過我是一個意念先行的作家，我公開承認我是一個文學藝術的功利主義者，我公開認為文學是思想意識形態的宣傳，我並不以此為恥，問題是你寫得好不好。提高藝術性，也提高了多義性、歧義性。」這是相當重要的。

一提到文學為政治服務，我們馬上想到一九四二年毛澤東的「延安文藝講話」，又想到文革時期的《金光大道》和《艷陽天》，可是陳映真跟這個不同，毛的延安談話是強迫接受的，可陳映真是心甘情願接受，這輩子沒有動搖過，王德威稱陳先生是最後的馬克思主義。有篇文章則指出，陳映真先生，比「老幹部還要老幹部」。

陳映真說文學為政治服務，為意識形態服務，今天在座各位，沒有一個人是為了聽陳映真發揮他政治見解的，也不是為了聽他說政治問題的。我看陳映真，從〈麵攤〉開始，他完全能夠把他的見解戲劇化。王德威文章最後說，陳映真的小說讓我們不得不相信他是個了不起的作家。當年我看〈將軍族〉，兩個主角都屬於同一個階級，同病相憐，最後兩個互相擁抱，實在浪漫，很讓人感動。〈第一件差事〉要講的是人活著的癥結，為什麼活，又為什麼自殺。他要是直接談問題而不是以小說形式，我們不會記得這些事，換句話說，陳映真之所以感人在於他非常浪漫，他又能將存在主義、後現代、後殖民這些理論都放進小說裡，使之戲劇化，所以我們會記得。

陳映真：今天在香港請尊敬的劉紹銘教授來主持這場講話，非常高興。劉教授剛剛提到過，早在一九七二年，我正在牢裡的時候，我的第一本小說集在香港出版。我在別的文章裡提過，那時候我們這些文藝青年，除了創辦同人刊物登自己的小說以外，完全沒有書店要為無籍籍名的青年結集出版這種事情。所以當我弟弟來探監時，他想盡辦法把我的書已經出版了的事用隱晦的語言告訴我，可是我沒聽懂，後來過了一兩個禮拜，他家書寄來了，把陳映真寫成程燕珍，女孩子的名字，我猜了很久才知道書出版了，但卻不知道是誰為我出版又為什麼可能出版，也沒有辦法知道。經過了七年，我回到家，書擺在我書桌上，我才知道是劉教授隆情高義，在我最艱困的時候，不計較個人出入台灣的不便，在我還是一個在押的政治犯時，在香港出版了我人生中的第一本小說集。雖然對每個作家來說，出版第一本書總是最興奮的，我卻完全不曉得是怎麼一回事。以前好幾次遇到劉教授我都有點靦腆，想當面為這難忘的事謝謝他，又怕他誤解成這人怎麼這麼俗氣。現在年紀大了，怕再沒機會了，所以寫文章，當面也向他表示感謝他當年的義舉，這畢竟不是很容易的事，我很高興今天有機會當面謝謝劉教授。

今天是我報告的第二部分，想講一九六七年到一九七九年間的台灣社會。為什麼是六七年？因為上次講到六六年。至於為何是七九年呢？首先是美麗島事件，接著是第三波黨外運動蓬勃發展。到八〇年代中期以後，台灣民主運動變成台灣獨立運動，所以也是一個階段。七〇年到七四年，有一個現代主義詩的批評運動，接下來七八年鄉土文學論戰，所以七〇年代期間，在文學上也好、政治上也好，都相當重要。

這段期間的台灣經濟社會的特點，可以一句話帶過：就是台灣循著所謂新興工業化經濟發展的模式持續發展。包括所謂四小龍，朴正熙的韓國、蔣介石的台灣、英國統治下的香港以及李光耀統治下的新加坡，都是在高度威權主義下取得的經濟發展，所以日本學界稱之為「獨裁體制下的經濟發展」。這種資本主義化的模式從世界資本主義發展史的觀點來說，有個學者稱為「第四波的發展」。

第一波的發展，是典型英國的教科書式的資本主義，亦即商業資本主義的發展，由於地理大發現，從新發現的區域裡掠奪當地自然物質資源，接著資本累積成為工業資本，經過工業革命及市民階級成長，再建立市民階級的國家，正式擴大為工廠式的資本主義生產方式。

在十九世紀後半，進入帝國主義時代，靠著對外的擴張來促進資本的持續不斷的累積。接下來，就是德、美、法的形式，一方面工業革命，一方面工業化，同時發展帝國主義成為資本主義國家。

第三個階段是日本跟舊俄，在工業化尚未完全時就對外擴張，成為最後的帝國主義者。

第四波就是亞洲資本主義，就是NIEs形式的資本主義化。有幾個特點：第一，跟第三階段的日本、俄國一樣，都是由上而下的，由彼得大帝與明治天皇的國家政權所推動的資本主義化，以及資本積累所形成的新興資產階級由下而上所建立的國家，是不一樣的。到了第四階段尤其如此，首先是國家政權訂定政策，配合外來資本，如同我小說所描寫，一是國家政權，一是跨國企業，一是當地資本，依照台灣的情況，就是勞力密集的加工出口產業所推動的經濟發展。這種發展沒有力量對外擴張，也不可能以帝國主義擴張的方式爭取資本積累，因為全世界都被瓜分好了，沒有台灣、韓國這些小地方搞帝國主義擴張的能力與力量的餘地。「四小龍」的崛起，另外還有一個原因，政治地緣的原因，也就是一九五〇年全世界冷戰體制形成後，要在亞洲地區，特別是共產主義的中國大陸周邊地區，發展所謂民主主義的或者資本主義的櫥窗，所以特別挑選這小小的四個城邦，讓這些國家或地區發展，實際上在遼闊的第三世界裡，仍舊是不發展或發展不足的狀況。

另一個不同的地方，就是以權威性國家或地區去培養資產階級，而不是用成熟的資產階級組織自己國家或政權去發展。最有意思的是，靠著冷戰結構，以美國的援助來取得發展，這是空前絕後的。因為這個緣故，雖然是由國家或政權推動的發展，現在台灣的台獨人士所說的外省人獨占台灣經濟，與這種發展模式是有矛盾的。這種發展的模式從五〇年代開始，台灣人資本排在前十名的資本中，前三名都是本地人資本，第四名才輪到像遠東系統的外省資本。有台獨人士認為，國民黨統治是對台灣再次的殖民，然而跟日據時代經濟比較起來，這話完全不可靠。日據時代是以法律和政法規令來約束本地人不可組織公司，只能是依附在日本企業下的股東，這就是經濟上的不平等，光復後的台灣沒有這種情況。

另一個顯著差異，任何殖民地的教育都是不平等的，很多人讚美日據時代的現代化教育，事實上在日據時代生活過的人都知道，台灣人在教育上處於非常不平等的地位；可是國民黨時代，我是成功中學畢業的，我就看見過蔣經國有個寶貝兒子蔣孝武，沒地方讀書，後來送到成功中學，還是好幾科不及格，升不了級，也只能乖乖退學。在整個台灣教育體制下，沒有因為你是外省人，而錄取率就比本省人高。台灣經濟發展就是依靠在日本、美國、台灣三地三角貿易的情況下完成的，也就是從日本輸入半成品或技術，在台灣加工，向美國輸出，以這樣的構造，去完成戰後台灣資本主義的成長。是國家政權比資產階級更強而有力，是國家政權把資產階級奶大餵大，可卻是非常嚴厲的保母。台灣戰後資本主義和資產階級，是獨裁的國民黨政權奶大的孩子，直到八〇年代，孩子長大了，才開始不聽保母的話，才開始造老子的反。另一個特點是外資所推動的工業化。台灣工業發展的藍圖、方針、政權和投資條例，都是美國人幫我們制定好的，也是在台外資推動的經濟發展。另外我們在早期五〇年代的時候，靠著美援幫我們減少通貨膨脹、擔負軍事開支，使我們有餘裕維持比較相對穩定的政治社會發展。因此台灣工業化的情況，從六七年到七九年快速發展，六八年我不在，七五年回到台灣，簡直不認得了。像現在大陸，不要說七年沒去，就算每年去都會感覺到他們的改變。我記得我七五年從綠島坐船到高雄，到台東，當時全島高速公路尚未完工，沿途所見簡直不可置信，那是台灣經濟快速發展的時候。雖然七四年因為石油危機，成長速度有點緩慢下來，然而六七到七九年間，台灣在新興工業化經濟依附性的發展模式下，仍是持續發展的狀態。

在此狀態下，發生了幾個重要的政治事件。一九七二年台灣被趕出聯合國，國際外交受到嚴重打擊。國民黨在台灣統治的合法性是以其國際外交合法性為基礎。它首先是美國承認的「中華民國」，代表全中國，在聯合國不但占有席位，而且還是五個常任理事之一，有這個國際上的合法地位，才能統治台灣。而這合法性在一九七〇年代受到嚴重威脅，因為聯合國的構成已經不同，第三世界國家愈來愈多加入成為會員，這些國家不聽美國指揮，到了一九七二年，終於在第三世界的要求與支持下，中共加入聯合國，台灣被逐出聯合國。這事非同小可，國民黨統治台灣的合法性受到嚴重打擊，致使台灣資產階級民主化運動更加凶猛起來，在美國支持下，反抗運動愈演愈烈，國民黨雖然想盡辦法本土化，吸收本地人進入中央，蔣經國也宣稱他是台灣人，可是時不我予，已經來不及了。蔣經國過世後，局面從此大變。

第二方面，保衛釣魚台運動，在港台起重大影響。這運動從純粹的民族主義運動，很快左右分裂。左派大夢初醒一般尋找新中國的歷史，尋找三〇年代文學作品、精神和文論，思想開始變化。保釣左派的影響也滲透到台灣來，我記得香港有本雜誌叫《抖擻》，第一期裡有篇評論台灣文學的文章，作者叫羅隆邁，觀點是過去所沒有的左翼觀點，談台灣文學的變遷。我核對了一下，發現一九七八年鄉土文學論爭時，王拓曾大段大段引用這篇文章，可當時不便引用原文出處，所以也不能說是剽竊吧。說這件事，只是為了說明保釣運動的左派對台灣思想界的重大影響。

到了七〇年代末期，台灣資本主義和一切資本主義的發展一樣，都走向了獨占化道路。為了增加資本利潤，只有兩條路，一是個別資本體的極大化，亦即個別企業的膨脹；另外是好幾個企業的合併。到七〇年代末期，台灣已經有一百家集團企業總營業額占台灣GMP百分之二十五；到了八〇年代末期，更遠遠不止於此；到了今天，集團化企業的規模在台灣GMP、GDP裡所占規模比七〇年代更大。這是這段時間台灣社會經濟的大致情況。

關於台灣民主化歷史，一般多從雷震「自由中國」運動講起，我個人認為這樣的看法不很準確。我認為台灣民主化運動有三階段：

第一階段是一九四六到四九年。你可能會奇怪，不是才發生二二八事件，台灣人與外省人反目的情況下，怎麼還會有民主化運動？這是一股想當然耳所造成的錯誤。我們知道，一九四六年大陸興起反內戰、反國民黨獨裁、要求和平建國等等運動，遍地開花。一九四六年，北京大學發生了美軍強暴女學生沈崇的抗議事件，波及全國，一九四七年元月傳到台灣來，台灣中山堂聚集了將近兩萬高校生，聲援沈崇事件，舉行反美示威，提出「美國人滾出中國」的口號。一九四七年二二八事件中，很多青年、學生與社會活動家參加，後來事變遭鎮壓後，許多精英分子潛入地下，參加中共地下黨。一九四六年中共開始在台灣有地下組織，有學生工作委員會，起了很大作用。五〇年代開始有台大、師大、台南工學院等高校生，還有許多從日本大學留學同來的學生都犧牲了，這是第一波。

第二波是五〇年代，有兩重性。一方面是國府掃蕩、肅清赤色的學生運動，一方面是右翼的民主自由運動，也就是大陸到台灣的右翼民主人士結合台灣當地的自由士紳階級，像郭國基、郭雨新等等，由雷震先生主導的「自由中國」運動，許多人被鎮壓了，雷震也被捉去坐牢，我六八年入獄的時候，他已被放出來，因為他被判十年。

第三波是我出獄前不久開始，七〇年代，由知識程度較高的中產階級，甚至中小企業、大學畢業生，像張俊宏、許信良這一代。這一波到七二年台灣被趕出聯合國後運動更形強大，七〇年代末期、進入八〇年代以後，由於解嚴加上開放黨禁，李登輝上台後，開放台獨派合法化，這在下一場我會談到。

在這樣的政經背景下，我們來看看台灣文學界的狀況。一九五〇年以前，台灣文學的左翼傳統，加上三〇年代中國左翼文學，在一九四九年四月六日，史稱「四六事件」中，國民黨逮捕了台大與師大學生兩百多人，結束了光復後左翼文學的復活運動。

一九五〇年以後，展開了現代主義與國民黨反共法西斯主義合作的文學風潮。這種合作一直延續到我入獄的一九七〇年。我記得那時獄中只能訂閱兩份報紙，一是黨報《中央日報》，一是《青年戰士報》。而《青年戰士報》每個禮拜都有一天由碧果主編的全版現代詩。現代主義跟國民黨間雖然有一段懷疑時期，但是漸漸由矛盾而統一，一九七八年，鄉土文學論爭時，現代派完全站在鄉土派的對立面，站在政府立場，攻擊鄉土文學。總之，台灣現代主義文學比香港約早了五、六年，一直統治台灣文壇居霸權地位長達二十年之久，這當中也不是沒有別的文學，也有變成亞流的，以鍾理和為代表的本地的、庶民的現實主義小說，以及第二代如黃春明、王禎和、白先勇以及我在內的較傾向寫實的小說家，也在此一時期登台。約當六〇年代，我們剛出來的時候，根本無人理睬，只能自己辦刊物，自己印書，印出來後，聞一聞油墨的味道，一毛錢稿費都沒有，卻樂得不得了。我們永遠不知道，也沒有志願要成為大作家。

另外，保釣左翼思潮對台灣文學產生了不可思議的影響。六〇年代末期，六八年左右，全世界先進國家有一個向左傾斜的運動，其中尤以美國為甚，反對越南戰爭、反對種族歧視、反戰歌曲、民謠復興運動、校園裡的言論自由運動等等。毛澤東從醜惡的敵人變成西方左派的英雄，還有卡斯楚、格瓦拉、胡志明，都變成流行的符碼。一部分海外留學生也受到很大衝擊，我記得八〇年代我初次旅美，認識一位女士，她曾是北一女標準好學生，非常喜歡古典音樂，喜歡到去留學的時候，還把父母珍愛的原版古典唱片帶去聽。七〇年代保釣運動後，雖然她思想受到極大衝擊和變化，可她還是不自禁地愛聽貝多芬，這本沒什麼錯，可她卻覺得自己小資產階級影響還是太重，因此很自責，而把原版唱片砸掉。還有不少留學生夫妻因思想左右分歧而反目離婚，這是觸及思想、靈魂上巨大的衝擊。正如同我二十歲上下，在舊書攤找書看的時候，翻天覆地的變化、思想價值體系的改變，又不敢告訴別人，只能過著又孤獨又恐懼的生活，這我上次已經講過。

一九七九年的時候，台灣資本主義高度發展，產生了許多非常自然的結果，比方環境生態的破壞啦，或者新興的工業資產階級登上社會舞台，以及它的對立面即工資無產者的興起，這些都是引起對於保釣思想有回應的島內社會物質基礎，不是毫無來由模仿保釣左派，台灣內部有內部的夢想與問題意識。所以保釣運動以後，在台灣各大學展開上山下鄉運動，上山去訪問少數民族，理解他們，去了解一個民族全面敗弱破落情況；並到鄉村、到漁村去調查，到跨國公司裡去調查女工長期在有害環境裡罹患重病的報告。這形成了大學生對社會問題的關懷、參與、介入的現象。

在文學上就表現為從一九七〇到一九七四年間，對於現代主義詩的反省與批判的運動。我們要提到兩個人，一個是關傑明，新加坡大學的教授。我們當時戲稱他寫的三篇爆炸性的文章為「關三篇」，他提出了對台灣現代主義文學或現代主義詩的許多質疑，引起台灣現代主義詩壇的恐慌與憤怒，紛紛指責，最後，甚至指責他是共產黨。這是台灣學術界的不幸。甚至到了今天，三一九槍響之後，據說台灣南部地下電台紛紛宣傳那是「共匪派來的間諜，要謀殺我們台灣人的總統」。這是冷戰結構遺留下來的極端反共邏輯。

另一個是我們的好朋友唐文標。他是學數學的，保釣運動起來後他沒留在美國，回台灣，在思想上起很大作用，特別是對台灣現代主義詩的分析與批評，可說震動文壇。這種對台灣現代主義詩的反省，主要是要求文學回歸生活，詩要回歸大眾、回歸民族，用我們自己民族的語言、形式與風格，讓大家都能懂，說穿了就是四〇年代以後中國左翼文學的主要精神，可是在台灣只能欲言又止，說又不能說到十分，這種情況也受到當時留學歐美的知識分子的回應與支持。

在此過程中，提出了文學為誰、文學為人民群眾、文學應該是怎麼樣，就是文學應該有民族的氣派、風格、形式。這種反省運動，並沒有得到結論。過不久，大約一九七七、七八年開始，余光中跟彭歌先生開始寫方塊，影射當時台灣的文學非常危險，已經受到赤色文學的滲透，其中最有名的是余光中教授的〈狼來了！〉，意思是說，「敵人」已經來了，我們不能掉以輕心。

另外一個是，台灣第一次出現跟共產黨一樣的點名批判，在《聯合報．副刊》上連續兩三天全版刊出〈沒有人性，何來文學？〉點了尉天驄、王拓和在下我的名字，當時真是風聲鶴唳。接著就由國防部總政戰部召開國軍文藝大會，進行對鄉土文學的全面批判。事隔多年，知道內情的朋友說，當時做這些動作是輿論準備，準備好後就要動手抓人。那時我跟妻子結婚沒多久，七七年結婚，果真七九年就被捉，未免太不好玩。

在這裡我要紀念三個老人，這也可以用來說明本省外省區隔論的荒謬。一個是胡秋原老先生，一個是鄭學稼老先生，一個是徐復觀老先生。在那個萬馬齊喑、大家都不敢講話的時候，這三位老先生跳出來說話，說不能這樣做，鄉土文學是好的，是民族文學，不應該興文字獄。我這麼說不是要控訴某人，雖然有人甚至寫了告密信給王昇將軍，他當時是國民黨內管情報、意識形態的人。詩人的密告信上說陳映真是新左派，宣傳新馬克思主義，引用了我的作品，跟新左派英文版本對照，花了很多功夫把英文版本翻成中文。王將軍非常禮遇鄭學稼先生，鄭先生看完密告信後，大大以為不然，去找胡秋原先生，於是兩人一同去找王將軍，說這是不對的，不該打擊鄉土文學，聰明的話，應該挑選幾個優秀的鄉土文學作家予以獎勵。後來雖然沒有獎勵，至少一場文字獄的烏雲因此散去。

在鄉土文學論爭裡，現代主義除極少數人保持沉默外，都站到官方一邊，這也不能深責。而真正視鄉土文學為豺狼、蛇蠍者其實也不是很多。鄉土文學所提出的不過是現代主義詩批評的延續，無非是反對文學極端西化、搞現代主義技巧、搞語言晦澀。第二個是主張民族、民眾的語言與表現風格。其中比較突出的是王拓。王拓現在的立場也變成台灣獨立派了，不過不能因人廢言，他當年提出台灣資本主義的經濟性質是「殖民地經濟」這樣的觀點，是很重要的收穫。不過王拓畢竟不是搞社會科學，現在來看當時的文章，學理上稍嫌不足，卻不能因此埋沒此論說的重要性。

這場論爭可說是文學上一場左右論爭，在白色恐怖後，絕對的冷戰與內戰的雙重結構下，能發生這樣的論戰其實是一種很大的奇蹟。與香港不同，香港是「自由」，雖然英國人看得很緊，只要不上街暴動，破壞現實秩序，寫文章左一點大概還沒什麼關係。這場論爭的結果是，成為五〇到七〇年代主流的現代主義文學受到很大衝擊，霸權地位也受到危及。

最後來回顧這個大背景下的我的創作。

一九六二年左右，我的思想發生轉變後，不敢向人透露，只能一個人苦悶。所以早期創作雖有理想，卻又不能不在冰冷的現實中破滅。六六年前後我的文筆開始改變，我找到幾個志同道合的朋友，形成一個非常幼稚的讀書小組，整個思想狀態比較不同，寫出的東西也受影響，比較明朗了。比方〈最後的夏日〉，已經沒有人無來由地死掉，嘲弄了身邊親美的自由派反共知識分子。在我的小說裡常有些反共言論，都是以嘲諷的形式出現，比方〈最後的夏日〉裡那個國文系的老師就批評外文系的老師說，五四運動搞出了共產黨，就是例子。

另一個是一九六七年，〈唐倩的喜劇〉，我用唐倩這樣一個趕思想時髦的女子，以當時台灣流行的外來思潮作為對她和他周邊知識分子群的嘲弄。我認為當時台灣社會很大的問題，是外來思潮被毫無批判與反省地加以無條件接受，現在我們也在鬧女性主義、同志論述、結構解構、後殖民、後現代，這種情況現當今大陸也流行。另外我寫了〈六月裡的玫瑰花〉跟〈第一件差事〉，也都是嘲諷的較多。〈六月裡的玫瑰花〉是第一篇以小說形式批評越南戰爭，黑人死的時候，有一封美國軍部發下的冠冕堂皇的信，那封信也是嘲弄，嘲弄美式價值。

一九六八年五月某天，一大早，有人突然進來問我是否某某人，我說是，就把我帶走了。一走，就是七年，到了七五年才回來。這也沒什麼了不得，台灣白色恐怖風潮期間，我這種算是小兒科，受害也是最輕的。對我個人卻有雙方面的影響，一是活生生與五〇年代的歷史直接面對了。一個我尊敬的朋友現在也在會場裡，也是當時倖存下來的老同志。這段歷史過去只流傳於耳語間，現實上聽不見，看不到，我被捉進去之後，在綠島與他們面對面，他們也很愛護我，每天放封的時候，不斷告訴我那個時代的狂風暴雷，讓我知道曾經有一代人抱著高潔的靈魂，曾經那麼崇高過。搞文學的人都認為人很軟弱。「軟弱」在基督教定義上是人很容易犯罪，靈魂卑汙。可是人也有崇高的一面與時刻，或許不是一輩子，只是某一刻。當時我聽了很多這樣一整代為火熱的理想、崇高的志業而破身亡家的人們的故事。後來我寫這些五〇年代白色恐怖的故事，是因為我認為不應該只是用仇恨握緊拳頭來抗議，而是要透過審美方式來昇華。這一階段，我與這些活生生的人接上軌，對我出獄後的創作有很大的影響。

第二，我是相信人有崇高的一面，這信念讓我在八〇年中後期辦了《人間》雜誌，雖然後來因財政虧損而停刊，可是至今仍有很多人提起。

第三個不能忘記的，人在獄中世界觀會不一樣，當時是越南戰爭最激烈的時候，美國不斷增派軍隊侵越，向北越進行密集轟炸。你會覺得好像在轟炸自己國家那麼憤怒和痛苦。另方面，台獨派在牢裡每次看到美軍轟炸北越則是鼓掌叫好。意識形態的不同，世界觀、政治態度就不同，這在獄中尤其尖銳。

一九七二年，尚在獄中的我第一次在香港發表作品，香港對我來說是很特別的地方，當時台灣還不能出的書在香港出，不能發表的小說在香港發表。

出獄後第一篇寫的是〈試論陳映真〉，以第三者身分對自己進行清理、批評、省思，看看自己這半輩子到底搞了些什麼事。一九七八年，發表了另一篇批評越戰的小說〈賀大哥〉。一九七八年開始寫以我在跨國公司工作的經驗的〈夜行貨車〉、〈上班族的一日〉，凝視跨國資本對第三世界人民心智的影響。一九七九年又被莫名其妙捉去關了三十六小時後又釋放出來，一九六六到七九，我的創作生涯大概就是這樣。

（時間：四月七日十八—二十點）

叁、一九八〇到現在

主持人：鍾玲教授

鍾玲：謝謝香港浸會大學安排這一次活動。我要大概介紹一下陳映真先生。陳映真先生是當代中國、台灣，海外各區華人公認最重要的作家之一，他曾獲得台灣的吳濁流文學獎、時報文學獎，還有新加坡去年頒發的花蹤世界華文文學獎。陳映真充分了解中國近當代歷史、政治、經濟，更充分了解台灣社會的變遷，而且他把這些因素，對人們在生活中產生的壓力，做深入的陳述與表現。他對受壓迫的人充滿人性的關懷，這也是他被稱為最重要的人道主義作家的原因。而陳映真本人是個有理想有立場的人，終身堅持理想，這點可以作為知識分子的表率，所以有人稱他為「台灣的良心」。我們很歡迎他。

我簡單說一下一九八〇至今二十多年來台灣的變化。首先是政治鬆綁，一九八七年解嚴，幾月後開放老兵回鄉探親；一九八八年，報禁解除，很難想像以前台灣報紙只有三張；一九九一年，《懲治叛亂條例》也解除了，另外選舉方面也有重大改革，一九九一年，萬年國代全部退出，選出新的國民大會代表；一九九四年民選省長、台北和高雄市長產生；一九九六年，民選總統出現，李登輝當選。一路過來，彷彿是可供世界各地考察的選舉模範，更重要就是政權交替。

經濟方面，一九六〇年代開始，台灣中小企業蓬勃發展，一九八八年國民所得達到六三三三塊美金，一九八八年超過七千美元，一九九〇超過八千元，但是一九九〇年以後，台灣經濟開始走下坡，致「亞洲四小龍」地位早已不保。

上面所講這些，在陳先生的作品裡很多都具體呈現了，尤其是他的小說，二〇〇〇、二〇〇一年他發表了〈歸鄉〉、〈夜霧〉、〈忠孝公園〉三篇小說，甚至由一九四五、五〇年開始追蹤幾個人的故事一直追到民進黨當選，深具時代感與歷史感。

二〇〇四年總統大選剛過，陳映真先生在專訪中說，這次台灣選舉要思考到民族內部矛盾的問題。我想陳映真先生不但思考這個問題，還要去面對這個問題，還要去戰鬥，再把這戰鬥寫進下一部作品裡。

陳映真：我要感謝鍾玲老師對我的一番客氣表揚，我個人不敢承擔，但會把她的話當成對我的鞭策，讓我更加努力。今天是第三部分，剛剛鍾老師已經做了很好的功課，把一些重要紀年都點出來了，省去了我很多重新敘述的時間。從剛剛所指出的紀年，可以看出八〇年代以來台灣社會的巨大變化。八〇年以來台灣資本主義的獨占化，依一九八〇年的統計，九十六家集團企業，總收益占了台灣GMP的三一．七七％，到今天，數字應該遠遠超過。雖然九〇年以後台灣經濟有點下滑，台灣工業結構也發生了變化，其中之一是過去勞力密集產業衰敗，代之而起的資訊、電子、重化工業的比重正式超過過去勞力密集的小企業，台灣工業升級基本上在八〇年代逐步完成，主要是升級為比較資本密集、技術密集的高水平加工出口，這點在台灣戰後經濟也算是重要關鍵。

一九八七年以後，台灣中小企業轉移向大陸發展，好像六〇年代西方輕工業轉移到台灣，西方加強自己的工業結構一樣。現在台灣將自身的夕陽工業轉移到中國大陸，然後自己完成自己比較高素質的工業化。兩岸分工具體形成，這跟韓國中小企業跑到中國大陸不太一樣，因為兩岸間是同一個民族，這跟不同民族間的分工是不一樣的。從五〇年代開始，直到一九八七年，台灣工業經濟的發展基本上是脫離中國的民族經濟圈，而自成一個獨自的「國民經濟」。八七年李登輝上台以後，戒嚴令解除，兩岸經濟重新往來，台灣重新回歸、重組到中國民族經濟圈去循環和再生產，這在台灣戰後經濟史上是頭等大事。台灣經濟整編到中國民族經濟圈以後，在上層建築的意識形態還依舊保持原來慣性，保持反共甚至反中的意識形態，但在物質上的向中國運動，卻一年又一年地增強，所以到今天已經形成很大的矛盾，上層建築政治意識形態的去中國化，與物質上的向中國運動形成矛盾，而這矛盾也呈現在這次選舉上，等一下有機會再來說。

其次，一九八七年以後，大資本跟政治力開始無忌憚地結合。換句話說，五〇年以後高度個人獨裁的政治，讓資本家階層或說讓經濟跟政治之間還保持一點距離，資本家基本上不碰政治，頂多在國民黨選舉的時候捐點錢，因為他們是威權政治的保護下培養起來的，所以不敢跟政治掛鉤，可是一九八七年以後，從個人獨裁轉化為階級獨裁，我們都知道，獨裁跟民主是互相辯證的關係，每一個政權、國家都同時有民主跟專制的一面，即統治階級內部，永遠是民主的、可商量的，但統治階級與被統治階級間卻是專政與被專政的關係。台灣的政治在五〇年代以後，由於冷戰與國共內戰雙重結構的關係，形成非常排他、高度個人獨裁的政治體制與體系，這種情況到八七年後完全改變，一向不碰政治的大企業家、資本家、財團開始肆無忌憚把他們的手伸向立法院，伸向國大，這是李登輝為首的台灣政商階層形成以後的事，大資本家蜂擁而上，控制了台灣政權，這也是所謂的黑金和政商政治的基本原因。

談到黑金政治也不能完全從李登輝算起。國民黨統治，原先中央級的政治對外是封閉的，只有省以下才開放選舉。他們掌握中央又要掌握地方，對於地方的掌握則是透過地方「角頭」跟士紳階級等前地方封建關係抓選票。在國民黨時代末期，才開放一部分給黨外競選者去競爭。到了一九八七年後，則是連中央也開放，完全成為階級統治的現象。要指出的是，這種情況並非始於李登輝，國民黨為了保衛地方政權，讓地方「角頭」、士紳階級跟黑道結合以買票方式取得、保衛地方政權。什麼叫政治呢？政治有兩個意義，一是奪取政權，一是保衛政權，國民黨政權也不例外。

有一點很有意思的是，「四小龍」都在極權政治下發展工業達到工業化，可是民主化並非由資產階級的市民運動，甚至市民革命去推翻獨裁政權建立資產階級民主政權，而是在舊權力的策畫下，由上而下、有計畫的所謂民主化，韓國也是。雖然韓國民主運動很激烈，但並不是由市民階級趕走獨裁，而是獨裁政權本身為延長壽命策略性民主化的結果。台灣亦然，從蔣經國開始，在美麗島事件後意識到形勢嚴峻，加上美國給國民黨愈來愈大的壓力，強迫它允許成立在野黨、解除戒嚴、民主化，所以它一步步試圖以自己的進程表完成民主化，可是失去了外交合法性的國民黨，已經來不及了。李登輝接手後，便一步步轉移政權給資產階級。

因此台灣政治形成兩方面，一是生產性資本、一大部分遷移到大陸，雖然還有像王永慶這樣生產性的資本留在台灣，但隨著日月的增長，他們也想將資本遷移大陸，利用大陸大量廉價勞力，可是由於台灣當局在政治上的保守性與去中國、反中國性格，一直阻擋著產業往中國大陸移動的趨勢與動力，直到二〇〇〇年選舉，很多人寄希望於民進黨，所以跳出來支持民進黨，可是四年後民進黨依舊以政權的力量阻止資本往大陸移動，於是二〇〇四年選舉，很多人發出反對的聲音，只是詭譎的選情，還是讓民進黨取得了勝利。

總之，八〇年代還是「台灣獨立意識」、「自主化意識」、「本土化意識」增展的時代，從李登輝到民進黨，由於他們握有政權，在教育、文化領域動用了大量資源，進行排除中國認同、排除中國思想和文化的工作，其效果令人怵目驚心，李登輝執政十二年，陳水扁四年，再加上往後的四年，合起來二十年，從李登輝執政時生下來的孩子，到陳水扁屆滿時二十歲，這影響非常重大。最近我也常與台灣朋友聯繫，他們指出大選後不管在教育、家庭、公司、社會各領域，都撕裂成兩個相對立政治選擇，弄得人們非常焦慮，甚至自殺率升高。總而言之，台灣表現出認同上的奇怪分裂，不能說所有台灣人都主張分裂，所有外省人都主張不分裂，但也不是統一，可是情況並不單純，等一下有機會再報告。

思潮方面，九〇年代有許多大變化，開始從西方輸入許多「新思潮」，如後現代、後殖民、結構、解構、女性主義等等。這些思潮有什麼用處呢？有一派人用來逃避台獨派的單一論述，用某一派論述來忽視、躲避、不理睬凶猛而來的台獨思想；少數一派是想利用思潮來為「台灣獨立」運動所用，比方有人很荒謬地運用所謂後殖民論來替台獨說明。怎麼說明呢？說國民黨在一九四五年統治台灣是個繼日本殖民後的「再殖民」政權，所以台灣後殖民批判的對象應該是中國大陸，或說在台灣的中國，這是完全顛倒的說法。實際上台灣獨立運動應該是後殖民主義批判的對象，因為他是站在過去宗主國、帝國主義的立場來看中國，從而對中國產生厭惡，用他們的話說，使中國「他者化」、異己化，我們有些朋友正準備用現在流行的後殖民論來徹底分析與批判台獨論述。這大概是八〇年代後社會經濟與思考的變化。

相應於這樣的變化，回顧我的作品，我還是接續上一個時期我關心的母題，一是來到台灣跨國公司裡工作的中國人的問題。我在一九八〇年發表了〈雲〉，第一次描寫了跨國公司中女工如何為組織工會遭公司脅迫而失敗的故事。說到我寫這故事的原因，在七〇年代的時候，我幫《夏潮》編輯，有一天突然有個女性內衣工廠的女工來找我，我問她為何來找我，她說她聽說這雜誌關心工人的利益，她們公司想組成一個工會來抗爭，需要我們幫助，那時還是戒嚴時期，我跟她到工廠外面見了幾個人，做了採訪、筆記，後來筆記擱著。直到一九七九年我第二次被捕，三十六小時後我被保釋回家。回家後我看見書房亂七八糟，被搜走很多書，我回來整理時，無意間看到這本筆記，感慨萬千。心想如果這筆記被搜走就麻煩了，他們會問這是幹什麼的？你找誰做了採訪？幸而筆記本安然無恙地躺在地上，我撿起後重讀一遍，首先我覺得自己很脆弱，七五年被釋放，七九年又被抓，我感覺命運脆弱，需要創作，成為作家，讓他們捉到我時不只是個政治犯，而且還是個作家。創作對我來說已經不是抒發感情、消遣自娛的事，而是保衛自己以及我所見到的這些工人的事。所以我將女工沒有成功的罷工寫進小說裡。

一九八二年，我寫了〈萬商帝君〉，也是跨國公司管理階層鉤心鬥角，一個人老想當經理而發瘋的故事。一九八三年，解嚴前三年，我開始想寫獄中碰到的前輩先進的故事，覺得有個內在呼喚，呼喚我一定要寫下這些故事，於是一口氣寫了兩篇：〈鈴璫花〉跟〈山路〉。到了一九八七年，寫了中篇〈趙南棟〉，我想把五〇年代那一段被湮滅的歷史，用藝術審美的方式，再呈現出來，目的是一方面想要讓人理解被人橫暴地掩埋的歷史往事，一方面呈現出人的心靈崇高的可能性，人可能是軟弱、好逸惡勞的，可能是有種種缺點的，可是人在一定歷史時期中，也曾經崇高過，我便把聽過的故事，重新寫出來。

一九八五年，我創辦了《人間》雜誌。一九七九美麗島事件以後，非但沒有把資產階級民主化運動壓下去，反而引起台灣住民廣泛的同情，所以他們把那些被捕的黨外人士連政治都不懂的太太們推出來再選舉，都以高票當選，台灣人民透過選票表達對他們的高度同情和與支持，這時候台灣反主流化運動還沒有赤裸裸台獨化。在此情況下，我們這些所謂左翼統一派，跟右翼獨立派，都成為國民黨的敵人，可是我們只能巴巴地眼看著右翼獨立派取得極高的正當性，他們的言論一波高似一波。在那樣的時期，我們左翼的統一派無法出手批判台獨理論，因為兩方都受壓迫，如果我們出來指責台獨一方，這在道德上是不可行的，只能眼睜睜看著台獨言論不斷在台灣翻滾如滾雪球一般。這時我們想到了以紀實文學與紀實攝影結合的方式，討論台灣社會問題、內部階級的問題，而不講統一或獨立，這是一九八五年到一九八九年期間我們辦《人間》雜誌的原由。沒想到這雜誌到今天還受到讚賞與懷念。

剛剛說到一九八七年我發表〈趙南棟〉。一九八六年民進黨突然宣布成立，有些朋友因為戒嚴令解除了，我們也需要組織一個民間的主張民族統一的組織，就組織了「中國統一聯盟」，推選我當第一任主席。我是很不願當頭的，結果胡秋原老先生把我叫去跟我說在台灣的民間統一運動，如果繼續由外省人領導，就沒有意義，應該由稍有影響力的台灣人領導。聽他這樣一說，我就沒話說了，我接受了胡先生的意見。其後一九九一年以後，我陸續在我的小出版社出版了一系列有關台灣經濟史，特別是社會經濟史的書。我不搞社會科學，但我那時想到，怎麼樣科學地認識台灣，八〇年代以來台獨派就有一個口頭禪「愛這塊土地」。怎麼愛？那就讓我們從台灣的歷史，特別是物質的歷史、台灣經濟社會的歷史來認識台灣，是誰統治台灣，是階級的統治呢，或是地域的統治，所以我們出了幾本相當有影響力的關於台灣經濟史的書，這七本書至今在台灣學界的影響力有增無減。

一九九三年我寫了回顧的文章〈後街〉，以第三人稱省視自己半生創作。一九九四年我寫了一篇報告文學，因為我去採訪了中共一九五二年在台灣苗栗山區地下基地被國民黨完全鎮壓的經過。在當時留下來的老政治犯的帶領下，我住了一個禮拜採訪寫成，在《聯合文學》發表，篇名叫〈當紅星在七古林山區沉落〉，七古林是當時地下黨人躲避的山地基地，一小群紅星在山區殞落的過程。很多人說看了掉眼淚。

同年，我發表了很多人不知道的詩劇，跟一般戲劇不同，是以朗誦的詩的方式寫成的戲劇，叫《春祭》。因為一九九四年在台北六張犁亂葬崗裡發現兩百多枚的墓葬，結果一調查，發現是五〇年代被槍斃的人。被槍斃的家人被通知領屍，有人沒錢領，有人不敢領，政府交給當時台北市的一個葬儀社，葬儀社便將他們葬在公共墳場裡，這兩百多個英塚的出現，一時轟動了台灣，把被湮埋了近五十年的歷史，以非常雄辯的聲音向歷史發出尖銳的呼喊。此後，台灣政治犯，特別是左翼五〇年代被捕的、倖活下來的政治犯，每年春天、秋天都舉行祭拜的儀式。那一次是春祭，所以我的戲叫《春祭》，用了些希臘悲劇合唱團的技法，從墓地中呼喚亡靈出來講述故事，在國立藝術館演出，記得人坐得滿滿的，演出算成功吧。戲是由鍾喬導演的。

經過了五年，一九九九年，我重新寫小說，那就是〈歸鄉〉。〈歸鄉〉以省籍為主題，這是我長期關心的創作母題，我寫了一個四七年左右被國民黨強徵到中國大陸打內戰的台灣人，因為建國後兩岸分裂了而回不來，在大陸地區有了老婆生了小孩。到八七年以後，兩岸互相往來，已經當爺爺了，由於想家，回到台灣，卻因為台灣社會的變化，在台灣的兄弟因土地改革成為富翁，而排拒這個流落大陸的兄弟，並指責他是共產黨，因為他講的台灣話不再純粹，帶著大陸口音，這樣的人回來了，明明是親兄弟卻不認，寫的是民族離散的悲哀。

二〇〇〇年我寫了篇散文〈父親〉紀念我的父親。同年寫了小說〈夜霧〉，描寫舊國民黨在威權統治下，作為威權統治工具的龐大特務系統的故事，特務系統原本是加害於人的機構，但其自身也是被害者，我寫的就是一個加害者同時也是被害者的故事。希望大家能夠反省我們走過的歷史。像納粹那樣的體制，不是一黨一人所能負責的，必須由很多人志願或被迫的合作，成為共犯。這種共犯問題的反省，我個人覺得非常重要，我們不能光咒罵國民黨特務，必須以謙卑的心看著自己，不能把別人都看成魔鬼，自己看成潔白無瑕，這樣是無法在歷史當中學得教訓與經驗的。

最近的一篇小說〈忠孝公園〉，在香港被談得比較多。大概的情形是這樣。

另一方面我要報告的是，我的小出版社以書的方式代替雜誌，以目前的書市，雜誌的壽命較短，以書的方式出版綜合性雜誌，這個雜誌總的名稱叫《人間思想與創作叢刊》，一共出了七、八本，主要是思想上和台灣獨立運動鬥爭。其中最近的一次，是在《聯合文學》上跟陳芳明就怎麼樣按台灣社會史做台灣新文學史的分期，進行了長篇的商榷。

以上是八〇年代到今天的概況。謝謝大家。

（時間：四月十四日十八—二十點）

肆、台獨派台灣新文學論的幾個誤區

主持人：龍應台教授

龍應台：陳映真在台灣文學史、文化史上是個特殊的名字，我想前面三場已經對陳先生的生平和作品有很多討論，所以我的引言會盡可能簡短。

因為陳映真的思想風格跟人格，使他註定在台灣的文學史跟文化史的發展中，不管怎樣改朝換代，永遠是主流外邊緣的位置。很諷刺的是，早期台灣是反共抗俄的時代，陳映真對於中國、祖國的感情與思想，使他在前面四十年，根本是一個台灣主流社會不能接受的人物。到八〇年代以後，台灣不知道是怎麼陰錯陽差的，竟然變成另外一種反共變形，前面是國民黨的反共，後來轉化成民進黨的反共，照理說共產黨跟中國之間是不能畫上等號的，不管怎麼說，共產黨只有五十年，中國卻有幾千年。可是因為陳映真先生的一些作品、思想和他的立場，讓他在台灣從原先不合時宜的人到現在仍是個不合時宜的人。所以在很多評論中，對他的介紹還是比較偏重在陳先生的思想與看法，他的取捨跟態度。

我倒是因為今晚要來這裡，所以將陳先生的小說從一九五九年第一篇小說〈麵攤〉看起。重讀他的作品前，其實原先我心裡有點害怕。我們都知道，年輕時曾經喜歡過的作家，經過三十年，物換星移，歷盡滄桑之後，可能不敢回頭去讀，怕失望。我今天重讀陳映真小說，尤其是六〇年代，我現在要跟陳映真報告，我讀的時候感覺真好，一點都沒有失望，這種情況是不多的。

我在想，我們是不是花了太多時間，還是從政治立場出發，在看陳映真。我想在此提醒朋友，想了解陳映真，最好還是要從他的小說讀起。真的好看，而且讓我驚奇的是，他寫〈麵攤〉時才二十三歲，一般二十三歲的人可能寫大學生活、男女朋友等等，可他不是，他寫年長老人、寫死亡、寫親子關係、寫男女間曖昧近乎模糊的感情，讓我非常訝異的是，他是一個早熟的少年，作品非常蒼涼，在蒼涼中他看得到人生的冷，可他呈現的手法卻又有淡淡的悲憫在，所以陳映真的小說真好看。其實雖然今天的講題跟歷史跟思想跟政治很有關係，但我還是要提醒所有人，還是回頭看他的小說吧。

陳映真：謝謝龍應台教授非常寬容的介紹。我一直有個自覺，我常說我的作家意識不高，我從來不認為自己能藏諸名山，傳諸後世。今天我要在這裡報告的，是有關台灣當前的「主流」思想，或被認為政治上比較「正確」的主流思潮下，怎麼樣看台灣文學的思想和歷史。

龍應台教授最近有一篇文章，裡面有一點講得非常好，當一個集權的時代結束，一個壓抑的政府結束，一個解嚴令結束，跟極權、壓抑、戒嚴時代完全相反的價值跟意識形態，或者文學、藝術就會取而代之發展。舉個例子，日本戰敗的時候，當他們突然從大東亞東榮圈的迷夢、從戰爭的狂熱醒過來的時候，便有很多左翼的戲劇、文學、文論誕生，日本共產黨在軍國主義時代備受壓抑，可是在戰後卻變成先覺者，因為在侵華戰爭時期，日本共產黨一直站在反對自己國家對外侵略的鬥爭的前沿。記得有一次我講過，有位學問上是馬克思主義經濟學者的基督徒矢內原忠雄，公開在全日本瘋狂於軍事擴張的軍國主義時代，祈禱說一定要讓日本戰敗，否則日本將成為不義的國家，遭受永恆的災難。當然，他被關起來了。戰敗之後，日本人大夢初醒，講了一句話，「好在我們有矢內原先生，否則我們的後世到底要怎麼看待這個瘋狂的時代。」西班牙佛朗哥時代，極右翼的反共法西斯思想文化占主導地位，可是政權一垮，自由、前進的文化、思想、劇場、文學紛紛如雨後春筍般出現，跟前一個時代相反的思想就會突然萌生出現。但台灣卻是個很奇怪的例外，當我們回頭反省時，所謂民主化以後的台灣，竟是舊時代反共威權價值的繼續而非斷裂，這種反共、親美、反中國的價值，在兩蔣時代如此，在所謂「民主化」之後的今天依然如此，而且變本加厲。

今天要報告的是，八〇年代，也就是台灣所謂「民主化」以後，逐漸形成的核心價值：否定自己是中國人，強調台灣的就算「主體性」、「自主性」，如果明治時代的日本是「脫亞入歐」，那麼八〇年代的台灣「脫中入美」。這樣的時代，人們必須為他們新的價值、新的意識形態尋找根源，其中台獨派最早突破的領域是台灣文學史的解釋。因此，我今天在極有限的時間裡，談談台灣獨立派對於台灣新文學的思潮的幾個解釋的誤區，來具體說明，他們在文化上、文學領域上所謂脫中國化是怎麼一回事。

首先，他們極力找理由，否認台灣在一九二〇年代的新文學運動與中國的五四運動的關聯。他們的說法是，中國新文學並不是台灣的新文學發軔的唯一條件。台灣新文學也透過日文，接受了西方現代文學的影響，所以中國的影響不是唯一的影響。第二，台灣文學從誕生那天起，就是「多語言、多族群的文學」，這當然是跟現在流行的所謂後殖民論述相配合，也就是說台灣文學是台灣文學，中國文學是中國文學，台灣文學跟中國文學的關係很一般，沒有多深的關係。這種說法，比較不熟悉台灣文學史的人可能不知道，實際上，許多事實證明，台灣新文學發軔與中國新文學發軔，幾乎是同步同調、影響深遠，而且所謂受到外國影響則提不出具體證據，受中國新文學影響的證據卻到處都是。

首先，台灣新文學也跟五四運動一樣，並因受其影響，經過了一段白話文與文言文、新舊語言與文學鬥爭的時期。反對文言文，提倡白話文。一九二〇到一九二二年，台灣留日知識分子在東京創辦的《新青年》上超過九〇%都是中國的白話文，由於當時台灣出版作為公共論壇的媒介非常少，就在這本在日本辦的白話文雜誌上，出現了許多討論語言文白問題、新舊文學問題的論文，名字也許大家都熟悉。簡單說，有抨擊台灣當時舊文學是「茶餘飯後的玩物」，也有人寫文章提倡白話文，指出文言文已經僵化，極力讚揚中國五四運動採取童話文後，使言文趨於一致，因此使中國文明有長足進步；有人寫文章談文學的任務，提倡白話文，並極力讚揚大陸當時因為實行白話文，帶來文學、文化上極大的進步。他還說到，台灣推行白話文的可能性，在殖民狀況下的台灣，為了民族種姓的延續，很有需要提倡中國推行的白話文運動。所以白話文在台灣的推行，與中國有共同性，就是倡新文學以救亡，並主張舊語言的改革。另有一點，特別強調，在殖民狀態下的台灣，更應該改革語文跟文學，以利啟蒙與救亡。

一九二二年，在東京出版的雜誌《台灣》，有個叫黃呈聰的人，寫了一篇文章叫〈論普及白話文的新使命〉，論點差不多，主張台灣文化因文言不一致，所以不能進步，應該在台灣推動五四以後的白話，並說這工作是極為可能的，要求知識分子從自我做起。

一九二三年，全部以白話文刊行的《台灣民報》，形成當時抗日運動的公共領域。這個報紙有幾個貢獻，它推動白話文，作為一種公共領域的共同語言，有中國白話文形成公共領域，也介紹了五四運動後的著名作家，像魯迅，提供台灣來自大陸的白話文學作品新範式，引進大陸白話文作品如魯迅、郭沫若的新文學作品，還有整套胡適之、陳獨秀提倡白話文的理論，搬到台灣來，成為台灣作家習作的範本。

另外要提到一個有名的板橋人張我軍，他是由台灣到北京讀書、生活的人，著名考古人類學家張光直的父親，他寫了很多文章，提倡白話文，抨擊舊語文，鼓吹台灣白話文文學的建設。這個爭論的另一面，就是連雅堂等一些死守舊語文陣地的文人。

在二〇年代這段時期，台灣新文學很快結出果實：張我軍寫新詩；賴和（有人說他是「台灣的魯迅」）開始寫小說〈鬥鬧熱〉、〈一桿秤仔〉；還有個傑出的詩人楊雲萍也開始創作；另一個死得較早的，既是新詩人也是舊詩人，寫詩也寫小說的叫陳虛谷。這段期間，不但是從中國導引進來的新文學理論、語言、敘述方法跟創作範式，影響非常深刻。

我再舉一個例子，我們熟悉新文學史的人就知道，在舊文學向新文學過渡的時候，有幾十年的時間，許多作家寫了半文半白的小說。而台灣新文學沒有這個階段，因為台灣是直接從中國新文學取得新文學的敘述典範，直接模仿而創作新文學。中國則有許多《小說月報》等刊物，經過多年提倡，半文半白的小說過渡後，一九一八年才出現魯迅第一篇光輝萬丈的小說〈狂人日記〉。而台灣沒有這個過渡期，證明台灣新文學是完全受中國新文學影響而誕生。

其次，說到台灣新文學的主題思想，無非是反帝、反封建，還有就是對女性的同情，對女性被壓迫的呼號，還有對日據殖民下知識分子的徬徨無依等等題材。這些題材跟中國五四以後文學的題材也是一致的，除了受中國大陸影響外，主要還是殖民地台灣生活中的根本矛盾與當時中國半殖民地生活中的根本矛盾相一致的緣故。這是第一個誤區。

第二個誤區是，一九三〇年代台灣發生第一次鄉土文學論爭，分成兩派，一派主張以台灣的土白來寫作，一派極力反對，認為推廣和普及台灣的白話文即可，不要另外推廣台灣話。台獨派看到非常高興，認為台灣早在三〇年代即有「自主意識」，台灣文學界在三〇年代就有「中國沙文主義」和「台灣自主意識」的文學鬥爭。其實只要稍有世界文學史和中國現當代文學史知識的人，都可以看出這近乎笑話的錯誤。

台灣的抗日運動從二〇到三〇年代，抵抗的主要領導力量來自左翼。到了一九三一年，台灣的抵抗運動全面遭到鎮壓，抓的抓，關的關，停筆的停筆。從反日社會運動的前線四處流落的運動家，就找到了一個新的陣地來作戰，即文學的陣地。第二點，三〇年代不僅僅是台灣，包括日本、中國大陸和蘇聯，是世界性的無產階級文化、文學運動的全盛期。無產階級的文學運動簡單說，提出幾個問題：文學為誰？文學要用誰的語言來寫？文學要寫什麼？答案是，文學寫人民群眾、寫勞動人民，因此文學應該用直接生產者、群眾所使用的語言來寫，文學應該寫群眾，文學應該為大眾生活、文化水平的提升而寫。因此在台灣、在大陸都有共同的因素，文學革命的第一階段，是打倒舊文學的語言和表現形式。第二階段，在進一步深化文學革命時，發現北京話為本的的標準共同語白話文，對廣泛的勞動群眾來說已經是新的文言文、歐化的文言文，讀不來。因此提出一種大眾語的問題，講到極端就是方言。中國有兩條路線，一條路線是瞿秋白，他希望在廣泛的日常生活、南腔北調中，使其自然形成一種共同語，一步到位而不要白話文。另一種是魯迅提出的，主張分兩步走，首先各地各自使用其方言，再加上新的東西，比方文法、新詞，使之自然形成一種群眾語文。這種爭論在世界各地包括日本都有，不同的是，漢語的特殊性，每個字有其獨立的形狀、聲音跟意義，不能隨便假借、製造。台灣在這問題上也分成兩派，不是台灣派跟中國派的鬥爭，而是台灣左翼內部關於大眾文學語文不同策略的爭論，沒有本質上的差別。

現在我來介紹幾種說法。

一個是黃呈聰，一九二三年提出白話文和土白的選擇問題。究竟要走白話文共同語的路呢，還是用台灣閩南話土白來創作？而寫作的目的在宣傳鼓動抗日、反日的思想運動。一九三〇年，黃石輝指出，文學「要以勞苦群眾為對象」，這就看出他社會階級對象的問題意識，提倡「建設鄉土文學」。這是歷史上第一次提出鄉土文學的文獻。這跟我們七〇年代的鄉土文學不太一樣。三〇年代的鄉土文學是指用土白寫的文學。他講了一句話讓台獨派非常受用：「頭戴台灣天，腳踏台灣地，」「豈可不用台灣話作文？我們知道台灣獨立運動的修辭學，最重要的就是「愛台灣」、「愛台灣這塊土地」、「喝台灣水、吃台灣米」，像咒語一樣，聞者披靡。

但黃石輝這句話是說，你當用台灣話作文章、作詩、寫小說、寫歌謠、描寫台灣事物，以大眾語言創作，寫大眾的生活，這在沒有世界無產階級文學運動史背景知識的那些教授看來，簡直驚詫與狂喜——三〇年代就能提出以台灣話創作的路線，但竟然還有另一派愛台灣的人，極力主張用普通話來創作。這是以今天的政治和意識形態曲解歷史所造成的笑話。

另外郭秋生指出，當時台灣最大的問題是文盲問題。他說，台灣人的語文狀態是，日本話聽不懂，白話文也不太懂，所以要建設台灣話文。他不主張推廣日文來解決語言的問題，更不主張文言文，他也看出白話文在台灣這個特殊環境中文言不一。但提倡閩南土白，表記和表音也不統一，於是他提出幾個方針來解決閩南土白語言表記表音的統一。頭一條是反對用羅馬字拼音法。大家都知道長老教會很早就以廈門話為基礎，提倡閩南語「白話字」。我小時候看到白話字非常驚訝，怎麼一個老太太看來不識字，怎麼收到信打開來都是英文，原來那是羅馬字拼寫的廈門話。他為什麼反對羅馬字？很簡單，就是民族主義。第二，他堅決主張不應該放棄漢字，像香港一樣，只要不脫離漢字，另外創一個字，這是他堅守的原則，其背後思想意識也不難明白。他說這種土白字的發展有個目標，就是最終一定要跟中國白話文一體化。這哪裡是什麼「台灣意識」！

所以從這些爭論中，可以看到，他們一面要解決方言、大眾語的問題，一面要在殖民地條件下堅守民族的意識和自覺，今天來看，他們的論點還是很感人的。

其次，郭秋生主張建設台灣話文要從歌謠、民歌的整理開始。因為歌謠是民間文學，台灣民間歌謠例如「七字仔」，七個字一行，現在有些台獨教授也是趨之若鶩，不斷整理。有個問題是，三〇年代是還沒有共同語的時代，也是日帝壓迫下的時代。而今天台灣普通話救育已經那麼普及，每天的報紙、電視、國語字典、國語文的教學、文學創作、報刊雜誌都用標準普通話的時代，他們倒回去主張台灣土白，這就是不切實際的地方，他為何要主張整理歌謠呢？就是要以台灣廣泛的低層階級的文盲為教育對象，這是主張用台灣土白替代中國白話文的一種政治、思想傾向的表現。

另有一派，台獨派將之視為壓制台灣人的「台奸」的論說，那就是廖毓文，他反對台灣話的鄉土文學，他認為鄉土文學概念上是田園文學，借德國的田園文學而來是地方文學的概念，描寫的只是地方特點，「沒有階級性」，從這種提法，你可以看到這運動左翼的個性。他主張：應該以「歷史必然性的社會價值」為目的的文學。什麼叫作「歷史必然性的社會價值」？在左翼文學理論，或者歷史唯物主義普遍化的當時，就是馬克思主義或者說社會主義中把社會主義社會的實現當作「歷史必然性」的社會價值。他們覺得台灣的文學跟文字的表記應該以「歷史必然性」的社會價值為目的，也就是無產階級文學。還有一種說法，用台灣話寫的話，只有廈門、漳州、泉州、台灣人看得懂，遼闊的中國人民看不懂。所以，他們雖然被日本人統治，眼界卻是全中國的。因此還是主張白話文，台灣人不應該推廣土白，而應該推廣白話文，寫出來的東西不但台灣的勞動者讀得懂，全中國的勞動者都讀得懂。像這樣的文獻在當時非常多。

另外一個叫林克夫的，主張用白話文，他的理由是民族血緣。他說我們身處日本殖民地，為了我們民族的血緣、民族文化的歸屬，人人應該勤於學白話文，而不應該去搞個土白話。

總而言之，三〇年代台灣話文的論爭，根本不是什麼中國派與台灣派的鬥爭，不是「大中國沙文主義派」和「台灣自體派」的鬥爭，而是台灣左翼文學陣線內部關於大眾文學語文的不同策略的論爭。其次，第一個台灣話文的論爭是台灣無產階級的文學運動所必有的反應。四〇年代香港、廣東、閩南也有一種東南文學運動，就是廣東話跟閩南話怎麼表記表音來推動大眾文學，當時是為了抗日戰爭和解放戰爭，其論點也完全跟這次台灣三〇年代的文學論爭一樣。所以不能說四〇年代就有廣東意識、閩南意識跟大中國意識對抗，這種說法是貽笑大方的。總之，台灣話文的提倡，是二〇年代新文學運動的進一步的深化與發展，進一步聯繫到台灣的現實問題而提出的論爭。白話文的問題解決了，聯繫到現實，為誰寫、怎麼寫、用誰的語言寫等具體問題時，所提出的意見。這是台獨文學派的第二個誤區。

第三個誤區，一九四一年之後，日本人對華南的侵略和對南太平洋的侵略進一步加劇，為了進行這場大戰爭，他們必須仰仗台灣的人力和物力，可他們又深知台灣和中國是同文同族，領教過台灣人深切的中華民族意識，因此要把槍交給台灣人讓他們到南洋或華南幫忙打仗，他們是很擔心的。為了解決此一問題，便推行了皇民化運動。把你的腦袋洗過，這洗腦過程有悲慘的雙重悖論，首先洗腦之所以成功，是因為首先存在著長期令人痛苦的種族歧視。在日人統治下台灣人是次等人、清國奴，不但在工作、職業、待遇甚至人格上都比日本人低下，所以產生非常沉重的苦悶，感到自卑、屈辱；另一方面，一些台灣人精英又覺得中國民族低劣、落伍，不認同自己的民族。此時，日本人開了一扇窗，只要你願意為天皇效命、戰死，你就跟日本人一樣，成為天皇陛下的臣民。在此論說下，加上日本初期對外擴張節節勝利，使得皇民化運動取得進一步發展。我幫李登輝算算年齡，他就是最後一代皇民青年，這在他靈魂深處種下深遠影響。因此在四一年發動太平洋戰爭後，台灣也發動了以總督府為中心的皇民化運動，有幾個人也變成皇民文學作家，寫了些作品，等一下介紹。

可是要怎麼看待皇民文學運動呢？台獨派和我們在看法上有所不同。我們覺得這些文學雖然是為戰爭服務的，但也是被害者，雖然他們自己不知道自己是被害者，我們從來不主張點名批判，指責為漢奸，我們只能將之抹殺。可是台獨派認為，將這些人當作親日派、漢奸的文學觀點是中國人的觀點，台灣人都不應該用中國人的觀點來看這段歷史。第二種看法是，不能說成台灣人親日或媚日，而應該理解為台灣人對日本現代性的一種嚮往，因為皇民化代表現代性，台灣人所仰慕、渴慕的不是日本人或日本的統治，而是他們統治所代表的現代性。當我看到台獨派這樣主張我還能忍受，但當我看到日本一些右派學者也大剌剌到台灣來開國際研討會，公然宣稱這種觀點，我是非常憤怒的。我曾經對那種日本人說，作為曾經殖民台灣五十年的日本人學者，你要在台灣文學或台灣史研究發言時，首先要牢牢記住你曾經在這塊土地上統治了五十年，在你們對自己戰爭與殖民地責任的歷史做了反省之後的基礎上才發言。雖然皇民化情勢如此惡劣，全島瘋狂，整個日本都瘋狂，你要稍微講一點自由主義或左派的反法西斯、反天皇和戰爭言論都馬上會被踩死。在那樣的情況下，台灣人的表現是很了不起的。我們都覺得韓國人很反日、很有民族骨氣，可是韓國人至今都無法處理為何日本發動大東亞戰爭時，有那麼多韓國左翼、反日作家大批轉向，歌頌日本戰爭。在我們台灣，這樣的作家，勉強算起來只有二、三個，而且作品品質還很不高，這一點我很欣慰。

此外，在戰爭臨結束前皇民化推動時期有幾個現象，表現出台灣文學家抵抗日本帝國主義氣焰的勇氣。先講第一種抵抗，黃得時教授和楊逵在一個皇民化文學會議上，日本人要他們兩人不要辦《台灣文學》雜誌了，跟日本人皇民派辦的文學刊物併合起來，一起為聖戰服務。黃得時跟楊逵當面發言，委婉反對台灣文學刊物跟日本文學刊物的一體化，反對被總督府列管等意見。這是很不容易的。這意見招致在台灣的日本作家批評，認為台灣很多作家都是面從腹背，即臉上服從，肚子裡卻背對著你。

第二個是很有名的論爭，叫「狗屎現實主義文學論爭」，意思是台灣人的現實主義文學是「狗屎」，表示輕視。這是有名的日本皇民文學家西川滿提出來的。他認為台灣文學作品粗糙、沒有美感，只是崇尚自然主義的暴露，暴露社會陰暗，暴露封建家族的陰暗，最重要的指責是：你們台灣人寫的文學千方百計逃避和拒絕皇民文學的創作路線。他大大推崇日本文學的纖細浪漫，舉出《源氏物語》等貴族文學為例。認為台灣文學只會描寫妯娌鬥爭、封建家庭的矛盾、兄弟鬩牆這種大家族紛爭。這裡我要加個註，當時皇民化文學的訴求重點是，支持日本天皇打侵略戰爭，有些台灣文學家為了逃避這一主題，只好回到描寫台灣風俗的文學，台灣社會裡確實有妯娌不合、納妾、女性地位低落、賭博抽鴉片這些問題，描寫這些是反省自己的問題，二是躲避為「聖戰」叫喊的題材，表現了曲折的抵抗，這是台灣文學家了不起的現象。

西川滿的文章一出，四方轟動，有個筆名叫世外民的人提出駁論，認為台灣現實主義文學作為被殖民者對生活的反省與對未來期望，是很深刻的。西川滿是以唯美派文學家自居的，世外民認為西川滿的浪漫主義是假的，沒有理想，徒然有一種感傷唯美的情緒。這裡不能光就字面上理解，熟悉左翼文學理論的人都知道，浪漫主義分成消極的和積極的兩種，當時台灣作家對這些理論是很熟悉的。所以西川滿所說的浪漫，是異國情調，是東方主義的。日本人雖是東方人，但他們以殖民宗主國的異色眼光看殖民地，那種浪漫主義是沒有現實根據的。世外民又批評西川滿所推崇的《源氏物語》是日本貴族階級荒淫豪嬉的文學，沒有止義的吶喊，沒有明確的人生觀。當然這是由左翼觀點提出的批判。文學家應該為真理而活，世外民提出一個日本真正的唯美派文學家，叫永井荷風，永井是絕對頹廢的唯美派文學家，卻極具勇氣，在日本瘋狂推動皇民化文學時，他隻字不寫，整日沉溺於酒色中，以此保持他的氣節。世外民認為，真正有骨氣的浪漫主義者應該像永井這樣，堅持抵抗暴力的壓迫。在那樣的年代，楊逵們敢於跟日本針鋒相對地鬥爭，老實說我看得很慚愧，在蔣介石時代，我都沒寫過這種針鋒相對的批判文章。

其次，我要介紹楊逵的一篇文章，楊逵很少寫大塊文章，他寫了兩篇文章是水平高、思想深度夠又言簡意賅的。第一篇是〈擁護「狗屎現實主義」〉，裡面充滿辯證法的智慧和左翼文論的素養。他說，大便雖然並不「浪漫」，但卻使農作物生長開花結實。當莊稼成長豐饒，本身又是一種浪漫。一個作家只看見黑暗，卻看不見黑暗裡洋溢著希望與真實，這就是辯證法，在極端黑暗裡，一個左派作家不只要看黑暗面，還要善於看見黑暗中所隱藏的光明與希望。西川滿只是捂蓋住現實中發臭的東西，那是不行的，對現實不看不聞，但現實依舊客觀存在。楊逵接著說，真正的浪漫主義應該從現實出發，對現實抱著希望，抱著改造現實，即使在大便中也要看到使莊稼成長結實的可能，要凝視現實，肯定中看見否定，加以克服，也要在否定中看見肯定，把否定向著肯定移轉過來。這些聽起來很矛盾，卻是左翼理論常見的歷史唯物、唯物辯證的邏輯，只有站在現實主義的立場，浪漫主義才會開花。只能站在排拒現實主義的基礎上才能存在的浪漫主義，是「癡人之夢」。楊逵雖沒有用後殖民理論批判的詞語，卻早已指出後殖民批判的問題。對帝國主義批判的同時，後殖民主義批判同時產生。

楊逵的第二篇文章是一九四七到四九年一場「如何建設台灣文學的爭論」中發表的一篇叫〈論台灣文學〉的短文，以答客問的形式，解答很多疑問。這幾年來我追索楊逵的腳步時發現他的形象愈來愈高大。一般人認為楊逵文學粗糙、不好看，對我來說卻不一樣。

第四個誤區，我們來講講光復後的台灣文學。台獨派認為，光復以後省內外人民之間因二二八事件、因陳儀暴政而互相遮斷，因為國民黨很快禁止日本話，使台灣知識分子成為啞巴、聾子、文盲，在強權統治下，台灣知識分子為之噤默不語。另外，光復後大陸來台外省作家壓迫本省作家，使本省作家沒有聲音，獨霸台灣文壇。

我簡單說，事實並非如此。一九四七年有場非常重要的文學論爭，一般人並不知道。這場論爭主要是四六年東渡來省外文人與以楊逵為首的台灣進步文人結盟，力圖克服二二八傷痕，創造民族團結的局面。從一九四七年三月七日，國民黨血洗台灣，鎮壓二二八事件後不到八個月，一九四七年十一月，《台灣新生報．橋》副刊上發展了長達一年多的文藝討論，討論如何重新建設台灣新文學，其目的在使台灣新文學進一步發展，成為中國文學無愧的一環。各位記住，這是二二八慘變之後的討論。一般台獨派總是說，二二八使台灣人「覺醒」了，恍然大悟自己原來竟不是中國人，否則自己兄弟怎麼會殺自己兄弟呢？然而事實完全不然，二二八事件過後使大量島內年輕人奔向當時的中共地下黨，事變後的十一月，仍然有這場促進台灣文學與大陸文學一體化的論說，力爭要把台灣文學重新建設為中國文學毫無羞愧的一部分。參加的有東來文人和在地台灣人，台獨派將此文學論爭片面解釋成主張台灣文學獨特性的一派與主張台灣共同性的兩派鬥爭，禁不起實證史料的考驗。

由於時間有限，在此我只就這場論爭簡單介紹幾個觀點。首先，日據時代下，台灣文學發展不夠，有繼續爭取發展的可能性跟義務。發展的方向不是要和中國文學分離，而是要台灣文學成為中國文學一部分。這種論調，包括當時的葉石濤在內，都可說眾口一詞。其次是談到台灣文學特殊性跟中國文學共同性的關係的問題，他們也是辯證的看法，認為台灣文學肯定有台灣文學的獨特性，正如山東文學、關內關外文學一樣，這獨特性是在全中國文學共同性的基礎上，亦即，要辯證地、矛盾統一地看待獨特性與共同性的問題。第三個，很出乎台獨派意料之外，這些東來文人都眾口一詞地說，台灣文學應該而且只能由「生於斯、長於斯的台灣作家」才能創造出「有台灣特色、氣派、風格的台灣文學」，外省作家只能從旁協助。楊逵先生還提出一個「台灣文學」的概念，認為經過二二八事件，民族產生裂痕，他特別提出的「台灣文學」概念，是說台灣文學應該刻畫台灣人民，作家應該深入人群中去創作，透過文學作品，讓省內外同胞了解真正的台灣，其目的不是把台灣文學從中國文學特殊化出來，而是增進民族團結與合作。這說法跟今日台獨派的說法完全不同。

接著，我簡單說說七〇年代鄉土文學論爭。在台獨派看來，七〇年代那一場鄉土文學論爭是「官民文學矛盾」，所謂官方文學跟民間文學，指的一邊是省外文學，一邊是省內文學。七〇年代早期現代主義詩論爭與七〇年代末期的鄉土文學論爭，其實是回應了四〇年代後半台灣左翼文論的回聲，是左右鬥爭而非官民鬥爭。主要是受到西方思想界及保釣運動左派的影響，而開始批判台灣新文學受外來文學影響而過分洋化。簡單說，今天台獨派提的「台灣文學」概念跟七〇年代鄉土文學的概念的區別，以我自身參與的輕驗，提出簡單區別：「鄉土文學」的對立面是外來文學，今天「台灣文學」概念的對立而則是中國文學。

最後我講到九〇年代，許多從外國學園引進的文論和文化理論，如結構、解構、殖民、後殖民、女性主義……這些思潮跟台獨的關係也很微妙，一派是藉此逃離統獨爭論，一派是利用後殖民等論述來替台獨論述撐腰。就我的觀點來看，台獨運動就具備非常鮮明的後殖民特質，因為他們是以過去宗主國的眼光，來回看自己民族，把自己的民族看成所謂異己者，自以為擺脫了落後的自己的原來的民族，透過殖民過程文明化。台獨論述的後殖民批判，正是目前台灣重要的研究與批判課題。後殖民論不在於薩依德提出東方主義才發生，只要有反對帝國主義殖民的地方，就有後殖民理論，剛剛我提出楊逵批評西川滿的論說，用現在語言來說，就是後殖民批評，只是當時沒有今天才流行起來的後殖民這語言。台灣人有個毛病，洋人不提出的議題我們就提不出來，洋人不使用的學術語言，我們就無言以對。

另外九〇年代末到新世紀初，有件小事，那就是陳芳明和我對台灣文學史的分期有了一場冗長的爭論，這問題任何人都可以有自己的方法，可是陳芳明號稱他要用「台灣的社會性質」來分期，這就涉及到歷史唯物主義社會生產方式分期論的問題，就是說以各個不同生產方式的階段來分期，這個問題早已經有約定俗成的學術架構方法論和邏輯，不能任意胡說八道。我於是出面批判。不過反應是沉默的，或許因為這些歷史唯物主義的史觀在戒嚴的台灣鮮為人知，在美國西歐自由主義為中心的右翼學派也是沒有的，所以看文章的人不少，回聲卻不多。就講到這裡吧。謝謝大家。

（時間：四月二十一日十八—二十點）

初刊二〇〇四年八月《印刻文學生活誌》第十二期

1 本篇為陳映真二〇〇四年三月三十一日、四月七日、四月十四日、四月二十一日於香港浸會大學「我的寫作與台灣社會嬗變」之演講稿，由張清志整理，與〈阿公〉、〈生死〉同刊於《印刻文學生活誌》「陳映真：風格、風采、風景」專輯，篇末並附有楊逵《和平宣言》全文。《印刻》專輯編案：

自一九五九年完成並發表第一篇小說〈麵攤〉以來，陳映真始終以強烈的人道關懷貫穿於創作之中，並持續不懈以其實際行動，以及大量論述闡明其理念與意見，正如同他在自剖文章〈後街〉所說，「他大體上是屬於思想型的作家。沒有指導的思想視野而創作，對他是不可思議的。」他的知識體系多元而富歷史縱深，含括政治經濟社會與文學，從本輯〈我的寫作與台灣社會嬗變——陳映真香港浸會大學演講〉中便可看出，其對於台灣及國際政、經、文化局勢之演進，了然於胸，且能以自身獨有之體系詮解，並能與其他觀點對話辯詰，學養豐富可見一斑。

其創作又每見深情溫婉，感人至深，本輯所收最新散文創作〈阿公〉與〈生死〉，均可見其小說家筆法，敘述故事娓娓動聽，起承轉合舒緩有致；前者談族群意識之消融，後者思辯死生之間，筆風過處，無不帶深情。

最後本刊特別邀集新世代創作者，書寫他們的陳映真印象，除了是一次晚輩對長輩的致敬，亦可視為一次跨世代對話。

此外，本輯的製作要特別感謝鄭樹森教授、余非先生以及雲門舞集的協助。

二〇〇四年三月

〔訪談〕我不是Superman

陳映真專訪[1]

年輕時的陳映真高大英俊，不難把他聯想成一個躲進電話亭變身，隨時進出「記者／作家」或「致力拯救無產階級於水深火熱之中的社會運動家」這兩種身分的中國「超人」——Superman，當然，這字在陳映真心目中指的是超凡至聖之士，而他一早聲明「我不是」。現在電話亭就快被資本主義快速更替的商品潮流淘汰了，而超人已老，行動緩慢，雙眼在因病而浮腫的臉上少了神采。然而他仍高昂著頭，跟挺直著腰板談到他用畢生關懷的議題時，目光依然銳利迫人。

陳映真二月來港出任浸會大學駐校作家以來，首次接受傳媒專訪。香港文學界對陳映真的印象仍多停留在十六年前他與劉賓雁的對談，當中有誤解，有僵硬的理解。現在的陳映真認老，知道軟弱，沒變的是不言放棄。（撰文：張薇）

談九〇年訪京

記者(以下簡稱「記」): 可以說一下一九八八年以後你的生活嗎?

陳(以下簡稱「陳」): 全世界的作家都一樣,特別是在台灣,作家需要花很多時間在找生活上面,除了一般的暢銷的流行作家,真正純靠專業的創作生活的很少。

八八年以後,我在九〇年率領了一個「中國統一聯盟」的團到大陸訪問。八九年發生了「六四」事件,我們自覺地感覺到既然我們從事民間的中國統一運動,就需要具體了解中國的情況,所以我們才帶著很嚴肅的心情組織了這個訪問團。

記: 這個訪問團似乎引來不少誤解,因為六四才發生一年,而且你們在北京接受了國家領導人很隆重的接待。

陳: 我們要求的訪問對象是一些從事具體工作的中下層幹部,到了那邊規格變得那麼高,連我們都不知道,這完全不是我們要求的,去了那邊才臨時安排的。

對六四事件的態度,「中國統一聯盟」討論過,可是意見不統一,理由很簡單,我們一向在國民黨極端反共的政治下生活,作為「中國統一聯盟」,發表一些批評中共的聲音,不是說不可以,而是在特殊的台灣環境下,當然有大局的考慮。可是我用個人名義公開在報上發表了一個聲明，主要內容有：無論如何，這個風波事件，最終的責任還是在中國共產黨，它當家嘛；第二，我強調為今之用應該用科學、透明的方法來調查這件事。一方面要查自己的錯誤，二方面要查外來的干涉，弄清事件的始末、發展過程、性質變化的歷程、外國勢力的介入，汲取教訓……

當然我也聽到很多對訪問團的批評，但我不以為意，主要就是因為民族認同，如果你認同這是你的民族，自己的民族發生了這樣不幸的事情，我們當然要去了解。說到江澤民接見，他接見那麼多人，為什麼就不能接見台灣來的人。

記：剛才我們談八八年你的生活情況，你一開始就談到「中國統一聯盟」的工作，這工作對你來講是不是占有很重要的位置？

陳：一個國家受到外來勢力干涉而分裂，對一個民族來說是很可恥的事情。一個分裂的民族是不完全的民族，是畸形的民族，是殘廢的民族。克服民族分裂，增進民族團結，當然很重要。作為一個左派，我們主張統一，並不只是因為「我們都是黃帝的子孫」這種國粹論，而是這是中國反對帝國主義干涉歷史上最後留下來的問題，香港用特區制度基本解決了這個問題。台灣的問題也應該解決。我們認為當一個國家在外力的干涉下，要花很多精力去對付外來的威脅。只有在統一強盛的國家，無產階級才能夠成長，成為一個有力的階級，最後真正建立自己的政權。如果國家不強盛，包括無產階級在內的各階段就不會有好日子過。我不知香港的知識分子怎樣，我們現在就在這個問題上遭遇很大的困難，台灣反民族勢力擴大了，民族統一的展望有了新困難。

從死亡邊上回來

記：整個九〇年代你主要的工作是什麼？

陳：我花過一段時間出版台灣社會經濟史的書。理由是我們需要科學地認識台灣。就應該從認識社會經濟史開始。這是人間出版社的第一項主要工作。第二是新台灣文學思潮部分，八〇年代以後台灣的文學界全面台獨化，我們組織出版了反駁批判的書。三是台獨理論的批判。一直到九九年，我又開始創作。就寫了〈歸鄉〉、〈夜霧〉和〈忠孝公園〉，後來就病倒了，那是〇二年，我心臟的內科手術出了意外，差一點死掉，技術上說，心臟都停止了。心律不整的電燒手術中的風險讓我碰到了，還好把我救了回來。

記：這經驗對你起了什麼影響？

陳：當然我切膚覺得生命有限，讓我覺得如果可能的話，要努力創作。這次台灣選舉讓我思考到民族內部矛盾的問題。

記：你的作品多回顧過去的歷史事件，今後的作品集中討論目前發生的事嗎？

陳：我的作品多半討論問題。我覺得人應該有反省的心。我們經過了很漫長的專治統治歷史，可是這時代一旦經過，大家也無心清理。彷彿事不關己，若無其事。我最新的這三篇小說主要講歷史的反省的問題。

記：你所講的清理表現在其中一些作品中是讓這些背負罪惡的主角，在自己內心反省自責，終至精神錯亂。

陳：我寫的是一個人的故事，可是我要表達的是一整個時代集體記憶中的犯罪與共犯意識。

記：一個作家能促成一個時代的反省嗎？

陳：今天，你不能期望作品改變世界，這個時代已經過了。三〇年代的魯迅和左翼會起那麼大的作用。不僅僅是小說，還有大環境，還有對腐化的國民黨的批判和否定，有強大的革命運動和思潮。隨著資本主義愈來愈高度發展，文藝和小說愈來愈成為一種市場性、商品性的精神性消費產品。香港文學的一個特點，就是文人的生活太辛苦。不得不忍辱寫一些庸俗的作品增加微薄的收入，媚俗通俗的小說比較多。

記：如果小說的社會功能在消弱，你為什麼還要寫小說？

陳：因為我沒本事拍電影（笑）。當然，我寫小說、寫評論、辦《人間》、寫散文，文類不一樣，但都是自己思想的表達，今後在我的餘生還是會用藝術來表達對事情的看法。可是資本制生產和消費經濟愈來愈發展，小說的功能就愈來愈弱化，所以才會有《上海寶貝》呀、木子美呀的現象。只有在還在鬥爭的第三世界，小說還是很強烈的戰鬥武器。

只要沒有人說「陳映真你不要寫了，你已經江郎才盡，我們討厭你」，我還會繼續寫，我唯一能做的就是這些。下次再寫的話，我希望寫民族分裂的傷痛，還有就是對五〇年代到九〇年代西方培養的台灣知識分子的嘲笑吧，他們滿口英文，滿口新的理論。可是與現實生活完全沒有關係。

只要文學存在一天，我希望文學能使人更崇高一點，更勇敢一點，更正直一些，更愛公義和真理一些……

你的字典有「軟弱」嗎？

記：無論是「台灣的良心」、「人道主義者」、「理想主義者」，還是「揹著十字架踽踽獨行的老靈魂」，您給讀者和評論者的形象是堅定、嚴厲、艱苦、沉重、言行合一、貫徹始終，請問您的字典裡有軟弱、退縮、輕盈、享樂、個人主義嗎？

陳：我對於各種加繪我的褒詞，從來沒敢認真過。我從來沒有想過要當什麼大作家，名垂千古，作為一個藝術家和作家，要能從另外一個角度來看出生活本質裡存在的矛盾，來揭穿掩蓋事實的各種「錯誤意識」(ideologies)重新認識生活，興起改造社會的願望。這就是我的目的，不是我有什麼良心。

我去做《人間》報道的時候，在現實中看到人民怎樣生活，表現了他們的尊嚴，這是一種令知識分子為之汗顏的力量。我不是教育者，我是被教育者。當然，這些評語當中有的是善意的鼓勵和勉勵的話，也不排除有一點嘲諷的意思也不一定，但我並不以為忤。

第二點，基督教裡有一個詞是「軟弱」，就是人很經不起誘惑，人很容易犯罪，人很容易發生自私甚至陰暗的想法，都造成軟弱。所以，這條問題裡用了「軟弱」一詞，對我來講是很熟悉的，在青少年時代，我曾是一個虔誠的基督徒。

我完全承認我的軟弱，跟一般人是一樣的，會害怕，猶豫不決，我會有虛榮心，我也有私心的時候，我絕對不是超凡至聖的人(superman)。我是個很「軟弱」的人。

我有一個很好的朋友叫吳耀忠，是非常有才氣的畫家，我們一起組織讀書會，一起坐牢。因為他是一個藝術家，請神比較脆弱，他會畫畫，監獄有時候就叫他去畫蔣總統的畫像，這樣他經常得到很多菸和酒。後來酒精中毒，出獄後，整個人崩潰了，他很想重新畫畫，但力不從心了，手不聽指揮。他感到非常挫折，一直過著很虛無的生活，他爸爸留給他一筆錢，他就和他所愛的女人一起把它花光了，在台灣坐計程車旅行，住好的飯店。

看到他那樣，我當然經常提醒他，責備他，但老實說，我心裡也有一點羨慕，他怎麼就能那樣放縱，那樣的虛無，那樣的頹廢，我感覺到他的頹廢在我的內心有一種回響。可是我沒像他那樣，不是我有多麼大的道德勇氣。我想至少有幾個原因吧。第一是我年輕時的宗教信仰，習慣管束自己，可是那也不是很強，人沒有那麼強，在文學上人是軟弱的，人絕對是軟弱的；第二是讀了一些有非常偉大的心靈的作家作品，告訴我什麼是崇高的品格；第三是《人間》的採訪經驗，看到那麼貧困的人怎麼會有力量拒絕撿到的一筆錢，正直堅毅的例子比比皆是，我覺得很受教育；再來就是我在牢裡的生活，我看到在五〇年代大肅清中倖存下來的非常正直崇高的政治犯，為理想不惜破身亡家，也看到一些即將被槍斃的同志的高尚品格。

在我看來人有兩面，一方面有軟弱、黑暗、忌妒、貪心和色欲，另一方面是崇高，想要幫助別人，為別人哭泣，兩方面同時存在，只是現在我們的制度使軟弱的一面不斷肥大化、擴大，擴大到你不以為意，以為正常。

記：你有沒有失守過呢？

陳：現在老了，失守的機會越來越少了。可是，我永遠記住人是軟弱的。這個不是給我軟弱的理由，而是給我軟弱的警惕。

記：我們還是沒有多談生活上的問題。除了看書寫作，你還有其他方面的愛好嗎？

陳：沒有什麼，因為過去我比較忙，今後我可能多花點時間看電影，我是蠻喜歡看電影的，特別是紀錄片和第三世界電影，我太太也很喜歡，所以應該多花時間陪她去看好的電影。然後，我還有個願望——寫些報告文學。如果寫得好的話，報告文學比小說更強而有力。

年輕一代還有希望[2]

記：你對年輕一代有什麼看法？在〈趙南棟〉裡有一個年輕人的形象——小芭樂，他是革命者的後代，可是他的形象很負面：頹廢、吸毒、縱欲。他在你對年輕一代的看法中有沒有代表性？

陳：我想這裡很明顯是作為一個對比，他是革命者的後代，革命者是充滿理想的一代，為理想甚至連生命都捨去掉；但人是社會的動物，人是各種社會關係的總和，這是馬克思講的。資本主義最大的特點就是機械化的大量生產，生產大量貨物，目的是把這些超過人類自然需要的商品在市場上銷售，獲得利潤。人的欲望有限，人大概只需要三四件衣服就能在香港或台灣過得不錯，但如果每個人都過這種生活，大量生產的資本主義就垮掉了，他們就需要經由行銷管理來促發人們超出自然需要的消費欲望，其中一部分就是各種形式的廣告，透過各種媒介，完全推翻過去長時期以來認為欲望應該加以節制的哲學，大量地無忌憚地撤除人類對欲望的約束。

小芭樂就是這種欲望促動的社會產品，他被異化了，變成了消費的工具。

我們經常在電視上看到的新的一代臉上畫得亂七八糟，頭髮染成各種奇奇怪怪的顏色，這整個新世代是同一個大眾消費制度下的產品。革命的一代過去了，人類第一次的社會主義事業受到了挫折，但只要資本主義內部存在的矛盾沒有辦法得到解決，只要資本主義還不是人類各種問題的解答，某種社會主義的選擇就永遠存在。

所以，我還是相信年輕一代會變，現在有一種新的運動，就是當ＷＴＯ或一些大國開會的時候，會有來自全世界的青年來抵抗，他們奮不顧身，你可以看到一些年輕而憤怒的臉孔，這就是希望。

學習普通話，善用方言

記：在過去一個多月你有系統地讀了一部分香港文學作品，你有什麼觀感？

陳：不成熟的觀感有幾點，第一，出乎我意料之外的是，香港受五四運動的影響比較慢，一九二七年魯迅第一次來香港演講的時候，香港文學界還是古文占優勢。第二，香港的新聞學跟台灣、大陸都不一樣，台灣和大陸二、三〇年代的新文學充滿了反帝、反封建的鬥爭意識，香港在這方面較弱，相反，描寫都市生活的比較多。當然，也受南來作家及四〇年代抗日戰爭文學的影響，所以，香港的寫實主義傳統還是很強的，只不過，因為各種原因沒有產生比較重要的作品。

第三，香港的現代主義從五六年展開，一直到現在還是香港文學有活力的一部分。台灣是五〇年白色恐怖之後就有了現代主義。七〇年，鄉土文學論爭後，現代文學基本上就從主流掉下來了，不起影響。

香港作家有種奇怪的心態，總認為香港出不了大作家。我勉勵學生一定要把普通話學好，一個民族的文學一定是用民族的標準語寫的，當然也可以汲收有用的土話土白，像現在這樣濫用恐怕不行；然後，要有逐鹿中原的野心，香港有自己的優勢，它是中西文化薈萃的地方，應可以創造出有香港特色、氣派和風格，又有中國文學傳統的文學，跳出香港的框框，帶著香港的特性到中央文壇一較長短，這是我對香港文學的期望。我不反對方言，方言是我們民族重要的語言，可是要變成民族文學，作品一定用民族的共同語寫成，汲取地方方言，透過優秀的文學作品，鍛鑄出優美的中華民族共同語。

後記：不談政治，仍談政治

訪問陳映真不容易，訪問前浸大校方傳達提問的要求：不談政治。而陳映真也堅持作為客人，不對香港的問題「指指點點」。對早已草擬好的問題，關於什麼良心呀、定位呀，總覺拾人牙慧。當我現場提出希望由一個真正的「我」和陳映真對談，談我真正想了解的問題，談生活裡的陳映真時，他也和應：「我也面對這些題目好久了。你隨便問吧，我會真誠地回答。」結果，兩個多小時的談話，加上部分因為牽涉太複雜的背景而被要求不寫的內容，和部分記者篩選出去的內容，所有的談話鮮有生活化。幾乎無論什麼問題，答案最後都回到陳映真畢生關懷的議題，不談政治，仍談政治。這當然與記者的功力有關，但也反映陳映真思想的貫徹始終。

在香港生活了兩個月，陳映真感受到港台兩地因文化的差異，首當其衝的是語言的不通。面對不少不諳國語的香港人，陳映真在口語中也開始夾雜了不少英語單詞短句幫助溝通，記者本欲保留陳映真談話的原味，但是陳映真卻堅持要把全部英文譯回中文，並自責一番：我竟然不知不覺地做了自己向來討厭的事情。本來，陳映真打算在港逗留三個月，但大選後的台灣政局風起雲湧，使陳映真改變初衷，打算月底一完成在浸大的駐校作家計畫後便回台面對他關心的民族團結事業。剛過去的星期一（十二日），陳映真在香港公共圖書館主講了他來港第一個公開講座，當日座無虛席，而且是多是年輕的臉孔，我似乎看到了一個陳映真以自己在一個時代的經歷來播下理想主義種子的場景，而接下來便是期待種子的發芽。

初刊二〇〇四年四月九、十六日《香港經濟日報》（香港）C2版

1 本篇訪談分上、下篇分別初刊二〇〇四年四月九日與十六日《香港經濟日報》，上篇〈我不是Superman〉，下篇〈香港文學逐鹿中原〉，本文以〈我不是Superman〉為題合為一篇；訪談與撰文：張薇。

2 從此小標起為原刊下篇〈香港文學逐鹿中原〉。

民族分裂下的台灣文學

台灣的戰後與我的創作母題[1]

陳映真「我的文學創作與思想」講座於四月十二日假香港中央圖書館演講廳舉行，數百名文學愛好者出席了講座。該講座由香港公共圖書館、香港浸會大學、《明報月刊》、香港作家聯會合辦，由明報書會協辦，並邀請香港浸會大學文學院院長鍾玲、《明報月刊》總編輯潘耀明主持講座。陳映真從「台灣的戰後」和「創作母題」兩個角度談論了台灣近六十年的歷史及他自身創作經歷，現本刊經陳映真授權，刊出主要內容，與讀者共享。——編者

我一向不願講自己，最大原因是讀過幾本書，深知自己作品遠不及其他傑出的作家，沒有什麼好談的。不過客隨主便，事不得已，只好應主辦單位邀請講幾句，不過請允許我把講題改為「台灣的戰後和我的創作」。

台灣的戰後歷史紛紜複雜

我創作的主要母題並非來自靈感，而是與戰後的台灣社會生活有著密切聯繫。

第一個重大紀年是一九四五年，台灣光復。留給我最深刻的印象是普天同慶、敲鑼打鼓，台灣人民爭著學普通話，學b、p、m、f這些國語注音符號。當時，少數幾個外省人來到我們小鎮，他們穿著布鞋在日本宿舍的榻榻米上走來走去，婦女們交頭接耳地傳說：外省人很疼老婆，還會做家務、做飯。這時，許多被日本人徵兵去南洋打仗的台灣人回來了，也有戰死南洋者的骨灰被運回來。這些記憶難以忘懷。

第二個紀年是一九四七年，發生了著名的「二二八事件」。按照現在的刻板說法，「二二八」是外省人欺壓本地人，本地人反抗而遭到鎮壓的事件。我清楚記得一位外省人被打斷腳踝、鮮血淋漓的情景。當時很多本地老人家都看不過去，批評打人者只敢打善良的外省人，而不敢打從外省來到台灣的貪官汙吏。我記得當時到處散發兩種傳單，一種是圖畫傳單，畫面中人手握殺豬刀，劈向肥肥的象徵著外省人的豬。另一種是文字傳單，號召大家不要亂打外省人，要同「好的外省人」團結爭民主、爭改革。我還記得，事件中有幾個被日本徵兵到南洋打仗的復員的台灣人穿起日本軍服，在街上一邊行走一邊唱日本軍歌，現在想起，仍然傷懷。**其實如果將「二**

二八」放到歷史大背景中去看，就不會得出外省人欺壓本地人的結論了。當時全中國各地都在鎮壓反獨裁、爭民主、爭和平建國的民主運動，而並非台灣一地。

第三個紀年是一九四九年，發生了「四六事件」。當時北平已經解放，解放軍即將渡江。台灣的左派學生以歌詠、油印刊物等活動展開學運。陳誠鎮壓了學運，台大和師院逮捕了二百多人，揭開了白色恐怖的序幕。年內，台灣頒布了《戒嚴法》等一系列反共安全法令，反共的國家安全體制成立。

第四個紀年是一九五〇年六月二十五日韓戰爆發，當時國共內戰與東西冷戰兩重結構支配了戰後台灣的意識形態、文化、文學。這期間，台灣於一九四九至一九五二年進行了農地改革，半封建的地主階級與佃農階級從台灣社會舞台上消失。

第五個紀年是一九五三年中共地下黨被瓦解。**中共地下黨一九四六年來到台灣，一九五〇年上半年被摧毀，餘黨繼續鬥爭，至一九五三年被徹底摧毀。當時有四千至六千人被槍斃，八千人入獄。**

第六個紀年是一九六〇至一九六五年。台灣作為美國的東亞冷戰戰略前線接受經濟援助，外來資本與本地資本結合推動工業化，資金、技術與市場日益依賴外國資本，同時也造成了台灣文化上的依賴性，是文化冷戰、意識形態冷戰的產物。台灣的大學成了美國高教的預備教育，留美返台的親美國反共知識分子占領了台灣各個領域的制高點，文學上也相應出現了所謂新殖民地化。

再往後，一九七二年台灣被逐出聯合國。蔣經國去世後，一九八七年李登輝繼位，推動去中國化、反中國化。再之後，二〇〇〇年陳水扁建立起第一個主張台獨的政權，直至剛剛結束的台灣大選，國民黨面對四分五裂和泡沫化之勢，台灣開始面對民進黨長期反動統治的局面，我們正面臨著受到台獨政權長期化統治的嚴峻挑戰。

創作母題來自戰後生活

講完了大勢，順便稍談我的作品的母題。

第一個母題是描寫一個人懷抱某種理想，受到挫折，鬱鬱而終，莫名其妙地死掉，如〈我的弟弟康雄〉等。這個母題的形成，是由於我二十多歲時，魯迅等人的作品影響了我的思想，也影響了我一生的命運。第二個母題是台灣一九四七年的動亂及為日本打仗的台灣兵的返鄉，〈忠孝公園〉、〈鄉村的教師〉等即描寫此方面題材。第三個母題是上世紀五〇年代白色恐怖中仁人志士的命運。這類題材有兩個來源，其中一個是我自己一九六八至一九七五年入獄，在獄中直接面對政治犯，聽他們講紅色五〇年代活的歷史。一個人與歷史的關係非常重要，歷史不是概念，而是一種運動、生活，是生命的傳承。於是一九八三年我寫了〈山路〉等作品。第四個母題是關於民族分裂和反目，外省人與本省人的關係，〈將軍族〉、〈第一件差事〉等皆屬此方面之作。第五個母題是知識界與思想界的殖民化，如〈最後的夏日〉、〈唐倩的喜劇〉等。第六個母題是台灣的大型跨國公司員工的生活與心靈的變化，如〈上班族的一日〉等。

我還寫了一篇報告文學〈當紅星在七古林山區沉落〉及一個劇本《春祭》，後者在台灣藝術館公演，觀眾非常多。

我們處在民族分裂的時代

我與我同時代的台灣人、香港人、大陸人，活在戰後「美國制霸下的世界秩序」(Pax Americana)的大架構中。在這個大架構中，我們的民族分裂、對立了。我們面對一個權威政治的統治。面對「美國制霸下的世界秩序」的一生，你是迎接它呢，還是超越它、克服它？這形成了不同的人生觀和世界觀。

我將我所處的時代定位為民族分裂的時代。用這樣一種自覺來從事和面對創作，那麼我的主張不言而喻：排除外來勢力支配、追求自主化的民主統一。我的統一論與一般國民黨的國粹統一論又有不同，我不講「禹湯文武周公」的道統論。台灣左派的統一論，是恩格斯關於被列強瓜分的波蘭必須統一之論的引伸。

我們深深感覺到台灣形勢的嚴重性，從這次選舉看到，台灣的民主化在前兩三年被傳頌一時，但在這次選舉中完全幻滅了。在「美國制霸下的世界秩序」結構下面，民主化不能達到一般民眾的真正民主化，而形成被政客炒作操弄的民主化。

有人問到**台灣作家中傾向台獨的占優勢還是傾向統一的占優勢？我覺得從數量上講，主張台獨的作家比較多，不但人多，而且資源豐富。**有很多台獨派作家，當上了總統府資政什麼的，封官晉爵，不得了，一個月幾十萬新台幣。**可是文學跟學術一樣，光靠人多勢眾沒有用，要看品質。感謝上蒼，他們在創作上能夠過關的真不多，否則再加上他們豐富的資源，我們統派就沒有好日子過了。**我覺得文學比的還是文學成就，不能說人多勢眾、敲鑼打鼓喊口號，就是誰家的天下，沒有這回事。

我的統一論很簡單，不完全來自於我們都是炎黃之冑、夏商周、秦皇漢武，而是來自深信一個國家受到外來勢力干預而形成互相對立、反目、憎惡、仇恨的狀態應該加以克服，一個分裂的民族是一個畸形的民族，是不完全的民族，是一個生病的民族。我們這個民族，不管是哪一黨派，都應該盡力克服民族反目的基本因素，最終達成民族團結和民族統一。

初刊二〇〇四年五月《明報月刊》（香港）第三十九卷第五期、總四六一期

1 本篇為陳映真二〇〇四年四月十二日於香港中央圖書館演講廳所做「陳映真：我的創作與思想」講座之節錄，篇題、副標題與文內小標題均為初刊《明報月刊》時由編輯所加。

鈴璫花——陳映真自選輯・序[1]

劉紹銘教授選編我的小說在香港出版，這是第二次了。而於是使我想起了平生難於忘懷的，早在一九七二年，劉紹銘教授第一次選編了《陳映真選集》，由當時香港「小草出版社」出版的往事，心情十分激動。

一九六八年六月，我在台灣因政治案件被捕入獄，判處徒刑十年。《陳映真選集》是我平生出版的第一本選集。我的四弟映策來探監時，在監聽下短短的面會時間裡，語焉不詳地試圖把《選集》出版的消息告訴我。但他必然從我困惑又不敢究明的表情，讀出了我完全沒有理解到他苦心要傳遞給我的信息。一個禮拜後，我在押房裡收到他依監規不能超過兩百字的家書，以漠然的筆調在信尾提到「最近有程燕珍的小說選集出版，頗引起注意」。

應該是由於我在監的戶籍名是「陳永善」，而且在國民黨系「中國文藝協會」作家群為彼時文學主流的時代，「陳映真」遠遠不是文壇上響亮的名字，提起「程燕珍」的家書，終於避過信檢的目光，送到囹圄中的我的手上。

任何作家的第一本書的出版，總是激動的回憶。但在押房的一隅，我必須強自鎮定，心中卻翻滾著喜悅和疑問。是誰，敢於在戒嚴體制下出版一個入獄已經四年、在押服刑政治犯的書？這於現實上全無可能的具體情況是什麼？……

我渴望著看到這本除了奇蹟之外絕無可能存在的書，像剛剛生產過的母親急切地盼望看見自己方生的嬰兒。但在那不可置信的非理的條件下，我和四弟在往後的探監會面中、在家書裡，從此再也不曾提起他想細說、我想多知道的這本書。

一九七五年四月，蔣介石去世。依古代封建君王駕崩百日大赦天下的儀俗，國府當局第一次大規模「減刑特赦」了五〇年代以降大量非法逮捕和投獄的政治犯。獄中七年後，我終於親手捧住、撫摸和翻閱了原來是劉紹銘教授在香港編選的長三十二開本、共四八〇頁的《陳映真選集》，心潮洶湧，到今難以忘懷。

劉紹銘教授以編者的地位，寫了一篇長序，也是第一篇對我截至一九六八年微末作品認真嚴肅的文學評論，深刻、從容，絲毫沒有把我當成身陷天牢的人。

可幸的是陳映真還年輕。我們希望他很快就有機會出來唱他的流放後之歌。

二〇〇四年四月

劉紹銘教授是這樣結束了他的序言的。他的語氣平和，但我讀之卻感覺到一種冷眼睥睨權力威暴的正氣，他仗義放言論文的俠骨真情，和對我的深切的期許。我流淚了。

這本《選集》的卷末，還收錄了畏友尉天驄兄的〈一個作家的迷失與成長〉和一封他寄給劉紹銘教授的信〈木柵書簡（之二）〉。前一篇文章是我的案子還在訴訟過程中，天驄兄以法律文件送交軍事法庭，為我的「叛亂」罪辯誣，詳細羅列了我作品中有利於我的篇章段落，力陳我「浪漫虛無」的本質，一路走來，從「迷失」走向「成長」。言外之意，在為我開脫「叛亂」之罪。在押房中初接此文的副本，又駭異，又激動。在那個迴避欽判國事犯唯恐不及的時代，竟有人挺身而出，為朋友公開力辯清白！這種毅然不顧橫遭株連的隆情高義，當時在獄中所見，雖骨肉戚黨，亦所不能。每次想起，刻骨銘心。〈書簡〉則以充滿無限真摯的溫情，回憶我在入獄前與天驄兄交誼的種種，真情傾訴，感人至深。

一九七五年出獄後，在台灣幾度見到過劉紹銘教授。但無如我性格中有不為人知的內向的一面，每次想面訴我對劉教授沒齒不忘的感銘，竟屢屢不能啟口，深恐被誤解為極庸俗的虛禮。

二〇〇二年大病，死中逃生，愚騃如我，始切膚地痛感人生無常，而生也有涯。這次劉教授在香港重新編選貧弱的小集出版，驀焉覺得我出獄後新作不多，辜負了二十二年前他遙對天牢銅牆鐵壁中的我，殷切寄望我「出來唱他流放後之歌」，不覺深為愧疚。於今，我只能說，若天假我年，必不辭瘖潛，為克服兩岸不幸的民族反目，勉力放歌……

二〇〇四年四月十四日

初刊二〇〇四年四月天地圖書（香港）《鈴瑠花——陳映真自選輯》
收入二〇〇四年九月洪範書店《陳映真散文集1．父親》

1 本篇收入《陳映真散文集1．父親》時，篇題為〈香港「天地」版選集《鈴瑠花》序〉。

《人間》回顧攝影展展出的話[1]

當照相機初次問世的十九世紀，西方資本主義正值它最為殘酷的原初累積的時代。在英國和西歐，到處都是對於勞動力最赤裸的剝削。身體羸弱的童工、女工，充斥在陰暗、噪音、過於寒冷或燠熱、工傷頻發的廠房中，從事每天十二小時以上的勞動，卻只能獲得免於不十分飢餓的工資。這初初問世的照相機，很快地被當時的攝影家用來拍攝、記錄當時血汗工廠中的童工和女工，或像瘡瘤一般蔓延在工業都市中的貧民街和其中可見可感的貧窮。這些照片登在當時的報紙上，引起社會的震驚，刺痛了人們的良心和同情心，甚至進一步引起一定限度上的社會改革。

因此，照相在它最初誕生的時代，就富有深度的人文性質和人文關懷。它把人當作一個應該有尊嚴的人，以等身的高度，凝視了人和人的苦難！為工業革命以後被資本、機器迅速吞噬、殘害和掠奪的極端弱小無助的工人和農民代言，甚至疾聲抗議。

但時至於今日，相機、鏡頭、底片、攝影棚、鎂光燈、水銀燈、暗房沖洗器材、設備和化學製劑，距相機發明之初，有了長足的發展與進步。但照相的人文本質，卻反而消失，甚至使照相(photography)在資本主義商品機制中，急速地非人化了。

在今天，精緻的照相軟體和硬體被用來拍攝各種資本主義商品：把各種食品拍得令人垂涎；把汽車拍成寬敞舒適而又富有隱私性的套房；把各種家電產品拍出中產階級富裕、舒適和成就的品味；把香菸和晴空、牛仔的粗獷、仕女的首飾拍出不可思議的新認同；把女人的胴體拍成撩撥最大的物質占有欲的商品……總之，現代的照相正在為現代化大量生產而過剩的資本主義物質商品的銷售，撩撥、刺激和操縱人類口腹、肌膚、器用、性欲的欲望，使人類的欲望發生雪崩，使人類的官能因現代照相的過度刺激而腫大，使人類在欲望的滿足與再飢餓的不間斷循環中喘息。

然而，照相的人文主義並沒有因而滅亡。在三〇年代，照相在歐洲、在美國，以「報告攝影」的表現形式繼續發展，名家輩出。「報告攝影」記錄了戰爭、貧窮、生活和生活與勞動中的人。一直到今天，報告攝影記錄著地區性的飢荒、內戰、難民；記錄弱小者的不幸與反抗；記錄了資本主義機制對人、對大自然和文化的構造性的殘害。比起日進萬金的商業攝影家，今天搞報告攝影的人生活與工作條件都很拮据。原因是(一)報告攝影必須到遠地的現場去生活。

一個題材（例如水銀中毒公害）要花上五年、十年的時間去記錄，花費、成本都很大；（二）但是，今天的報紙雜誌版面，都不願意用帶有強烈社會批判、畫面比較憂悒陰鬱、主題比較嚴肅、讀後心情沉重，卻又無可如何的報告攝影作品。因為今天的媒體，是為傳播商品經濟的精神面貌——健康、美貌、幸福、清閒、富裕、快樂……這些主題，與報告攝影的批判性、控訴性、反省和揭發很不搭配。這樣一來，報告攝影家在創作過程中花費大，作品出路少。自己集資出版攝影集，銷路也不好，因此生活艱苦，不少人只得兼業商業攝影來維持生活。但是，儘管這樣，世界上依然還有不少抱有人文理想的攝影家，在艱困的生活中，堅持著報告攝影的工作。

在日據時代末期和光復初，一直到六〇年代，台灣有過幾位前輩攝影家，在艱苦條件下，留下了素樸卻不失優秀的紀錄作品。但台灣攝影的大潮流，是把攝影當作繪畫的所謂「沙龍」攝影，講構圖、光影、比例，拍的主題無非人體、花草、靜物、自然。六〇年代，有年輕的一代，以攫取某一個「決定性瞬間」的影像為言，也有不少佳作。更早，在「現代主義」文藝風行一時的時代，台灣的青年攝影家也一度拍攝以孤絕、荒謬、詭奇、虛無、苦悶為題材的作品。以一組照片，有結構、有主題、有思想地記錄、發現、報告、評論和批判的報告攝影（photo documentary）在台灣的出現，以一九八五年創刊，一九八九年休刊的《人間》雜誌首次有意識、有組織地發展。在這以前，當然已有少數幾個傑出的攝影家在默默地耕耘了。

《人間》雜誌五年，記錄了台灣無數生活和勞動現場中的人，甫一創刊，震動了台灣文化界。它記錄過在富裕社會的暗處生活的小人物、不幸的人、貧困而有尊嚴的人。它也記錄了頻臨種族滅絕的台灣少數民族——他們的生活、文化和命運。《人間》雜誌最早以系列深刻的照片，記錄了台灣自然生態環境的崩潰……這些照片和報導文字，使《人間》雜誌成為中國雜誌史上一頁永遠令人緬懷的傳說(legend)。

《人間》雜誌是收藏比率最高的雜誌。創刊期間以至休刊以後，《人間》雜誌從來沒有被論斤賤賣過。在舊書市場，偶而還必須以百元左右的價錢才買得到。這就是我們最近終於決定重刊絕本，並刊行十二巨冊全四十七期的《人間》雜誌的緣由。

這次，我們十分高興能有機會在新進竄起於出版流通界的何嘉仁關係機構的邀請，在它的週年紀念活動上展出《人間》雜誌的精粹攝影作品。對於《人間》雜誌的老讀者，這些照片是他們難忘的作品；對於不曾認識《人間》雜誌的人們，這是一睹《人間》的傳說真面目的機會。這一次的展出，也代表了我對於過去一同在艱苦條件下共事的、認真而有才華的年輕同人的懷念和敬意，也代表了我們對於至今不曾稍衰的、社會和讀者對我們長期的關懷、愛護和支持。我們相信，《人間》終必還有一天以某種新的形式，和社會重新見面的。

二〇〇四年四月

本文依據手稿校訂

1 本文依據手稿校訂，稿面無標註寫作時間。本篇為陳映真為二〇〇四年四月十四日《人間》回顧攝影展開幕所作。

「台灣的後殖民主義論述和台灣社會史論」提綱[1]

○、前言：沒有殖民主義論的「後殖民論說」

一、世界資本主義發展史中的殖民主義

(一)重商主義商業資本主義與殖民主義時代

(二)現代工業資本主義和現代帝國主義時代

(三)戰後新殖民主義的形成

(四)冷戰構造和 Pax Americana(「美國制霸下的社會秩序」)

二〇〇四年四月

二、台灣社會史中的殖民統治／帝國主義統治／新殖民統治

(一)荷西殖民主義統治及社會性質

(二)日本現代帝國主義統治及社會性質

(三)一九五〇年後的新殖民主義統治及社會性質

三、沒有台灣社會史之認識的台灣當下的後殖民論述

(一)被肅清的馬克思主義社會性質理論

(二)台灣社會史分期略說

(三)當下台灣「後殖民」論述的若干誤區

- 以中國(K)為「殖民統治」展開台獨理論[2]
- 為什麼明鄭、清、K不是殖民者？[3]

四、台灣現代文學史中的後殖民主義批評

（一）帝國主義批判和後殖民批判的同時雙生

（二）日帝下殖民地（「外地」）文學和「狗屎現實主義文學批判」

（三）台灣新文學史中三次「鄉土文學」的後殖民批判

（四）六〇年代中後至七〇年代台灣新文學創作中的後殖民批判

——作家的思想敏銳性vs留美精英知識分子的鈍感

（五）陳、漁關於「依賴理論」的論爭

（六）關於台灣新文學史分期論爭中的後殖民批判

五、結論

陳映真　4/20 '04

P. S. 內容繁多，但因時間限制，只能概略地講。

本文依據手稿校訂

1 本文依據手稿校訂，稿面無標題，此處篇題為編輯所加；本篇為演講提綱，手稿開頭標註「To: 東華大學外文系　施淑卿老師」、「講題：台灣的後殖民主義論述和台灣社會史論」。

2 此句寫於稿面「三、沒有台灣社會史之認識的台灣當下的後殖民論述」旁。

3 此句寫於稿面「三、沒有台灣社會史之認識的台灣當下的後殖民論述」旁。

〔訪談〕中國終須選擇自己的道路

專訪作家陳映真先生[1]

徐復觀在鄉土文學論戰的高峰期中曾讚揚陳映真是「海峽兩岸第一人」。在台灣學界中，陳映真也被詹宏志譽為「文學的思考者」——思想於中，形於文學，單獨地思索身處的時代與社會。自從六〇年代以來，陳映真在創作中開始了他的思索之旅。他不只是一個文學家，也是台灣文學界中的一個關懷的知識分子。不僅指向文學，同時指向了其他人文領域。

沉默「無言的嘴」

陳映真對文學和時代的各種問題與現象都有他自己的看法，敏銳而深刻——常常被人視為偏左的見解與激情。相形之下，許多現今的作家和學者及知識分子，似乎顯得單薄無力，沉默得很。借陳映真的話來說，這正是學界中一種「悽慘的無言的嘴」的寫真。對於當代中國（包括台灣）一些學者這一種「踩／穿別人的鞋」的學術文化，與其說是悲哀，毋寧說是一種民族的不安。

對於台灣社會今日的亂象，特別在台獨聲勢日益高漲當下，陳映真期待有更多的外省籍的台灣知識分子打破沉默站出來講話。對台灣外省人的身分認同發言，以及進一步爭取更大的發言權；而不是甘於被台獨思潮挾持，成為「族群」法西斯主義下的猶太人。台灣的外省人要勇於清理在台外省族群的歷史，而後挺身出來講話。

在我的理解中，陳映真相當失望於省外知識分子的「失語」現象。省外知識界中的沉默，有如該撤的刀傷口，在無語中暴露出自身因為歷史包袱帶來的恐懼、懦弱、不安和焦慮。因此，陳映真以感慨的語調表示，他期望看到外省人自發性的集體反省：

> 台獨所引起的民族內部的割裂，本省族群對省外族群的法西斯的歧視，情勢非常的嚴重。台灣的省外的、正直的、富有良心的知識分子也應該負一點責任，他們應該勇於對當年省外人士來台灣統治時所銘刻的種種集體犯罪，進行應有的清理和反省，在自我批判中脫卸重軛。

陳映真說，台灣獨特的歷史環境產生了現今的各種歷史政治問題。他認為，任何暴政都有共犯結構，當年的蔣氏獨裁體制，除了外省人之外，台灣人也有人參與其中。不能說省外人一律有罪，一律是加害者；也不能說台灣人一律是被害者，一律潔白神聖，特別是台灣省籍以外的人，更應該進行全面的反省，以換取自由的發言權。

陳映真例舉美國六〇年代的反種族歧視運動來說明今日台灣外省人所可能發揮的積極性功能。在歷史上，當年美國反對種族歧視的年代就有很多白人的學生主動到南方向黑人道歉，為黑人服務。

這雖然不是他們這一代人的錯，但是他們自覺到白人過去在奴隸制度當中對黑人犯下了罪行，所以集體的白人應該對集體的黑人進行道歉賠禮。只有這樣，才能進行全面的美國黑白種族的和解。對身在台灣的外省和本省人來說，今日也一樣面對這樣的處境，互相認錯，互相接納，而後超越不幸的歷史。任何負責任的知識分子都應該有這樣的精神。

海島「衰老的眼淚」

台灣省籍的矛盾的悲劇，幾度物換星移後依然是「福爾摩沙」島上一顆「衰老的眼淚」。除了省籍族群的集體反省問題外，陳映真對今日學術界的發展也有隱憂，認為台灣學術思想界受西方思潮影響太深。

他強調，鸚鵡學舌出不了作家，也出不了學者。他失望於今天以西方理論為馬首是瞻的知識界，也失望於頗有一部分中國學術界所盛行的理論摹擬風潮，只要西方出現什麼理論思潮，台灣就有什麼樣的思潮理論。

中國有過那麼了不起的革命經驗，也有新社會建設的失敗和成功的經驗，按道理，理當產生並發展自己的發展社會學，走自己的發展道路。全世界，尤其第三世界對我們都有所期待，如果我們不努力，就辜負了這種期待。

百年來，西方各種主義風行全球。他舉馬克思的話說，生產經濟的全球化帶來精神生產的全球化。西方的意識形態、學術思想的支配已經全球化了。作為一個馬克思主義者，應該經由批判的思維力求思想文化學術的獨立性。可幸的是，中國現在已有一些知識分子開始反省，思考八〇年代把「前三十年」全然否定的做法是不是正確的想法；開始思考不走西方掠奪性發展的現代性，走自己的道路。

陳映真認為，香港和台灣的知識分子在這方面也許可以起一些互相促進、交流的作用。港台近在咫尺，然而在學術界和思想界的往來卻太受忽略了，彼此都很陌生，這是不正常的現象，令人遺憾。海峽兩岸雖然現在還沒有統一，但兩岸的知識界、文化界也應該有更深刻的往來才對，將自己視為一個國家的知識分子來討論共同關心的問題。

另一方面，對於香港知識分子的沉默——比台灣知識分子更沉默、犬儒主義，甚至更消極的態度等問題，陳映真表示，這一點他也不甚了解。不知道為什麼香港條件那麼好，教授的待遇全世界數一數二，可是在知識的生產方面，似乎少見在思想意識形態上、在文化學術的生產和建構上做出應有的更大貢獻。

中港台三地的知識界，跟第三世界的知識界比較，印度和中南美洲的學者都在世界上出人頭地，尤其是印度、中東等地的知識分子借用殖民地的語言進入宗主國的心臟，像孫悟空跑到肚子中造反一樣。因此中國的知識分子不能老是背誦別人的東西，應和台灣、香港的知識分子多來往和互相討論。

中國的學術在理論的建設上，到目前也和台港一樣還在不斷地學習西方，幾乎沒有自己的主體理論，而一直在理論和話語層次上扮演著西方世界的回聲。

陳映真對此表示，中國曾經在過去的一段時期立意想要走自己的道路。當年毛澤東所走的社會主義道路雖然源於西方，但是他沒有緊跟著社會主義的蘇聯走，他強調要有中國特質、中國氣派的社會主義，以及中國化的馬克思主義。他無數次在黨內興起批判運動，整頓黨風和文風等等作為，都一再顯示出中共是很自覺地要摸索中國自己的社會主義道路，而不是一味地跟風，做一個徹頭徹尾的教條主義者、應聲蟲。

陳映真期望中國的革命與發展的實踐會完滿完成，沒有失敗的後路可走。中國的命運對於渴望進步和解放的世界人民，負有一份很沉重的責任。中國也不能走上靠著剝削和不平等積累的發展道路，也不能發展了、強大了就去殖民其他國家。無論如何，中國一定要找出自己的發展道路和世界弱小民族共同為一個和平、正義的世界秩序奮鬥。這在筆者聽來，這古老的國度似乎有著古老的隱喻：不容許再掉下衰老的眼淚。

新殖民主義的幽靈

說到台獨反中、反民族勢力的發展，陳映真指出了兩個方面的影響。在經濟上，一九六〇年代中期發展起來的台灣戰後資本主義，是在美國冷戰戰略下海峽分裂構造中，台灣經濟與中國民族經濟圈斷絕，並在美–日–台三角貿易體系下獨自形成一個與中國脫離狀態下的「國民經濟」。加上國府當局、美國遠東政治外交的極端反共意識形態，日久而逐漸形成一種反共、親美、反中的、隨資本主義市場形成的「國民意識」——反蔣（新興資產階級的民主要求）、反共、親美從而反中的台獨意識。

在政治上，自一九五〇年韓戰後，台灣編入遠東反中、反共的冷戰戰略基地，成為美國新殖民主義的扈從政權。美國在台灣施加政治、經濟、外交、軍事、文化（即學術、思想、意識形態）的全面支配，以留學政策和獎學金、基金會、人員交流大量培植親美、反共／反中精英，占據台灣各領域、各政黨的領導地位。

陳映真看到了今日台獨勢力背後所隱含的歷史淵源，指出美國新殖民主義的對台政策，自一九四〇年代初以來就是要製造一個分離於中國的、反共、親美的台灣。國民黨和民進黨的親美精英都不同程度、直接間接，為了這個台灣反民族運動服務。一九八七年李登輝執政以來，台灣反民族勢力從政權、教育、媒體擴大反民族思想，在文學、文化、歷史、政治等廣泛領域擴大影響，情況比較嚴重。

一九八〇年初以來，兩岸經貿關係開始，台灣經濟快速編入開放改革後的中國民族經濟體系。陳映真說：

在物資上，台灣已經走在向中國的求新運動之中，然而在思想和政治意識形態上，卻仍然因慣性而呈現離心運動狀態。在外來勢力的慫恿下，台灣社會原就存在著一股反動的、反民族的思潮；但無論如何，台灣下層建築和上層建築的矛盾在理論上最終需要歸於一致，而最終起決定作用的，正是形成中的下層建築結構。

中國的發展社會學

一個社會主義者怎樣看待中國大陸的經濟發展？陳映真表示了幾點「粗淺」的看法。首先，大陸採取了共產黨領導下的資本主義生產方式，發展資本主義。這似乎主張資本主義階段的不可跳越。但和一九五〇年代新民主主義經濟比較，當時是對資本主義採取既容許發展資本主義，又同時講究如何加以改造、限制，最終消滅之而過渡到社會主義。今天很側重發展，基本上不講改造、限制和過渡；而講過渡時，把過渡時間拉長到百年以上。其結果是生產力上去了，民族積累上去了，國富增加了，「小康」、「溫飽」在沿海廣大地區達到了，這應該肯定。

陳映真認為，開放改革的中國，不能不與世界資本主義體系掛鉤。在中共「調控」下的大陸經濟發展，初步使人民得到溫飽——有些人富了，而且還不是小富；有些奔了小康，但不能否認地區性、階級性差距還是很大。陳映真說，他的一些第三世界左派朋友很關心中國社會主義的發展。「他們對中國有感情，對當前改革的成就表示讚賞與理解，」陳映真說，「但他們憂心中國不了解資本主義生產方式有自身強大的邏輯和動力，有時和『調控』會產生強烈矛盾。」

陳映真說，他朋友的話很有道理，隨著大陸經濟發展，一定會提出私有財產權的法制化，提出資產階級自由主義的思想，這是資本主義市場體制的兩大支柱。他說：

我因此主張中國去發展體系性的、屬於自己的發展社會學，走自己的路，走真正有中國或第三世界特色的發展道路，抵抗國際壟斷資本規定的世界秩序和遊戲法則。中國需要探索一條自己的發展社會學，和世界弱小者共同探索可持續發展的路，建設大小國家和民族一律平等、和平、正義、共同發展的國際新秩序，而中國的思想界理當有這個能力。

陳映真說，他的朋友也擔心開放會導致國際獨占資本侵入而使中國依附化，但他認為建國後推倒「三座大山」，國家主權高度獨立。「前三十年」裡艱苦發展了國防工業，有自己的高科技，這問題不大。問題比較大的是，初期積累時期經濟社會領域的嚴重不公平。

陳映真回顧，指出中國和世界關係的一個根本基礎，強調了周總理和毛澤東的信念：「如果中國強大了，絕對不稱霸；如果中國成為霸權，世界應該起來反對和批判中國的霸權。」這種精神是非常珍貴的。陳映真接著說：

我對此總是有信心，因為中國革命本身就存在著對於第三世界的關懷——不稱霸，要求以不稱霸惕勵自己，以不稱霸對外宣誓，以不首先使用原子核武器表示自己的態度，這個傳統一定不能丟掉。窮朋友才是真實的朋友。台灣從來就缺少第三世界的聲音，不論在文學上、政治上、文化上，我們都應該重視第三世界。

他強調，經濟上的成就不等於文化上的成就。在經濟上落後的國家和民族，不等於它在文化、哲學、宗教信仰等方面就一定落後。例如印第安人就有比白人先進國家更先進的、關於自然生態環境的哲學。台灣一些反民族論者自以為先進，常站在西方先進國家立場上以帝國主義的眼光來看中國，所以鄙視中國，不願意和中國站在一起。這是後殖民批判的一個很重要的課題，但在台灣還遠遠沒有展開。

政治犯的故事

陳映真於一九六八年至一九七五年，曾作為政治犯而身繫牢獄，其中有三年多是生活在綠島上。這一座在日據時期被稱為火燒島的流放之島，曾經在一九五〇年代到一九七〇年代囚困著許許多多的政治犯和異議論者。在高牆圍堵的建築群中，有兩棟四層的獄舍，中間隔著的中庭是政治犯們唯一的運動場地。陳映真就生活在其中的一間房裡，人多的時候可以擠上十四、五人，沒有床，每人以地板上的木板條數為界線，各自擁有一小塊不足以翻身的領地。

陳映真回顧道，這一段坐牢的經驗對他來說很重要。以前對於五〇年代白色恐怖的歷史只存在於耳語之中，後來一九六八年入獄以後，他才和這一段噤聲的歷史實實在在地碰上了面。

以前只存在於耳語的、隱匿的殘酷歷史，實在地呈現在我的眼前。我每天都接觸到活生生的一九五〇年代大肅清中倖存的政治犯，主要是一些左派或是和中共有關的政治犯。我很真實地和這些原本已消失在歷史中的人一起面對面生活七年之久。他們有外省、本省甚至少數民族，他們告訴我四〇年代末期到五〇年代歷史風雲，以及他們和共和國新生擦肩而過的歷史。

在陳映真的回憶中，這些前輩政犯但會謙虛地說自己不算什麼，真正優秀的中國共產黨員都被槍斃了。有時候他們會哽咽，滿臉淚水地回憶起當年和他同房的某一個大學生如何鼓勵他：「你不會被判死刑的，要好好生活下去，好好為我們新的中國努力，」然後眼看著他在清晨四點鐘的時候被叫出去槍斃。這些記憶，不論對於他們或陳映真都是刻骨銘心的歷史銘刻。

這些前輩常會說起他人和自己的故事。有的家人家破人亡，離散了；有的堅貞不二，誓死堅守理想。

在革命時期的中國，在越南和廣泛的亞非拉地區，無數優秀年輕人都為了共產主義的理想把他們一生中只允許開一次花的青春貢獻給人類的進步事業。不管這個運動以後產生什麼樣的變化，毫無疑問的，他們的事蹟告訴了我們，人類的精神曾經崇高到這樣的地步，像是水庫的水位一樣留下了紀錄。

談到當前犬儒主義的普遍化，左翼思潮和運動的退潮，他說：

左派的退潮不是我一個人的遭遇，而是全世界的情況。可是如果是潮，我相信就會有退也會有漲的時候。當然，我也不是機械論者，可是我始終認為，只要資本主義的內部矛盾沒有解決，只要資本主義不是人類最後的答案，人類就留下了對於社會主義選擇的可能性。

最後，他下了一個結論：

在文學上也一樣，我們也有理由相信一個反省的文學、一個重新關心人和人的解放的文學和知識，會隨著資本主義的全球化帶來資本主義內部矛盾的全球化，以導致於資本主義全球性破滅的時刻的到來，而在精神領域上反映一種新的選擇。

初刊二〇〇四年四月《文學世紀》（香港）第四卷第四期、總三十七期

1 本篇為陳映真訪談，初刊《文學世紀》「陳映真專輯」，訪談、撰述：林幸謙。本文以楷體字呈現陳映真之敘述。

〔訪談〕《人間》雜誌：台灣左翼知識分子的追求和理想

陳映真訪談

我認為，人類必須想辦法擺脫貪婪、醜陋、競爭激烈的生活軌道，去尋求另一種現在被廣為嘲笑的、公平的、富有正義的、像一個「人」的生活。

台北。又雨又風了。初夏，是台灣的颱風季節。那天下午，在濛濛細雨和強勁大風中掙扎著，走了一個很大的彎路，找到僻靜的潮州街深處一幢殘舊的樓房，沒有電梯，爬過五個樓層的石階，氣喘吁吁，側身走進了門口安裝鐵門鐵欄的人間出版社。「條件很差。」陳映真苦笑著說，語氣裡不知是歉意還是自嘲。

頂樓平台上搭出的一間不大的辦公室。簡陋，雜亂，到處堆滿了書，沒有電腦。「我不用電腦。」陳映真又說。他說話，聲音沉穩厚重，緩慢的，好像每一個字都經過深思熟慮。訪問時，他常常喜歡扯出一些大題目，比如對台灣社會結構的整體分析，比如台灣左翼內部對世界和中國形勢的評估和分歧，語氣裡常常 帶有某種論戰性，讓你覺得與其稱他是一個作家，不如說他是一個社會科學家更為合適。他甚至讓你隱約覺得，即使在台灣社會已經處於非常邊緣化的左翼知識分子圈裡，他也是一個少數者。這是一個強悍的少數者，一個永遠執著左翼理想的少數者，一個類似易卜生名劇裡那個英勇無畏的（有人會說是頑固透頂的）斯托克曼醫生的少數者。那位可尊敬的醫生說過一句非常著名的話：「世界上最強大的人，是最孤立的人！」

早期左翼運動被滅絕性肅清

張文中（以下簡稱「張」）：「五一國際勞動節」那天，在電視上我看到台灣的勞工團體舉行了很有規模的抗爭活動，表達了以勞工為主體的社會弱勢族群的強烈訴求。勞工和弱勢族群的社會運動，一直得到左翼知識分子的強烈關注，比如在八〇年代初，你就創辦過一本《人間》雜誌，做過一些開拓性的工作，《人間》所宣導的「報導攝影」和「報導文學」，後來對台灣社會產生很大的衝擊力，至今還有影響。當年，你是怎麼想起搞這本雜誌的？

陳映真（以下簡稱「陳」）：說來話長。台灣的左翼運動，可以分為幾個階段。日據時代的抵抗運動，跟所有殖民地反對帝國主義的運動一樣，主導力量是左翼。從二〇年代，特別是三〇年代，台灣的文學運動和社會運動，受到左翼的強烈影響，這與當時國際的大氣候有關，跟日共也有關，中共是透過國際來影響台共的，因為當時日本是台灣的宗主國，第三國際根據「一國一黨」的原則，台灣的黨必須接受日共民族支部的指導。這是台灣階級運動的鼎盛時期，比如農民組合，組織了三萬到五萬農民 進行了非常英勇的鬥爭。工人運動和農民運動的鬥爭規模、組織規模，甚至理論的發展，都頗為可觀。到一九三一年日本向中國進軍，發動九一八事變，為了鞏固後方，就對這些左翼運動全面鎮壓，抓的抓，殺的殺，逃的逃，坐牢的坐牢，台灣第一波的階級運動就這樣被消滅了，時間很短。台共的創始年是一九二八，到三一年就夭折了。第二波，是台灣光復以後，一些地下的力量起來了，一九四六年中國黨到台灣來發展，組織了中共台灣工作委員會，經過四七年的「二二八事件」的洗禮以後，這個黨擴大了，因為那些對時局苦悶、不能理解生活黑暗的人，從不斷轉化的國共鬥爭中，看到了在蔣介石之外的另一個中國，寄很大希望於另一個中國，參加了地下運動。不幸的是，一九五〇年開始，國民黨開始進行全面的肅清運動，到了「六二五」韓戰爆發以後，這種鎮壓更是如火如荼。第二波階級運動受到五〇年代國共內戰的形勢和國際冷戰的雙重構造，再加孤島，被國民黨殘酷地肅清。這麼小的島，大概槍斃了四五千人，投獄的有人估算是八千，也有人估算一萬二，消滅了大陸來台的進步人士，或是黨員，或是同情者，主要的還是台灣本地的工農和知識分子，或是日據時代留下來的進步勢力，左翼力量幾乎是全面滅亡。不止是殺了人，關了人，更重要的，是毀滅了一個激進的傳統，一個激進傳統的哲學、社會科學和美學。兩次鎮壓，特別是第二次鎮壓，台灣的左翼運動遭到了極為殘酷的摧折，這種摧折是極為罕見於其他第三世界的，比如在韓國、在菲律賓、在中南美洲，美國勢力範圍下都有反共政權與美國合作，右翼政權對左派進行殘酷的屠殺，可是因為地理的原因，歷史的原因，他們的左翼傳統像植物的球根一樣，永遠存在，等待春天來臨就會發芽。但是在台灣，是實行了滅絕性的肅清。

資本在台灣肆無忌憚的積累

張：你創辦的《人間》雜誌，是第三波左翼思潮的產品。你所面對的台灣社會，你所針對的社會、政治、經濟和文化的議題，也跟你的前輩不同了。在左翼思潮的第二波和第三波之間，台灣社會發生了一些什麼重大變化？

陳：在這塊血腥的土地上，美國進來了，美國的意識形態也進來了。自由主義、民主、議會政治、個人主義、個人自由，等等，在台灣，我們一聽到這些就反胃，因為我們是從那裡過來的人，明白那些完全是一派謊言！實際上，美國支持的是像蔣介石，還有中南美洲那些最獨裁、最極權的反共政府，可是居然宣稱什麼「自由中國」！蔣介石跟美國勾結，台灣成為美國與蘇聯—中國大陸冷戰的最前線。這種冷戰前線，不止是冷戰對峙，還進行了文化的對峙，所以台灣的留學體制也好，台灣的美國新聞處也好，或者台灣和美國之間非常綿密的留學生政策、基金會政策、人員交換等等，幾十年來為台灣培養了一代又一代親美的精英分子。親美的意識形態，反共的意識形態，反中國的意識形態，儘管政權更替，但本質未變。台灣的政權，從來不是一個獨立的國家，不僅因為它是中國的一部分，還因為從五〇年以後台灣基本上沒有主權，完全是美國的一個附屬物，不論軍事、外交、政治、經濟、文化，都是附從於霸權美國的一個小島，依照著冷戰和內戰的雙重構造在求生存。所以，今天台獨的問題，不是中國跟陳水扁的問題，而是中國大陸跟美國的問題。這個問題的本質，今天是越來越明顯了。美國為了要使台灣成為「反共的櫥窗」，在世界分工體系裡有意識地讓出一個位置，有限度有條件地讓它發展。六〇年代以後，台灣的經濟逐漸以出口加工的形式和勞動力密集的產業，跟香港、新加坡、南韓一起，趕上了戰後資本主義的景氣。台灣實行的是「反共復國強兵」的經濟發展，而不可避免地，現代意義的工作無產階級作為一個階級登上了曆史舞台，同時，比日據時代更多的、更為現代的資產階級也出現了，成為社會主導的階級。所謂戒嚴體制，或者反共軍事體制，一般只看作是一種政治上的壓迫，實際上這種壓迫構造的最大功能是讓資本——台灣內部的資本也好，外來的資本也好，在台灣得以肆無忌憚地積累，而不必擔心勞動階級的反抗，不必擔心這種勞動階級的痛苦引起知識分子的不滿。台灣的經濟發展，新加坡的經濟發展，韓國的經濟發展，莫不皆然！說資本主義會帶來民主，在民主的環境下才能發展資本主義，是天大的謊言！絕對是謊言！

張：台灣最早的「黨外運動」，是不是與台灣現代資本主義的形成和現代資產階級的成熟有關係？

陳：是的。台灣的新興資產階級起來了，變成台灣社會主流的階級，很自然地想從國民黨那裡分得一點權力，就像大陸的新興資產階級一方面罵共產黨，另一方面又依靠共產黨取得他們的地位是一樣的。台灣所謂的「黨外運動」，一開始是反共路線不同的爭吵，像《自由中國》雜誌，啊，我們已經退到無路可退了，要反共就不能再這樣反了，你的這種反法跟共產黨是完全一樣的，怎麼辦呢？就學美國，民主自由，用這個反共才行！蔣介石不聽這一套。這個「黨外運動」經過幾代的發展，到七〇年代，本省藉的精英增加了，年輕一代起來了，台灣的資產階級民族主義不斷激進化。這種右派的民主運動逐漸受到海外台獨的影響，他們對受到的國民黨壓迫沒有階級觀點，不善於把台灣的社會矛盾放在階級上去分析，他們只是認為「那邊」來的人，來壓迫我們「在地」的人，國民黨是外來政權，等等。這個運動發展到七〇年代末期，衝突越來越大，終於爆發了「美麗島事件」和「高雄事件」。

第三波台灣左翼運動的十年

張：第三波的台灣左翼思潮，是在什麼時候開始出現的？

陳：從一九七〇年到一九八〇年，是台灣第三波左翼運動的十年。一九七〇年，台灣和海外知識分子中間發生一個很大的思想運動，就是「保釣」。當時，甚至有人稱它為「新五四運動」。那一年，出現了釣魚島問題，大家很憤怒，是非常單純的民族主義，咱們中國的土地，怎麼讓美國送給日本了？以此作為出發點，面臨很多問題。比如，國民黨告訴青年人，你不要被共產黨利用，美國和日本是我們的重要盟邦，誰要這麼調皮，就有共產黨嫌疑。北京當時是在文革時期，調子很高，神聖不可分割的領土呀，打倒美帝國主義呀。在兩邊這樣的情況下，運動分裂了。留學生應該「站邊」了，你選擇哪一邊的中國？產生了「我是誰？」的問題，「中國是什麼？」的問題。一批人，像馬英九，是反共愛國聯盟，他們要求的只不過改革保台，但還是要反共，還是以前《自由中國》的老問題，就是怎麼才能更有效地反共？更多人是向左轉，覺得北京才是我們的政府，你看立場站得這麼穩！大量的人去找三〇年代的文學和共產黨的文件學習，真是產生了觸及靈魂的改變！有的人因此離婚了，有的人放棄學業了。這種情況，後來浸染到島內來。那時已經有各種複印技術，他們把大量的宣傳品寄到台灣，雖然受到郵檢的攔截，但終究還是流進來不少。第三波左翼運動，就這樣起來了。跟過去兩波的左翼運動完全沒有關係，是台灣資本主義發展的內部矛盾和社會矛盾，再加上左翼思潮突破了冷戰和內戰的思想框框，看到了社會，看到了階級，看到了國際上的帝國主義問題。這是一個完全新的視野。這樣，就產生了一個雜誌《夏潮》。以《夏潮》為中心，集結了一批「泛左翼」的知識分子，跟當時台灣資產階級民主派的想法完全不一樣，在當時起到很大的影響。當然，也不能放言高論。當時不能講「階級」，只能講「階層」；不敢講「人民」，只能講「民眾」。講「帝國主義」，還有一點正當性，因為國民黨也在講「帝國主義侵略中國」嘛。我們第一次提到台灣經濟成長的制度是「殖民地經濟」。當然，從整個左翼理論來說，我們還是比較幼稚的。

張：第三波的左翼運動，也是你文學創作和社會參與最為活躍的時期。在《夏潮》雜誌和《人間》雜誌上，都可以看到你那些非常具有挑戰性的文字，當時影響很大。

陳：「保釣」時，我被關在獄裡。辦《夏潮》時期，我已經出來了。我是因為一個極偶然的機會，接近文學，認識魯迅，然後從魯迅展開，從舊書攤上去找三〇年代的小說，還看了一些政治經濟學的書，使我不可自主地發生了變化，是這樣向左轉的，後來跟少數朋友搞了一個讀書會，一個很幼稚的組織，結果被鎮壓了。一九六八年入獄，一九七五年出來。出獄後看到兩個新的東西，一個是「保釣」，我非常興奮，怎麼會發生這種事情？第二個，就是《夏潮》雜誌，朋友辦的，志同道合，我就跟他們一起編雜誌。這個新興的左翼集團，也受到常年被壓在低層、沒有被槍斃、坐了牢放出來的那些老左派的影響。可以說，是我們發現了他們，他們也發現了我們。在文學上，產生了「鄉土文學論爭」。當時我們的基本意識形態，就是反對殖民地文學，主張台灣文學應該回歸到人民群眾，應該有民族的風格和形式。我們說的「民族」，當然不是「台灣民族」，我們受三〇年代的文學影響，但是話不能明講。這個運動立刻被鎮壓了。

左翼運動與「黨外運動」的結盟

張：在七〇年代的台灣社會運動中，社會主義的左翼運動，與自由主義的「黨外運動」，是不是存在著一種同盟者的關係？

陳：至少，我們是企圖發展這種同盟關係的。像《夏潮》的主編蘇慶黎、現在已經轉變方向的王拓、前一陣在北大現在已經回台灣的陳鼓應教授以及王曉波教授等等，都是以《夏潮》這個系統的身分，開始進入「黨外運動」，盡我們之所能。我們這邊的人有一個特點，思想比較敏銳，能說能寫。這樣，情況就變成了兩軌，我們這邊試圖想捲進去，因為他們那邊場面大，錢多，我們什麼都沒有。可是，那時台獨思想已經漲得很高，他們也知道我們的傾向，所以對我們基本上不信任，跟我們有矛盾，是貌合神離。階級矛盾、階級鬥爭不是書本上的話，在現實裡是非常明顯的，平常大家嘻嘻哈哈，矛盾激烈的時候，那是很分明的！這兩個運動，都因為一九七九年的「美麗島事件」被全面鎮壓了，抓了很多人。那年五月，我先被抓起來，那是第二次入獄，在拘留所裡關了三十六個小時，又把我放出來了。我當時對形勢的判斷是，本來是想五月開始抓左邊的，可是右邊越鬧越厲害，所以把我放了，十二月就開始抓他們。有人說，我抓起來後，美國有些朋友為我奔波，所以把我放了。我是不相信的，他們沒有那麼大的力量，不要那麼誇大。

張：「美麗島事件」之後，台灣的左翼運動和「黨外運動」的同盟者關係，有沒有發生變化？

陳：七九年「美麗島事件」發生後，台灣的思想界發生了很大的變化。在美國的壓力下，國民黨不得不舉行公開審判，第二天報紙上是全版的法庭問答，電視上也有浮光掠影的報導，這對台灣社會是很大的震動。啊，你看咱們台灣的那麼多的人才，就被他們外省人抓起來了！於是，引起很大的同情，這個運動基本沒有被國民黨壓下去，反而那些被捕人的太太出來競選立法委員，以「哀兵」、「犧牲者」的身分取得極大的社會同情，後來以高票當選，從此「黨外運動」

就急速地向台獨方向扭轉，這是八〇年代以後的事情。我們左派處在什麼位置呢？我們當然反對台獨，可是又不能在這種高壓下去指責台獨，如果那樣，你不是跟國民黨統治者一起去鎮壓他們嗎？國民黨當時是兩手打，一手是打所謂「共產黨分子」，指我們這批《夏潮》的人；另一手就是打台獨。在挨打上，我們跟「黨外」是同一的，可是我又不能站在「黨外」的方針路線上，所以就搞得很尷尬呀，眼看著「黨外運動」的理論不斷、不斷地向台獨發展，但不能出手，哎呀，簡直是很被動，被動得不得了！這個時候，我就想，不如另開戰場吧，就想到了另辦一本雜誌，就是《人間》。

從影像和文字去認識台灣

張：《人間》雜誌的宗旨，在當時台灣社會是非常獨特的。雖然它是左翼運動的延續，但是並不強調鮮明的黨派色彩，著力關注台灣資本主義化過程中的種種異化現象，以及弱勢族群的生存狀態，形式也很新穎，所以直到現在，還有許多人對它留有非常深刻的印象。

陳：《人間》是結合了兩種台灣當時條件已經成熟可是還沒有發展的文藝形式，一種是報導攝影，又稱紀錄攝影，另一種是報導文學。因為台灣過去的高壓，報導文學很難發展，它有很鮮明的左翼傾向性，干預現實。紀錄攝影也是這樣，用攝影來表現，以一組照片來反映社會問題。所以，我想是不是把這兩個東西結合起來？在高度資本主義化的社會裡，人們對文字的閱讀習慣，已經越來越淡，看圖片的人越來越多。美國從三〇年代開始就有報導攝影，有幾輯報導美國大蕭條時期的專題，我們看了非常震撼。我想：這就是我們要的。當時，集結了一些年輕的朋友，一起探索，一起摸索。我們用這個雜誌避開了「統獨」的爭論，凝視我們具體的事實上的生活中的矛盾，開闢另一個戰場。不談民主自由啦，或共產主義啦，不跟你玩這個啦！我玩的，不是從艱澀的理論，而是從生動的影像表達和文字表達，來認識台灣。我的主張是，思想要清楚。這個雜誌是什麼樣的雜誌？它的宗旨是什麼？要不然，你穿一件白衣服，我搞不清楚你是醫生，是廚師，還是理髮師？面貌要清楚。面貌如何清楚呢？我就想建立一個書寫的、像憲法一樣的條文——我這樣講也許太誇張了——這兩條是我們全體同事，都可以琅琅上口的。一條：「《人間》雜誌是以攝影的語言和文字的語言從事台灣生活的發現、批判、記錄、報導的雜誌。」這是一種比較中性的說法。第二條就比較主觀了：「《人間》雜誌是從社會弱小者的立場去看台灣的生活、歷史、自然環境和命運。」為什麼要設這麼兩條呢？因為你背著照相機一出門，社會非常紛繁複雜，你根本會覺得每個都很重要。不斷去拍，也不行。這兩條，就變成指導你怎麼選擇題材、怎麼拍、怎麼寫的問題。幾期下來，我們對雜誌的色彩都非常清楚了。台灣資本主義的歷史從六〇年代中期得到發展，我稱之為「反共軍事法西斯結構下的經濟發展」，社會問題非常嚴重。台灣不僅受到國民黨的壓迫，還受到美國的壓迫。美國人到台灣來，非常舒服，不像他們到中南美洲去，因為那邊有左派力量，就鬥爭呀，抗議呀，搞得焦頭爛額。台灣？只能放鞭炮歡迎你！資本主義發展的過程，就像資本生產一樣，它把對資本有用的東西取走，沒有用的東西就當作報廢品扔掉。人也一樣，當煤炭是主要能源時，煤炭工人的生活過得比較好，但是一旦石油變成能源時，煤炭工人就像報廢品一樣被扔了。他們有矽肺，生活貧困，但是沒有人去理他們，因為在整個資本主義生產中他們已經成為廢品了。資本主義生產是強者的經濟，上雜誌上電視台都是青春美貌。可是，在我們雜誌裡的，都是「沒有臉的人」。這些在資本主義社會被忽視的「沒有臉的人」，是我們具體日常生活現場裡面的一張一張真實的臉孔。我們的報導，完全是從生活的現場出發的。汙染，不是理論，我們具體從汙染造成的各種影響，記者聞到的水，是兩丈深的水井裡提上來還得隔得遠遠地聞，不敢湊近。汙染造成的皮膚受害的情況，也是用肉身，用感受去了解。當然，我們的編輯方針，也不是那種沒有經過提煉的感性。我們的要求是：既不教條，也不是單純的感性。

對台灣原住民的特別關注

張：具體到一個個案，《人間》雜誌有沒有什麼特別令人難忘的、在當時引起很大社會轟動的報導？

陳：我們的報導，現在回想起來，是蠻特別的。比如，我們對台灣少數民族給予比較大的關注。在任何資本主義發展過程中，少數者總是最無情地遭到犧牲。這些比漢族先來台灣幾千年的少數民族，隨著台灣資本主義的發展，是整個民族滅絕的過程，男性成為最底層的勞動力，女性是整個性產業的犧牲者，整個民族的「母性」受到很大的傷害。這是很嚴重的。沒有「母親」了。當時，我們報導過一個山地原住民的年輕人，因為在學校裡不如意，心裡很煩悶，這個孩子又很孝順，就跟他爸爸說，爸，我到平地去找工作，媽媽腳有病，賺些錢給媽媽治病。可是，到了平地不到幾天，他就成了殺人犯了！他被當作廉價勞動力僱用，受不了，過年時想回家，僱主不讓他回家，因為他是通過職業介紹所來的，他像奴隸一樣，身分證被僱主扣了，前面幾個月的工錢給介紹所了，他跟老闆口角，隨手就用一個重物打了老闆，老闆家裡人鬧起來，他一慌張，又打，打出事來了。這是個很純潔的孩子，喜歡彈吉他、唱歌、寫寫小歌詞，球打得特別好，這樣的年輕人，一到了台灣的資本主義社會，不到幾個月，就成了兩屍兩命的殺人者。這件事情，在台灣當然被廣泛地報導。我說我們的立場，不是報導醜聞，報導聳動的社會新聞，我們的報導是想從這個年輕人的遭遇，去表現一個社會學方面的意義。這樣一報導，結果不得了。本來我們以為這小子本來就壞，從小就抽菸、打架，結果一訪問，不是，他被他同學愛戴得不得了，他是天主教會的青年，每次帶天主教的小團體去游泳，營隊結束後，雪片飛來的信都是謝謝這個小哥哥。我們找到他的錄音帶，找到灌放的吉他音樂，他的臥室裡貼的都是世界有名的歌星的照片，這是他的夢想，希望有一天在兩三萬人前面去演出，這樣一個孩子，就像我們隔壁家的小男孩一樣，但是現在被社會指責為十惡不赦的壞人。我們把真相報導出來，引起很大的反響，大到學校裡老師不准學生看這本雜誌，軍隊不准看這本雜誌，這是我後來才知道的，國民黨說我們別有用心。我們登了一個廣告：槍下留人。當時，快槍斃了，很多人捐款。有人說你再登一個廣告，錢算我的。據說，有人拿到蔣經國那裡去，蔣經國一度想重新調查，後來大概聽人講不能這樣做，殺人者死，何況這件事又是我陳某人搞起來的，所以很快就把他槍決了。槍決之後，我們還繼續報導，把屍體火化之後怎麼樣送回到原住民的部落，部落沒有把他作為一個可恥的罪犯，整個民族把他作為自己的兒女把他的骨灰迎回來。然後，我們也報導了事主，他一家失去兩命，你也不能說他們就是壞人。最戲劇性的是，我們發動了募捐，募到兩百多萬，平均分給兩家，結果少數民族那邊，那個父親也是很高尚的人，帶著自己的一百多萬到醫院去看望事主的老爸爸，因為高血壓住院，他去祈求那個老爸爸的寬恕，然後把錢轉贈給他。很感人！這是比較有影響的一次。其他，還有很多。總之，是從人的立場，呈現資本主義對人的破壞，對環境的破壞，對文化的破壞。

台灣左翼運動是非常脆弱的

張：在台灣左翼運動中，甚至在台灣社會運動中，《人間》雜誌產生了很大的影響，可是，為什麼後來停刊了？是因為政治原因，還是因為經濟因素？

陳：可以這樣講，《夏潮》培育了一批年輕人，讓他們向左轉。之後的《人間》雜誌沒有什麼馬克思主義的詞語、名詞或教條，卻讓讀者認識到的，不是他們每天消費生活中認識到的社會，而是以另外的生活現場去認識這個社會。很多人給我們寫信，說如果不是你們報導，我們根本不知道社會是這樣的。不過，老實說，嚴格意義上的台灣左派運動，是非常脆弱的。美國是個極為保守的社會，但是在一些精英校園裡還有幾個有名的左派教授，對左翼思想起到相當大的影響。日本也是，雖然全面是右派主導，但是也有個別的教授、個別的團體是左翼的。日共比較成功，是「微笑的共產主義」，黨很有錢，他們創辦的消費合作社為他們賺了很多錢，又有相對優秀的幹部，在戰後長期的日本政治中，唯一沒有發生貪汙醜聞的黨，沒有女人問題，沒有政治獻金問題，誰出來競選都是由黨決定的，所以，當日本的保守黨一個一個垮掉之後，社會開始寄望於日共。但是，在台灣，第一波左翼運動被鎮壓了，第二波也被鎮壓了，第三波興起沒有多久，就跟「美麗島事件」掛在一起，然後一個體制化的右翼運動，即台獨運動，很快就起來了。左派在理論上一直沒有比較縱深的發展，沒有機會進入實踐的領域，長期以來的反共恐怖也對民眾影響很大。《人間》雜誌辦了四年——我也沒有想到這個雜誌的影響會非常大——出了四十七期。停刊的原因很簡單，就是財務不行。因為這種雜誌跟其他不一樣，它只有少數廣告，而資本主義下的雜誌是靠廣告的。我們一個很大的問題，是雜誌印刷非常好，成本高，內容是黑白照片，而且表現的是社會比較陰鬱的一面，很多人說看了很痛苦，這樣的媒體就不適合宣傳舒適、幸福、快樂的商品廣告。一張宣傳可口可樂、充滿了幸福的、現代感的廣告，一翻過來，是一個老頭蹲在牆角抽菸，很不協調嘛！

台灣左翼運動的一線轉機

張：在台灣，處於全世界退潮的大背景之下，仍然存在著像你這樣一批具有左翼社會堅持和社會理想的知識分子，沒有停止對資本主義異化的批判，即使全世界只剩下一個人，也不放棄這種批判的鋒芒。這樣的理論勇氣和理想堅持，實在令人欽佩。

陳：台灣的左翼運動，面臨一個幾十年來艱苦環境下的一線轉機。八〇年代，環境運動、工人運動起來了。很多環境運動，是我們《人間》雜誌搞起來的，勞動運動也都是我們報導的，起了很大的作用，可是我們沒有辦法取得領導權。為什麼？因為在戒嚴時期勞動運動的力量很微弱，需要有一個政治力量來支持，這個政治力量只有民進黨。我們搞了半天，結果這些隊伍都插上民進黨的旗幟。你有什麼辦法呢？一點辦法都沒有！你也不能怪他們，因為他們需要一個保障，而你能保障嗎？你說，你們幹沒事，有事我來頂！行嗎？民進黨有許多立法委員在那裡，啊，某某立法委員，是我們這個環保團體的顧問。國民黨一聽，總是比較顧忌嘛。我陳某人做他們的顧問，沒有用，哈哈，反而有害！但是，這種情勢，目前發生很大的變化，因為民進黨執政以後，從一個批判者變成支配者，從一個反對者變成維持現狀著，這種巨大的變化使社會運動很彷徨，感情還依附民進黨，可是在運動上民進黨怎麼就跑到資方去啦？這種矛盾正在產生。這就是左派的一個機會。什麼機會？揭發過去幾十年來社會運動的矛盾，促使大家來反省。過去十幾年來社會運動不能說沒有貢獻，可是在什麼地方錯了？為什麼今天變成這樣？

沒有熱鬧過，所以，也不孤獨

張：在台灣這樣一個高度資本主義化，而且又有一股強大的民族主義思潮主導著社會，作為邊緣化的左翼知識分子，是不是會有一種悲涼的、孤獨的感覺？

陳：也沒有那麼悲觀。我以前從來沒有熱鬧過，所以，也不覺得過去很熱鬧所以現在很孤獨。台灣獨立運動，基本是附著於美國霸權主義對中國的干涉，它不是真正台灣內部的社會矛盾。本省人、外省人不是一種矛盾的形式。我們相信的矛盾，是階級的矛盾。日本人統治台灣，你是日本人也就同時是支配階級，你是台灣人也就同時是被統治階級，非常清楚。可是今天台灣，你不能說外省人都是統治階級，現在睡街頭的外省人有多少？台灣五大資本，前四名都是台灣人，第五名才是外省人的遠東紡織。目前的情況，是選舉的操作，有一定的虛偽性。第二，台灣資本主義走下坡了，沒有救了！台灣的貿易紅字全靠大陸，很多未來趨勢的研究者都認為，中國大陸在未來十年、二十年會有勢不可擋的發展。不講馬克思主義，就是從資本主義的規律來說，台獨也沒有什麼前途了，是絕無前途！問題是眼前，是當下，人們不理解你。這是社會主義運動裡常有的事情，除非你回到三〇年代全世界一片紅旗。我一直是一個人走的。其實，我不是一個搞政治的人，我是屬於搞創作的。我也是從創作、從魯迅走向社會主義的，之所以我還要搞政治，一方面說明台灣左翼知識分子的「層」不夠厚，像這些問題本來都應該由理論家來解決，像韓國根本不煩作家去傷這個腦筋，因為那些左翼的社會科學家一套一套的書寫出來。台灣比較少，而我這個人又是比較偏重思想出路的人。思想沒有出路，我就寫不出東西來。為了尋求思想疑點的答案，我必須研究台灣的社會經濟性質，雖然不敢說一個專家吧，但只要找到我自己夠用的就行了。所以，我比較從感性方面出發。最近我跟台獨派的陳芳明的文學論爭，基本體現了我的思想。

張：最近幾年，你又重新把《人間》雜誌用叢刊的方式出版，是不是想接續以前左翼的文化理想，去影響社會？

陳：做一點，算一點吧。當然，我覺得台灣需要這樣一個思想性的雜誌，但是在資本主義社會，誰搞思想性的雜誌，誰倒楣！不止在台灣、日本如此，美國也是如此，韓國也許好一點，社會運動比較廣泛。這是高度資本主義化以後精神知識的極度商品化的現象，除非這個資本主義遇到重大的危機。台灣目前的失業狀況不斷突破，刺激人們去思想，這比我陳某人寫十篇文章還有效！以前，你說民進黨不行，人家會罵你，現在他們自己也開始罵了。生活還是很重要的。除非你相信資本主義是人類最後的福祉，像那個日本人福山說的歷史到資本主義就終結了那些東西。我認為，人類必須想辦法擺脫貪婪、醜陋、競爭激烈的生活軌道，去尋求另一種現在被廣為嘲笑的、公平的、富有正義的、像一個「人」的生活。當然，這樣的社會主義未必像第三國際那樣的方式，歷史發展本來也不應該重複過去，在批判現在掠奪性的、殘酷的、貪婪的社會經濟制度之後的一種新的社會制度，你稱呼它什麼都無所謂。我們應該給予社會主義一個選擇的機會，而不是像現在絕大部分人那樣都變成犬儒，或者像後現代主義那樣冷嘲熱諷、虛無化、無政府主義化，什麼都反對地過日子，然後自己也不快樂，又脫離了廣大的人民生活。作為一個作家，更是如此。我總覺得，文學畢竟要給失望的人以希望，給受到侮辱的人以尊嚴，給挫傷的人以安慰，給絕望的人以一點希望的火星。你可以笑我。笑這種思想的人，現在太多了！不過，我覺得無所謂。我，就是這樣想的。

初刊二〇〇四年五月花城出版社（廣州）《兩岸三地名家訪談》（張文中著）

浪漫於現實的手記・書前1

一般以「桂冠」狀詩人的光華和榮耀。詩人周良沛先生卻以「荊冠」形一個民眾詩人的責任與重軛！

而「荊冠」有多非常強烈的意象。它令人立即想起兩千年前，耶穌被自己的精英同胞——法利賽人交給了殖民統治著亡國的猶太的羅馬人去拷訊、鞭笞、審判、定罪。羅馬人兵丁在殘酷的揶揄、嘲笑聲中，硬生生把尖銳如刀的荊蕀編成的「荊冠」，強壓在耶穌的頭上，一時血流如注，滿面血漬。

帶著荊冠，耶穌被迫以瘦弱的身體自己背起沉重的、長可兩倍於身體的十字架，在暴民和羅馬兵丁的鞭打、侮辱和詈罵中走了漫長的「苦路」，終至於在各各他的禿山上，被活生生磔刑於荒糲的曠野數個時辰，於凌遲中氣絕，為了背負萬民的苦難，救贖人間百般罪愆。

周良沛先生當然不以耶穌自況。但他的「荊冠論」概括了他的詩的哲學——詩不為取媚時流市場，詩不為沽名釣譽，詩不為自瀆自戀，詩不以猥褻敗壞人的心靈。對於周良沛先生，詩描寫人在不毛的曠野中堅忍不拔地為心中的熘火苦斗；描寫地平線上永不熄滅的理想的紅星；描寫摩頂放踵向理想做永恆朝聖的信念；描寫堅貞莊重的勝利的旗幟；抨擊「現代」生活中的腐敗、醜陋和冷酷；諷刺商品崇拜的瘋狂和人的異化……。

八〇年代以後，拋棄了「前三十年」的大陸詩壇，竟和五〇年代後的台灣詩壇有了共同語言：遠離民眾的生活和其中的苦樂，依據舶來的洋人的文論抓藥煎炮。現實主義的偉大傳統成了罵人的髒話。

因了抵抗台灣六〇年代鋪天蓋地的「現代主義」、「超現實主義」詩壇，我不幸地失去了「詩青年」的青春期。讀周良沛先生的《浪漫於現實的手記》，感受到為人民寫的詩的審美的激動和思想的鼓舞。

為此，感謝您，周良沛「同志哥」……

二〇〇四年六月十日　大亞灣

初刊人間出版社二〇〇四年十月《浪漫於現實的手記》（周良沛著）

1　本篇為《浪漫於現實的手記》書序。

懷想胡秋原先生 1

注意到胡秋原先生，遠遠早在一九七七年台灣當代文學史上一次重要事件「鄉土文學論爭」之前約十年的六〇年代中期吧。那時，我偶然購讀了胡秋原先生在台灣出版的《少作收殘集》。正搜讀著牯嶺街上舊書店裡的禁書後不久的當時，驚詫地發現時猶在「廟堂」之中當立法委員的胡先生「少時」所寫很多關於左翼文論的文章，思想和理論縝密深刻，文風有三〇年代理論文章的潑辣和知性，和他渡台後在《中華雜誌》上的文風，判若兩人。

懷著「危險知識」艱難地求不折自尊地活著

我把胡秋原先生的那本書反覆通讀了許多次，以後就自然注意著他所主編的《中華雜誌》了。每月雜誌上市，二十過五的我總不忘在重慶北路小書攤上找尋方出版的《中華雜誌》，但卻倒也未必期期購讀。然則大凡在雜誌目錄上看見胡秋原先生寫的、有關中國三〇年代文學、思想或者文化之往事的文章，則必然買回去細讀。

然而，我當時只是這樣遠望著胡先生。看到他為反對國民黨的《出版法》而力爭，看見他在「中西文化論戰」中欲言而又不能言宣的左派哲學社會科學邏輯，使我不能不把胡先生和其他「廟堂」上獨占台灣政治的「委員」們分別開來。而我也自忖只會永遠隔著迢遙的距離眺望著他。

一九六八年，我戴上「叛亂犯」的罪名入獄。一九七〇年，我被移送台東泰源監獄。不久，又移送綠島監獄。一九七一年十二月，我大約依《中央日報》的文化廣告，申請購買了一本署名「余精一」的作者所著《中國農業社會史論》。這書經過層層檢查，送到押房中我的手上，隨手翻閱，才驚覺是一本原書名料必是《中國封建社會史論》的中國社會史著作。以歷史唯物主義為方法論而展開的這本書中，不時出現一個在台北軍監時聽說過的、一個被投獄的「立法委員」馬乘風先生的名字。出獄後幾經打聽，才證實書中細緻批評和分析過「兩漢奴隸社會論」的馬乘風，正是當時與我同為階下囚人的「立法委員」。

在國民黨極端擅權排他的統治系統的「廟堂」中，竟有像胡秋原先生和馬乘風先生這樣懷著「危險知識」、孤獨，卻艱難地求不折自尊地活著的人！我還記得一面撫書、一面傾聽監獄高牆外澎湃的潮聲，這樣地沉思著的自己。

二〇〇四年六月

在我被點名批判之時主動約見

一九七五年出獄。不久，恢復了一點文學和文化活動。在我尚未出獄的一九七〇年，受到北美保釣愛國運動左翼的影響下，一個從一九五〇年就遭到恐怖抑壓的文學思潮，奇蹟般地在台北「現代（主義）詩批判」的爭論中形成。作為這一場對台灣現代主義文學反思的延長，我的出獄，正趕上以一九五〇年以降的西化——「現代主義」化文學為對立面的討論，發展成鄉土文學、民族文學和民眾文學相關的論議。然而，從一九七七年四月開始，在人們未及知覺中，天邊忽焉快速堆積起不祥的烏雲，明言和暗指鄉土文學心懷對社會的「仇恨」，諷刺鄉土文學搞「地方主義」，有專欄作家連續在報紙小方塊上公開呼籲儆戒「赤色思想的滲透」，有詩人疾呼「狼來了！」。而這些隆隆的悶雷，終於在同年八月爆發成一場直接由權力指揮的暴風雨。有報紙以全版兩天連載點名批判王拓、尉天驄和陳映真的大塊文章，其他文藝性黨團刊物也一擁而上，齊聲撻伐，一面在緊鑼密鼓中籌開「國軍文藝大會」，為一場文學大肅清做輿論和思想準備。而新婚不滿二年的我，開始敏銳地感受到禍事腳步逼近的聲音。

但就在同一個時候，胡秋原先生身邊的幾位朋友，把報端上「大批判」文章送給了胡先生看，對勢將必至的文字之獄，表示深重的憂心。據說胡先生看過報上的文章，要求朋友們收集一些我的小作品供他閱讀。胡先生讀完了小書，著人來約我拜見他，地點記得是許昌街上的基督教青年會館（YMCA）的喫茶座。

從胡秋原、徐復觀、鄭學稼等人身上體會真正的剛正不阿

好友領我見到了眼前這位原以為只能止乎終生迢遙地瞭望的長者。胡秋原先生和藹地問起我的家庭、工作狀況，隻字不曾詢及時猶沸沸揚揚的、組織性的「大批判」。我在談話中應該是說到我對《中華雜誌》長期的注目，也談到在獄中申請訂閱《中華雜誌》卻遭到監方政戰部門的拒絕的往事。

「我們《中華雜誌》編輯部，每個月都在我家開編輯會。」胡秋原先生笑著說，「我們歡迎你來參加……」

這很出於我的意外。與胡先生絕不熟稔的我，也早知道他不但不是國民黨權力核心內的人，而且屢遭打擊和陷害。而正是這樣的胡秋原先生，在初會面不久，就朗朗地展開他單薄的衣袖，護蓋在我這當時為龐大恐怖的權力所欽點的「犯嫌」的身上。我第一次從胡秋原先生，以及繼之而來的鄭學稼先生、徐復觀先生的堅定熱切的翼護與關懷中，切膚地感受、體會了中國

真正剛正不阿一派士人庇護權力所必欲毀滅的、在野書生的偉大的歷史傳統，心中充滿著暗暗的激動。

為了抵擋文字之獄的恐怖，胡秋原先生還親自上陣寫了幾篇大文章：〈談「人性」與「鄉土」之類〉（一九七七年九月）、〈談民族主義和殖民經濟〉（一九七七年十一月）、〈中國人立場之復歸〉（一九七八年三月）。熟諳中國現當代文論史的胡先生的大文章，使一幫國民黨文學打手噤不能作覆，整個翻轉了「論戰」的局面。徐復觀先生也及時寫了〈評台北有關「鄉土文學」之爭〉，以「血滴子」論駁斥了一個詩人「只要帽子合頭，就不叫扣帽子」論。鄭學稼先生則暗中化解了上述大詩人從香港精心炮製的、直呈偵警當局的、有關於我援用「新左派」文論的密告信。

這些具有真知灼見的「外省人」整體保衛了台灣鄉土文學

一九七九年十月，我忽然遭到調查局明令「拘捕」。在偵訊室中，我對被捕的可能原因茫然無知，但心中卻惦念著胡秋原先生，深憂這是一宗先從製造一個假案來攀誣當局所必欲除而後快的人物。雷震案、孫立人案莫不是按此模式製造的冤假案件。

然而，一直到今天，我尚無法理解的「奇蹟」，使我在拘訊僅三十六小時後，由妻作保，釋放回家。不久，我又回到在胡先生家舉行的《中華雜誌》的編輯會。迎接我的是胡先生和藹的笑容，和全體編委對我的暖人的信賴。

而正是這些胸懷遼闊、具有真知灼見的「外省人」和「中國人」，不但翼護了我，更整體地保衛了台灣的鄉土文學。而今日被冊封於廟堂的台灣人文學「大佬」、「小佬」，當時一概噤聲不語。這是當代台灣文學史中的頭等大事。雖然權力總是為它自己的目的歪曲、竄改人們的記憶和客觀的歷史。但人民總是會透過曲折的鬥爭，把被翻轉的歷史重新翻轉過來的。

前年大病，體力稍弱，知道胡先生也因衰老多次進出耕莘醫院，卻無力去探望。今突聞胡秋原先生逝世，悵惘極深。在一九三一年「九一八」侵華事變後第二個週年，魯迅先生引用了當時報章雜誌，表現社會對九一八事件二週年祭的淡漠和反動。今夜深更作此，痛切哀悼和紀念一位熱愛祖國和人民、東來前後在兩岸思想、文化和文學理論與事業上做出不能磨滅貢獻的長者，不外希望「倘中國人而終不至被害盡殺絕，則以貽於我們的後來者」（魯迅〈九一八〉，一九三三）。

初刊二〇〇四年六月二十一日《聯合報·副刊》E7版

另載二〇〇四年七月《海峽評論》第一六三期
收入二〇〇四年九月洪範書店《陳映真散文集1・父親》

1 本篇於二〇〇四年六月十三日在台大哲學系發表，另載《海峽評論》時為「悼念胡秋原先生」專輯文章。

《陳映真散文集1．父親》序

二十出頭時開始做小說以來，就沒有寫過詩，也幾乎不曾有意地做過散文。

沒有寫過詩，是一個文學青年的一生的缺憾吧。究其原由，大概是當時的文壇，鋪天蓋地全是「現代派」的晦澀而又荒蕪的作品。其實，在那時，我已讀過父親書架上至今已不能記起的某日本學者的書《西洋文學十二講》，因而也稍知道所謂「世紀末」(fin de siècle)、象徵主義、現代主義的文學思潮，但也同時從禁書上膚淺地知道普列漢諾夫、盧那查爾斯基的吉光片羽。但理解得膚淺的、吉光片羽的後者的論說，反倒強烈地吸引了我，馴至對於當時風風火火的現代派，抱了宗派的反感，卻因此而遮斷了理當多少寫幾行詩的詩青年的青春歲月。

不曾專意做過散文，若又究其原因，是一直到今天，我還弄不清楚作為文類的「散文」的定義。這實在是可恥的不學與無知。在我還上初中的年代，語文課本居然還在使用大陸開明書局版的教科書，從而讀到了巴金的〈繁星〉、朱自清的〈背影〉和魯迅的〈鴨的喜劇〉，至今印象清晰，但也不知道那些正就是所謂「散文」的典範。及至五、六〇年代，偶爾也讀一兩篇於當時據說是文壇上散文的名篇，感覺又與少時讀〈繁星〉、〈背影〉和〈鴨的喜劇〉不同。不久，這些初中語文課裡讀過的，又已被列為危險思想的禁篇了。及至又偶爾讀了很有限的、時也頗被文壇揚揄的「散文」的佳篇，多半覺得詞藻華麗，境界高逸，但覺頗與在我初中母校隔壁青島東路上台灣警備總司令部軍人監獄門口崗哨邊、排隊等候為獄中「思想犯」親人送衣送飯的農婦的氛圍不協調，也就自然沒有想到去做詞藻華麗、境界高逸的文章的意興了。

而第一次寫了類似「散文」的文章，竟是從七年囹圄中釋放出來的一九七五年之翌年的事了。為出獄後第一本雜文集《知識人的偏執》寫了題為〈鞭子和提燈〉的小序，先公刊在高信疆兄主宰的《中國時報．人間副刊》上。今日思之，有沈登恩、高信疆那樣不懼憚於在荒糲的戒嚴時期出版和刊載一個政治刑餘之人的書和文章，於我是難於忘懷的朋友之義。

這本小書於是只能收集自一九七六年以迄於今日的，大約類似「散文」的東西，其中又以懷人憶事者為多。而由於我顛躓的個人歷史，所懷之人，所懷之事之中，又不免有幾篇寫運命顛躓的人，和發生在荒糲的時代中的事，因而怕又與華麗、清逸、高雅、綺妮的美文「散文」的規格不符，也真是沒有辦法的事。然而這或者也能得著知道有顛躓的人生和荒糲的歷史的少數一些人的理解，也未可知。

洪範書店的葉步榮先生，幾次婉言慫誘我出一本散文集，只得把幾十年來僅有的，強可充作散文的殘篇和另做的新篇收集充數，並以寫時動情較深的一篇〈父親〉為書名。是以為序。

二〇〇四年六月二十七日

初刊二〇〇四年九月洪範書店《陳映真散文集1・父親》

阿公 1

我從縲絏中釋放出來的第二年結婚時，已經是望四十的人了。而新婦卻是年僅二十三歲的福建長樂的姑娘。

在婚宴的主桌上，妻第一次把我介紹給一個精瘦卻朗健的、才初老的長輩。妻用閩南話對我說：

「這是我外公，從宜蘭趕了來喝我們的喜酒。」

我自然心中詫異，卻還是笑著用閩南話叫他一聲「阿公」。他看來就像別的台灣鄉下來的人，樸直、木訥、誠實。他的笑容洋溢著真摯的喜悅，真像是個為自己親孫女兒趕來赴婚宴的親人。

我的也是福建籍的岳父母，怎麼會有一個宜蘭人的「阿爸」呢？

斷斷續續地，我聽完全了一段故事，使我這老孫婿叫他「阿公」，連帶地叫小我十歲上下的、阿公的兩個兒子「阿舅」時，叫得越加自然了。

一九五〇年末，在大陸易幟後不及一年，一個年僅十七歲多的娟好的小閨女，偷偷地上了一艘小帆船到了馬祖島，投奔她新婚不久的夫婿。早她不及一年到馬祖的丈夫，住大陸時，以自學為人畫炭精肖像的技藝謀生。後來和兩個同鄉的青年合開一家小照相館。他以畫炭精作人像畫的手藝，負責修底片的工作。在戰亂中，生意自然不好，於是三個青年不知為什麼緣故，結夥渡海到了馬祖的一個小離島。在兩岸對峙的前沿軍管的離島，為了建立確實的戶籍，開始辦身分證。身分證需要照片，這在馬祖幾乎是別無分號的照相館，頓時生意鼎盛起來。

「每天賺到的銀元，把抽屜裝得滿滿的，沉重得拉都拉不出來。」投奔了丈夫的年輕的妻子回憶著說。

火紅的利潤，終至叫外人紅了眼睛，竟然誣告這照相館以照片為大陸蒐集情報。連同那一對小夫妻和照相館的兩個青年立刻被逮捕了起來。後來還分別關在海邊的三個碉堡裡長達數月之久。

「因為我一個小女人家，沒有罪嫌，他們白天准許我出外謀生、活動。」當時才十八歲的人妻回憶著說。

她找到為駐軍洗燙衣服的工作，每天不停地洗熨大量軍衣，換取微薄的工資，供給禁閉在碉堡中的丈夫。駐軍的島上，自不乏同樣來自福州和長樂的同鄉，她一個年輕、毫無依恃的女子，逢到軍中的鄉親，就訴說丈夫的冤情，請求救助。但在那個時代的敵前陣地，能有誰敢於為丈夫做主？

一天，她聽說丈夫一干人就要被用船「送回大陸」。她聽見了消息，頓時臉色蒼白，幾至昏厥。「他們送了多少批人『回大陸』？」即使五十年後的她的回憶，餘悸猶存，「老百姓都知道，什麼送回大陸？實際上都在半途中把人推下海去，全淹死了。有時候，屍身還漂回到馬祖……」

她在丈夫一年多的囚錮期中，沉默、拚命地洗熨軍衣的生活，小離島上的老百姓、軍人和中下層軍官的眷屬太太們，都看在眼裡，暗暗地抱了同情和憫惜的心。如今聽說了這善良、沉默、不幸的小女人的丈夫即將遭到死亡「遣送」的耳語，竟有一個中級軍官的太太央求自己的丈夫，帶著那無告、可憐的女子去見一位駐地參謀長。

「我見了參謀長，不覺雙膝下跪，死勁地磕頭求情。」老太太回憶說，「就像今天你們看電視裡，古早人見官磕頭那個樣。」

「你起來。不會送走的。」參謀長說，「這季節海風那麼大，我下令禁航。」

「禁航也不行啊。海風一過了，還不是要把人往死裡送？我這樣對參謀長說。也不知道那時哪裡生出來的膽子。」老太太回憶說，「我們確實是冤枉呀。我對參謀長說，相館不讓開，別人搶去，都認了。就求您不要把我丈夫往死裡送去。」

她說，那參謀長不住地講，你快起來，不會送的。你相信我的話。你快起來。不會送走人的……

兩個軍官把年輕的人妻扶了起來。「當時不覺得痛，回來才發現額頭上磕出了半個大饅頭大的包，痛了我大半個月。」她用手摸著前額說。

約略再過了幾個月，年輕的炭精畫師，在飽受電擊拷問之苦以後，無罪釋放。但軍方知道他有美術上的特長，要他留在軍中康樂隊畫舞台布景。他帶著受苦拯救了他的年輕的妻子，隨一個部隊調到金門島去。隔年，年輕的妻子闖過了難產的生死關，生下了一個不足月的女嬰。

女嬰的誕生，使原就不屬於國民黨軍隊的年輕的父親，開始萌生要想方設法脫離軍籍的念頭。新為人父的他，忖度勢必無法自力圖生活之發展的軍旅，非早日脫離束縛，就難於為妻兒尋找更好的生活的執念，與日俱增。

越年，部隊渡海調動到台灣苗栗的卓蘭。不久又北調宜蘭駐扎。

下層兵員在軍中不能攜眷。因此隊部提前為這一對年輕的夫婦在附近的民居，以月租二十五元租好了一間房。然則及至當時年猶不滿二十的母親抱著女嬰，帶著簡單的行李尋到宜蘭本地人的房東家，不料那時四十好幾的、做「油湯」生意（賣湯麵、肉圓、肉羹之類）的，木訥而誠實的屋主，竟而堅拒不納，並且執意要退還隊部預繳的二十五元房租。

少婦幾次問他為什麼緣故。那麵店的老闆才說：

「我聽說了，不能把房子租給外省人。我聽說了，他們租幾個月，就再不給房錢，趕也趕不走。」他說，「有的還把人家的門板拆下，劈了當柴火燒。人家都說的。」

他硬生生把二十五元揣在年輕的母親懷中嬰兒的襁褓裡。原就多雨的宜蘭，正下著綿綿的細雨。

她進退不能，抱著嬰兒，在雨中的屋簷下從早上站到下午。

到了下午，部隊裡趕來了兩個人，跟屋主打商量。「看她們母女，總不能讓她們站到天黑，站到明天……」部隊來的一個泉州人能說閩南語，「這樣。先讓住個把兩個月，房租我們先繳清，以後願意續租，就租。不願意，我們搬。」

其實，從眼角餘光看了那低頭沉默地懷抱著嬰兒的少婦一整個半天的小麵店的老闆，終於嘆了一口氣，終究又從年輕的母親手中接過了二十五塊錢房租，撐著傘，帶著母女倆到離開店面不遠的住家。

這以後，安頓下來的那年輕的婦人，便為了那全家必須照顧麵店、無暇拾掇家務的房東，勤奮地把家裡打理得乾乾淨淨，每天餵養房東家養的一群雞鴨，得閒時還幫本地人鄰居農家把從田裡收穫的甘薯，按大小挑揀成幾堆。幼小時曾在閩南地帶住過的她，也在和鄰居農婦共同（無償）勞動中，把閩南語說得愈見流利。據鄰人農婦回憶，這年輕的「外省婆」，多半只顧低頭伶巧地做活，把嬰兒放在一個身旁的竹籃，裡裡外外，興致勃勃地忙，很得農婦們的喜愛。

而不僅僅是那謝姓的小麵店的房東，日子久了，房東一家都對這乖巧伶俐的「外省婆」房客滋生了親人般的感情。在那艱難的年代，下級士兵的待遇尤其菲薄。看在謝家眼裡，這麵店老闆開始時不時買肉鬆、給雞蛋，為小嬰兒補充營養，時常抱起幼小的女娃，笑呵呵地逗著玩。「我們自己家的孩子小時，家裡多麼艱苦，他可從不曾買過什麼好東西給自己的孩子們吃過。」有幾次，房東太太抱著女娃，笑著對女娃的媽媽說。

而娃娃的媽媽至今不能忘記，有一回，娃娃高燒幾天不退，又都沒錢看病。房東太太心憂如焚，毫不猶豫地脫下一對耳環，塞在娃娃媽媽的手中。「家中值點錢的只剩這個，快去換錢，把孩子送進醫院！」房東太太說。

一個月很快過去了。到了第二個月初，房東把部隊預繳的房租退還給娃娃的媽。她的臉因驚慌和憂懼變白了。

「你不把房子租給我們了？」

「這二十五元你拿回去。」

「你不租我們房子，我和娃兒住哪兒去？」

她的聲音哽咽，眼眶蓄著淚水。

「你當然還住我們家。」他狀若淡然地說。

「你不收房租，我們怎麼好住下去？」

「你住下去就是。」

「……。」

「都像自己家的人了，怎麼還收什麼房錢？」賣油麵小店的老闆終究笑了起來，這樣說。但娃兒的媽媽卻緊緊摟抱著娃兒，低下頭道謝，淚流滿面。

這期間，時常有鄰居的農婦向湯麵店的老闆說，「阿養叔，你們家這個外省婆，那麼乖，那麼骨力（勤勞）……你也疼她像一家人，怎麼就沒想過把她收來做義女？」

這時的阿養叔剛從一個偶然的機會起，開始也幹起為村子裡的婚壽喜事辦外燴酒席的活，經濟上比以前自是寬鬆些了。但他總是靦腆地說：

「啊呀，這種事，也不知道人家願不願意，怎麼能隨隨便便向人家開口？」

越一年許，小娃兒就快兩歲了。這期間，娃兒的爸在隊部裡一直鬧著、吵著，爭取一定要退伍，寫了許多陳情狀，甚至據說還面見過蔣經國陳述，而終竟獲准了，卻沒有領到一分半厘的退伍給付。

然則沒有料到這不同省籍結合的家族要分離的時刻，會來得這麼突然、這麼快。娃娃她爸要把她們都帶到台北去辦退伍手續，自求發展。

「你要找工作，辦退伍手續，儘管先一個人去。母女都帶走了，到哪住，到哪吃？」被村人叫成「阿養叔」的指著被母親抱在懷裡熟睡的娃娃說，紅了眼眶。

「說的是。台北的事安排妥當了，再回來帶去。」阿養叔的女人說著，也哭了。

娃娃的爸也紅了眼眶，千謝萬謝，說是帶了妻小去，退伍手續更容易辦。至於住的地方，有朋友安排穩妥了。

而於是他們揮淚而別。

離開了宜蘭的娃娃的一家，住進了台北廣州街的一個貧民窟的小間。離別的一年多時間，宜蘭和台北兩家時而坐著當時速度不快的火車，互相探望不已。這期間娃娃的媽得知了老房東的和她親如姊妹的親生長女，和一位外省人軍醫戀愛了。但老房東竟而十分生氣，怎麼也不同意把女兒嫁給一個「外省人」。

「我們家女兒戀愛，對象有出息，就好了，何苦阻擋他們？」

娃娃的媽帶著兩歲多了的娃兒回宜蘭「娘家」時，對「阿養叔」柔聲說。

「是外省人，我就不許嫁。」他把話說得斬釘截鐵。

「我們母女不也是外省人嗎？卻讓你疼入心、疼入腹……」

娃娃的媽低下頭拭淚。

「阿養叔」沉默了。他拆開一包香菸，靜靜地點上火抽著。

「你們不一樣。」他終於說，望著店門外紛紛的細雨。

「阿蘭要嫁咱的人（指台灣人），我可以一個錢不要，還要辦一點嫁妝給帶去。」他說，「一定要嫁外省仔，叫他準備七千元來下聘！」

在當時，七千元可不是小數目。娃娃的媽知道，他絕不是貪財的人，也知道他只想用高額聘金讓年紀比女兒大那麼一截的軍醫「知難而退」。

娃娃兩歲，新添了一個妹妹的那年，老房東趁看回娘家省親的女兒回彰化之便，一同搭火車，在台北下車，一個人來到廣州街看望娃娃和娃娃的媽以及新生的嬰兒，並且執意要帶娃娃的媽媽帶著兩個幼女「回咱宜蘭去住幾天」。

一直到坐上開往宜蘭的火車，都過了好幾站了，老房東才說，那軍醫果真東湊西借的，送來七千元新台幣，把大女兒帶到彰化完婚。阿養叔對這嫁到彰化的女兒不肯諒解，娃娃的媽就勸：「女兒嫁都嫁了。我們娘家不疼，久了，人家也不愛惜我們女兒。」果而日子久了，阿養叔聽進了娃娃她媽媽的話，結束「冷戰」，重新接納了親女兒。

「這是好事呢。你別再生氣了，就祝願他們幸福美滿吧。」娃娃的媽說。

沉默了一會，他忽然說有一件事和她「參詳」（商量）。他說：

「你若願意，這一趟，我是專門來帶你回家，正式拜祖先，收你做我女兒。」

娃娃的媽流淚了。她說自從她十六歲拜別父母嫁到福州，又流落到台灣，不料就再也見不著自己的爹娘。「在我的心裡，我早把你們當成我的親父母了。」她說，「你們一家人疼我們入心，點點滴滴，全都在我心裡。」

娃娃的媽媽回憶，儀式出於意外的隆重。「阿爸請出祖先牌位，帶著我上香跪拜。阿爸出聲向祖宗牌位禱告，把我收為義女，還辦了兩桌豐盛的宴席，昭告親人和友朋鄰舍……」她說，「像是辦一件家族裡的大喜事。」

這就是我的岳母和妻子一家的故事。

「阿養叔」是我的阿公。娃娃是我的妻子。娃娃的媽當然就是我的岳母。

今年夏天，妻子和我的阿公，因自然的老衰謝世，享年九十四歲。接到訃告帖時，我發現和阿公異姓的我的岳母，和阿公的親生兒女一樣，不戴原姓地列在孤哀長女的地位，我岳家全員大小，都被列在孝眷之中，而我的名字也列為外孫長婿，妻的名字也列為外孫長女。這使我感受到很大的感情上的觸動。

由於告別式的日期和我在數月前決定的一場在韓國光州的會議撞了期，又由於我的病體需要妻陪伴出席，我們決定無論如何，也要在行前到宜蘭的阿公的靈前拜別。

站在飲泣著的妻的身旁，我凝視著阿公那張熟悉的、誠懇、樸質而又正直的臉孔，我彷彿更深地認識到了在廣泛庶民的生活和世界中，堅實、自然而又動情地超越「省籍芥蒂」的鴻溝的、偉大而又可敬的同胞之愛、接納和力量……

二〇〇四年六月

二〇〇四年六月

初刊二〇〇四年八月《印刻文學生活誌》第十二期
收入二〇〇四年九月洪範書店《陳映真散文集1．父親》

1 本篇初刊《印刻文學生活誌》時，與〈我的寫作與台灣社會嬗變：陳映真香港浸會大學演講〉、〈生死〉一併刊於「陳映真：風格、風采、風景」專輯。

生死 1

出於思想和現實間的絕望性的矛盾，從寫小說的青年期開始，死亡就成為經常出現的母題。但在現實生活中，我卻從來不曾有憂悒至於嗜死的片刻，反而是一個遲鈍於逆境、基本上樂觀，又不憚於孤獨的人。

然而，日曆剛翻開到二〇〇二年的第二天，我竟闖過了一場技術和理論上的死亡，卻終於走過死蔭的幽谷，重返於陽世。

我罹患「突發性心房顫動」（A. F.）已逾十年。長期服藥，基本上無大礙於生活和工作的品質。但到後一、兩年，不正常心律發作間隔和頻度增加，幾經思量，決定接受一位在這一特殊領域上頗蜚聲於島內外的醫師的意見，施行叫作「射頻消融」（又稱「電氣灼燒術」）的心臟內科手術。

在局部麻醉狀態下，記得還能聽見醫師和助手間的對話。術前知道手術時間大概需要三個小時左右。至今還記得的醫師和助手間的對話是：

「如果這次再通不過，就停止不做了。」

接著就是沉睡一般的知覺和意識上的空白。

第二次聽見人的聲音，是妻的聲音。

我恍惚中發現自己仰躺在被快速推動的病床上。

「手術已經做過了……現在要送你去做另一個手術。」妻在我的耳邊說，「你要堅強。要加油哦……」

我張開眼，看見妻的鼓勵的笑臉。抬起手想摸摸她的臉，卻覺得怎麼抬手也搆不到。妻邊走邊俯下身來，我的手才碰到了她的臉頰。這以後，迷迷糊糊間，覺得病床推進了電梯，推出了電梯，聽見妻時不時輕聲說，「你要加油，啊！我在外面等著你。」

接著便又是長達十數日的意識的空白。沒有痛苦，但覺如在暗室中最深沉甚至舒適的酣睡。

一直到兩個禮拜後出了加護中心，推進一個單人用一般病房，妻才斷斷續續地告訴了我這兩個多禮拜來「出死入生」的經過。

安全機率再高的手術，也有一定比率的各種甚至於致死的風險。據醫師說，我的心臟構造竟異於常人，手術時間因此多花了近三個小時。

主持這次心臟內科的醫師終於把妻叫到心導管區，告訴她手術做完了，但發現病人血壓在快速下降，疑心有內出血情況，正密切觀察中，有可能需要開刀搶救。

又俄頃，醫師來叫妻進心導管區，告訴她我在手術過程中出現「併發症狀」，需要開刀搶救，請手術團隊中的一位心臟外科醫生來說明。

「外科醫生簡捷地告訴我，陳先生的情況很危急，需要立即開刀搶救。但開這刀也很危險，而這個刀不開不行的。你明白嗎？」妻回想著說，「我回答：明白。那好。醫生說，我這就去準備，立刻把人送上三樓的開刀房。他匆忙地走了。」

「我向心臟內科醫師要求手術前能跟你說幾句話，醫生匆匆趕回手術室。沒過多久，我聽見你的手術室中一陣醫師、護士和技術人員慌忙雜沓的騷動聲。」妻回憶著說。她說她側身探望手術室。「我看到你已經給插上了呼吸管，有大夫正用小手電筒照看著你的瞳孔，許多人忙成一團，就像我們偶爾在電視上看到醫護人員對待瀕死的病人一個樣。」

妻說她霎時雙腿發軟，使力扶著牆，才能免於癱倒在地。一個女技術師見狀，出來勸妻離開心導管區，到外面等待。

「我深怕我的不支，分散了醫師們搶救你的努力，咬著牙走出心導管區，坐在手術室的正對面，全身顫抖，睜大眼睛逼視著手術區空白的、冷酷的長廊。」

做內科手術的大夫走了出來。「方才回到手術台，正想告訴陳先生妳會同他說話，不想他血壓遽降，呼吸和心跳都停了……」他對妻說，「現在我們把人救回來了。等一會人要送去開刀。妳還是可以同他說話，估計他應該聽得見，但他已經插上管，不能回答妳了……」

那是個冷冽的仲冬，即使是在有暖氣的病房裡，也飄著一絲寒意。妻喁喁的追憶，是在住進了一般病房後約莫十天不到的時候告訴我的。我記起了從心導管室推出時，我睜開眼睛看見妻以鼓勵的笑容，俯身讓我觸摸她的面頰，柔聲要我「加油」的片刻，竟是我初初掙脫死亡的第一步，也是妻一個人捱過了錐心裂膽的、不可置信的恐懼和焦急的近六個小時後的片刻！

進了開刀房後的記憶和知覺只是一片空白，卻經歷了開胸、縫補心耳、大量輸血，和送進加護病房後，長達五、六天的高危險性感染引起的高燒……而在病房外面，每天每天，是妻和許多親人、長輩和朋友在濕冷的氣候中憂愁地守候、探望、向妻致意。由於高燒不退，終於不能不婉謝親朋進入加護病房探望。這是至於今日想起，都深為歉疚的。而妻卻在沒有為院方病人的眷屬準備可以禦寒過夜設備的空間，在弟弟和忘年的朋友小林陪伴下，度過守候的兩個多禮拜的日日夜夜。

而在病房中的我，卻終日沉睡，一無所知。聽著妻的夢魘般的述說，我感到震駭、驚異和對於妻的從未有過的感激。神奇的醫學固然搶救了我，在一個意義上也差一點讓我滑落到死亡的深淵去。我感到是身邊這勞苦地陪伴了我近二十五年的妻，奮不顧身，竭盡心力，把我從死亡線上硬生生地拖了回來。

「為什麼到今天才告訴我？」

我緊握著她的手，凝視著消瘦了的她的臉，這樣說。

「怕你知道了駭怕。」

「現在知道了，覺得震動，覺得怕……」

妻說好不容易從加護中心移到一般病房，她還是暗暗地不曾放下空懸著的心。

「有一個也是做過心臟外科手術的病人，恢復得又快又好，面色紅潤，還發光。」妻說，「他時而從加護病房同一樓層的病房那邊過來，和病人家屬拉家常，為家屬們打氣。」妻說，「就在我們出加護中心的當天，忽然就聽說他竟在病房裡猝然死了。」

我沉默地握緊她的手。

「我天天暗地裡看你的氣色；尖著耳朵聽巡房大夫的意見。」妻笑著說，「看來，一切噩夢都要過去了……」

但妻的笑臉難掩連日來積累的疲乏。為了消除在我腳背上的水腫，醫生加開了利尿劑。術後身體虛損的我，還無力自己上廁所，以致每夜必須用電池門鈴叫醒白日已經精疲力盡地照料我的妻從酣睡中跳起達五、六次，拿夜壺讓我用。她素患椎間之痛，看著她日夜為我的病身操勞，我才體會到照料病人遠比臥病的人更加辛苦；也才深深體會夫妻同命相依背後的愛的力量與真諦。

妻說做完搶救的心外科手術後，醫生對她說過，「有人是能從這種手術後完全恢復腦力的。這就是說有人會在術後表現出腦力的損傷了。」她說。但隨著體力的恢復，每次妻陪伴我偶然的座談，看我寫文章，就會高興地說，「你已經一次又一次證明了你的腦袋沒有受傷害。該感謝醫生。但是不是也該感謝上帝……」

受到父親的影響，我的少年期曾是虔信的基督徒。到了今天，我的大姊、三弟、四弟、么妹們的全家大小，都是虔誠篤信的基督徒。我猝然病倒，他們和他們的教會，都日日為我迫切祈禱。我也記得姊夫來加護病房探視時，抓著我的手，切切為我的痊好祈禱……

在普通病房聽著妻連日絮絮地談起我病篤的經過，我開始想著我「出死入生」的體驗和意義。呼吸停止、心臟停止搏動，是不是就是死亡？我為什麼沒有經驗過一般人都會讀過的、從死裡還陽的人的體驗譚：在黑暗中看見遠遠的、彷彿隧道彼端的光亮的去處；看到被哭泣的親友圍繞的自己的屍體……為什麼我的生死的界線只是暗室中深沉的酣睡？如果在心導管室的搶救失效，我的生命是否就如燈滅一般歸於無有。而如果有上帝，祂讓我從死蔭的幽谷走出，有什麼用意和目的？

於是在哲學上信從了歷史唯物主義的自己，在病房中開始生澀地在每晚入睡前向「上帝」訴說。我認罪；我讚美、感謝；我思想著基督走向各各他的十字架的漫長苦路時所受的百般凌虐、拷打和羞辱，而那無罪者所受的鞭打和蹧踐，卻無不是為我的一身重罪的代贖……讓我這軟弱卑汙的罪人活下來的祢的旨意是什麼？魯鈍的我畢竟不能明白……我固執地追問。

然而回答我的總是一片無邊的靜默。沒有「聖靈」的火熱。沒有回答。

我想起在知識上相信馬克思的歷史唯物論，但在信仰上相信摒棄作為社會機制（institution）的教會組織，直接通過閱讀《聖經》（甚至是希臘語《聖經》）和祈禱直接聽取上帝的意旨和教誨的「無教會論」，一方面以馬克思經濟學揭發日本在台灣的糖業帝國主義機制，一方面又為日本帝國「開明」的殖民地統治政策服務的矢內原忠雄在知識和信仰上的貢獻、矛盾和極限。我也想起從重商主義到「自由競爭」資本主義，一直到獨占資本主義時代西方不同階段向非西方世界貪婪、殘酷的殖民擴張和掠奪、殺戮歷史中，教會史上無法飾辯的共犯角色……

——主，我如此駑鈍，如何讓祢再擁我入祢懷抱？我無助地喃喃傾訴。但回答我的，依舊是那無垠的沉默。

我也想到了戴國煇先生。

如果沒有記憶的錯誤，戴先生在二〇〇一年元月三日謝世。如果我在二〇〇二年元月二日沒有被搶救回來，我和「老戴」的「忌日」只差一日。在戴先生臨去的最後的一年，我有幾次和他見面相談於喫茶座。他已經察悟到他受到權力詭詐的欺騙。在病體無情地催迫下，抱病匆匆和王作榮先生做了一次揭發權力的欺罔的對談發表，而終於抱著大遺憾和大焦慮離世。

我自然遠遠沒有可敬的戴先生的大學問和大抱負。但一場大病，卻深切地教育了我「生也有涯」的道理。而生既有涯，又無大學問、大抱負，今後但願能從容地做一點力尚能及的該做的事，並且陪伴妻子珍惜地過完晚年。

二〇〇四年七月四日，深圳

初刊二〇〇四年八月《印刻文學生活誌》第十二期
收入二〇〇四年九月洪範書店《陳映真散文集1・父親》

1 本篇初刊《印刻文學生活誌》時，與〈我的寫作與台灣社會嬗變：陳映真香港浸會大學演講〉、〈阿公〉一併刊於「陳映真：風格、風采、風景」專輯。

悼念一位東渡來台的真知識分子[1]

主席、胡秋原先生家屬、各位先進、各位女士先生：

「知識分子」不泛指一切受過專業學科訓練的人。「知識分子」指的是一個除了學有專精，還要有深刻的人文關懷和實踐的人。一個在軍火公司擔任重武器開發的專業、高級科技人員不是知識分子。但在高深科學上有崇高成就，卻同時關心科技倫理，關心世界和平，反對資本主義剝削體制，反對美國侵越戰爭的愛因斯坦，是重要的知識分子。胡秋原先生是五〇年代中期東渡來台的省外文化人中少數真知識分子。

胡先生自少勤奮治學，有淵博深邃的知識素養，融會貫通，更是卓然成一家之言，這是廣為士林所知的。我只舉一個例子。一九七八年，胡秋原先生不憚於當局必欲鎮壓台灣鄉土文學的沉重壓力，寫了幾篇長文為鄉土文學辯護。其中公開討論了戰後新帝國主義對第三世界國家強加「殖民經濟」的問題。

我注意到胡秋原先生涉略到第三世界「激進發展社會學」(radical sociology of development)的知識，論證中心國家對邊陲社會之政治經濟技術的獨占，迫使第三世界依附於中心國家而導致發展不足(underdevelopment)。這種知識在同時期的台灣自由主義之世界中尚不為人知。對於胡秋原先生在人文社會科學上的先進水平，我感到驚訝和尊敬。

作為一個真知識分子，在國民黨長期獨占、排他的威權政治下，胡秋原先生在涉及重大是非和原則問題時，總是秉持真理公義，力諫權威的權力。在萬馬齊喑中胡秋原先生極力反對《出版法》出台，力圖保衛言論的最低限的自由。在一九七九年美麗島大檢舉事件中，胡秋原先生在他的《中華雜誌》上發表長文，力言從寬處理，力言彌補同民族的裂隙，力言民族團結的必要，成為戒嚴體制下當時全島眾皆曰「速辦」、「嚴辦」的輿論中唯一提出寬赦與團結的文獻。

一九七八年，整肅台灣鄉土文學的烏雲密布時，胡秋原先生公開有力地以多篇理論文章，與徐復觀先生、鄭學稼先生聯手衛護了台灣鄉土文學，不但保護了鄉土文學文學家，也整體地保護了台灣鄉土文學運動。這是台灣戰後當代台灣文學史上的大事。今日儘管為台灣的反民族文論所抹殺於一時，但歷史將永遠銘記胡秋原先生、徐復觀先生、鄭學稼先生正義光輝的事蹟。

在帝國主義侵凌和干涉中國的歷史條件下，胡秋原先生畢生高舉了民族主義和愛國主義的大旗。他投入全民族反抗日帝侵華戰爭的實踐，他隻身奮力反對與國際強權交易中把外蒙分割出去。珍寶島事件後，他逐步思考兩岸民族統一振興中華的問題。一九八八年，在胡秋原先生的倡議下，集結了民間主張愛國統一的多方面人士，組成「中國統一聯盟」，成為台灣最早且最活躍、發展至於今日的民間的民族統一運動團體。一九九一年，胡秋原先生親自西渡北上，會見大陸當局，共商統一興國之道，不惜因而遭李登輝國民黨當局「開除黨籍」。

今天島內的形勢有一時的逆轉，台灣面臨反民族的政治團伙在一定長時間統治，帝國主義利用兩岸的分裂對峙構造加強軍火訛詐、煽動民族反目的局面。胡秋原先生在此際大去，尤其是民族重大的損失。

但緬懷胡秋原先生的廣博學問和錚錚風骨，在他「民族、人格、學問」三大尊嚴絕不可辱的精神感召下，讓我們有這共同的誓約：為祖國最終完全的統一，奮鬥到底！謝謝大家。

（因人在深圳療理，不克親自出席，請求大家原諒。）

初刊二〇〇四年八月《海峽評論》第一六四期

1

本篇為陳映真為「七七抗戰六十七週年暨胡秋原先生紀念會」所作，紀念會時間：二〇〇四年七月七日下午二時；地點：台灣師範大學教育大樓（台北市和平東路一段一二九之一號）。刊載於《海峽評論》時為「紀念七七抗戰暨胡秋原先生逝世」專輯文章。

在香港看「七・一」遊行

今(二〇〇四)年，我在香港通過電視全程報導，目睹了「民主派」推動的「七・一」大遊行，有一些想法。

戰後在第三世界各地的民主化鬥爭，多半發生在宣稱是民主、自由、人權表率大國美國為其經濟的、政治的、戰略的需要所支援的、擴及廣大亞、非、拉、中東的許多扈從國家。這些國家，在冷戰體系下，以各種「國家安全法」、「反共法」，以捍衛美式自由、民主之名，由國家權力發動有組織的、大規模的非法、秘密、任意的逮捕、拷訊、投獄、處決、暗殺，清除追求人民的民主主義的知識分子、作家、記者、市民、學生、工農人民和社會運動家，殺人以數萬、十數萬甚至百萬(印尼推翻蘇卡諾的反共政變)計。從東亞看，在戰後的韓國，李承晚、朴正熙、全斗煥、盧泰愚的軍事反共獨裁統治，韓國民主市民和學生屢仆屢起，為民主主義奮力抗爭，被拷問(有人因而致死)、投獄者不知凡幾。在台灣，情況不用多說。一般人不知道的是，台灣有兩波民主化運動。第一波是一九四六年到一九五〇年大陸上向蔣介石要求民主化，要求各政治黨派合法、平等，要求停止內戰、和平建國的民主化運動。這個運動感染到台灣，一九四七年一月初，有萬餘高校學生參與了聲援抗議沈崇事件要求民主、自治的鬥爭，同年二月有要求台民主自治的二二八事變。一九四六年四月，陳誠先發制人，爆發了大量逮捕台大、師院（今台灣師範大學）學生二百餘人，史稱「四六」事件。一九四六年底，國民黨以《懲治叛亂條例》，大舉肅清新民主主義運動。一九五〇年韓戰爆發，美第七艦隊介入中國內戰，「保衛」台灣獨裁體制，白色恐怖更加肆無忌憚地擴大，粗略保守估計，槍決四、五千人，投獄八千至一萬兩千人。而在美軍駐在的星條旗下，台灣以「民主、自由中國」之名成為美國東亞冷戰的前線基地。

在中南美、在中東、在非洲，美國支援的「國安・壓迫」性國家（national security repressive states）不知凡幾，都以「自由、民主、反共」之名，殘酷鎮壓各地的民族・民主運動，嚴重摧殘人權、蹂躪民主和自由，大肆捕殺民主市民、學生和工農。於是各地乃有與之相拮抗的人民的民主化運動。

相形之下，香港去、今兩年的號稱五十萬人的「民主」示威，貌雖類似，有本質的不同（今年遊行的人數事後客觀估計，只在十四至十九萬人）。

從口號上看，港人要求「民主」、「自由」、「人權」，要求還政於民，也有社會的弱勢者抱怨生活艱苦，抱怨特區政府「漠視弱勢群體的需要」。其實核心訴求集中在要求特首由民眾「直選產生」。

香港當然應該有安全部門。回歸前幾年，我受大陸邀請參加在港的一個學術討論會時，港英當局拒絕發給我入港簽證，經會議向港英交涉了兩天才臨時補發。今年二月分，我受浸會大學聘為駐校作家，簽證手續特別難，經校方斡旋才辦下來。這次到港看病出入深圳，妻的簽證很快就辦下來，我的則至今還在折騰不決。我估計是特區「回歸」後一直沒有更新「安全」檔案的緣故。這種事情，也部分說明今日「香港問題」的一隅。

但回歸後香港的媒體，除了《文匯報》、《大公報》之類的少數「官報」，無不以「親中」為戒，莫不以批評、調侃甚至謾罵中共為賣點、為「先進」、「自由」和「民主」。有人說，回歸後，這種現象反倒變本加厲了。但從來沒有香港的言論人、記者被捕，報館雜誌社被封。沒有警察特務的任何恐怖，沒有持政治異見者成群失踪、被秘密非法逮捕和入獄，這與冷戰時期五〇年代獨裁政權下的民主運動的命運，情況完全不同。

則香港「民主派」所要的「民主」、「自由」和「人權」斷然比港英殖民地漫長的統治歷史時期下，只會更多，不會更少。

二〇〇四年七月

什麼是今日香港問題的癥結呢？我不禁沉思

馬克思主義者認識到，「政治」，具體到實際，是奪取政權和把持政權。奪取不在手中的政權，和把持已經到手的政權的鬥爭，發生在剝削者階級和被剝削階級之間，如「巴黎公社」慘絕的鬥爭，如國共內戰；也發生在同階級間不同階層和宗派之間的鬥爭，如今天西歐資本主義國家中資產階級不同政黨間選舉輪替，和美國民主黨和共和黨之爭。

香港的執政黨團隊，大抵上代表船運、物流、地產、金融、土建等香港（服務業）大商人資產階級和一部分舊殖民地時期，港英政府高層官僚精英的利益。「民主派」大約代表律師、會計師、傳播企業資本、高層管理者、各級教師、中小企業、市民、城市貧民等階層的利益。其中取得領導地位的，大約以律師、會計師、高層管理者……。後者和前者，基本上不存在階級、民族、宗教的強烈矛盾，那麼，就只有政治、意識形態的分化與對立。

戰後，帝國主義下的殖民地紛紛獨立，帝國主義除了在香港以外，都不能不在一定條件下改變策略，讓殖民地在形式上取得獨立，支援殖民地時代的「合作精英」組建獨立後政權，以確保殖民地時代宗主國在前殖民地的政治、經濟和戰略利益。這些精英，都在舊宗祖國受過高等教育，浸染宗主國的價值系統、思想和意識形態，熟悉其語言和文化。我聽說英國不能不離開香港時，發給一些港人精英除了在英國以外的各國有效的護照，每年三張免費往返英港的機票和子女在英受教育的權利等「特權」。這些人以英國的殖民統治為香港文明開化的根源，自覺比「落後」的中國大陸人更現代化。高級知識分子以英人自居者，據說不少。

台灣和香港同是中國在十九世紀中後淪為半殖民地的總過程中，被割占為殖民地的兩個地方。但他們的殖民地統治歷史卻頗有不同。

日人據台時，台灣人口以在四百萬人上下，有完整的、成熟的地主佃農體制為骨幹的社會。一八四〇年代開港後，發展了一定的半殖民地商人、作坊經濟和外向型商品農業。而以宗族、祖籍地、宗教為中心聚合的社會紐帶鞏固化，以儒學、科舉為中心的中國文化結構形成了。因此，割台以後，以地方豪強和農民武裝游擊為主的反割台、抗日鬥爭長達二十年（一八九五至一九一五），而一九二〇年代中期後現代反日民族・民主運動，以「台灣文化協會」、「民眾黨」、「農民組合」（農民工會）、「台灣共產黨」等從右到左不同光譜的反日鬥爭愈演愈烈，直到一九三一年日帝發動「九一八」事變侵奪我國東北時，才被全面鎮壓下去。但嗣後曲折、艱苦的抵抗，特別是在文學領域上，直至一九四三年還負隅頑抗。在「皇民文學」的壓迫下，真正投降為日帝寫過損害民族的作家，也不過兩三人，沒有出現若在日本、朝鮮的大批（甚至包括原屬左翼的作家）「轉向」軍國主義文學的作家。

一九四五年台灣光復，台灣作家和文化人立刻自覺地展開殖民地文化意識的自我清算，自覺地提出清除殖民地遺毒，進行「良性的中國化」，以光復後眼見的國民黨貪汙、腐敗為「惡性中國化」，後來又逐漸瞻望大陸內戰，戰前優秀的作家簡國賢、呂赫若和朱點人等潛入地下黨，於五〇年代大肅清中犧牲。

相形之下，英人據港時，香港是人口不滿八、九百人的漁村。英人開埠，主要目的在經營一個商港，和日本之據台旨在使台灣成為日本獨占資本的循環、再生產和積累的工具（原料、食糧的供應地和日本工業商品的傾銷市場）不同，統治和反抗的構造自不相同。香港歷代移民，初期則謀生營商、逃荒，四〇年代末為內戰難民，和六〇年代大陸社會動亂時的難民等幾波。當然，英帝占領香港時，港人似也有過規模小、時間短的、以宗族為中心的反占領武裝鬥爭。二〇年代中期有英勇的「省港大罷工」，六〇年代中期有過激進的「反英抗暴」，三〇年代和四〇年代有抗日游擊活動和躲避國民黨法西斯壓迫的「南來」左翼文人和反國民黨民主黨派人士。但較台灣在殖民統治下的長期民族．民主運動發展了現代民族啟蒙和文學運動、激發和鞏固民族意識者有所不同。

一九四五年，英帝在美國支持下，迫使蔣介石放棄收回香港，使英國繼續領有香港，並利用大量湧港的困危難民的廉價勞動力，最早發展加工出口經濟，逐漸和台灣一樣成為「新興工業化經濟」式的「亞洲四龍」。

至此，台灣和香港基本上走到了一起。冷戰體系下，台灣政治經過五〇年代的清洗，不但切斷、粉碎了「去殖民化」的反思，反而在美國干涉下的民族分裂對峙下，使台灣成為美國新帝國主義下的新殖民地，建立了對美經濟、政治、軍事、文化、思想、意識形態的依附，並且在極端反共意識形態中，發展了民族兩岸的憎惡，反目和對峙。八〇年代，國民黨流亡集團的權力自然式微，反民族的「台灣獨立」思潮上升為主潮。

香港在戰後延長的殖民體制下的加工出口經濟成長，加上五〇年代後大批「反共難民」成為中堅在港人口。而不同於台灣，香港人一般地可以往返大陸與香港，目睹經濟發展的格差和六〇年代的文革、八〇年代末的北京風波，加上親英（西方）精英的增殖，九七回歸前竟而激起了恐共離港潮，和台灣光復時一時的「歡天喜地」形成對比。而回歸後，基本上沒有政治、思想、社會、歷史、文化和意識形態的「回歸後」反思，在行政上、教育和文化上也沒有去殖民政策與方針。而回歸後特區執政團隊的弱質，都增加而不是減少和消弭了港人對大陸、對「中央」的不信賴，甚至反抗。

「殖民地後」的清理，是戰後世界史的共同問題。「後殖民批判」的內容中，前殖民地人「祖國喪失」和認同的「白癡化」，成為殖民主義遺留下來的深刻傷痕的問題，占有重要地位。而在這個意義上，鄧小平說的「港人治港，是以愛國者為主體的港人來治理香港；高度自治、是香港特區在中央授權下的高度自治」之論，如果把「愛國者」和殖民時代「合作精英」相對立而論，就不是當前泛民族犬儒主義者所能輕易嗤之以鼻的說法了。

香港的「民主派」和特區政府背後的豪商資產階級的對立，台灣「藍」、「綠」的鬥爭，都是兩地右派、保守派間的政治鬥爭。港台兩地進步勢力的邊緣化和弱體化，使民眾失去第三個真正的民眾的民主主義勢力的選項，才是癥結所在。發展反保守右派的進步力量，也許是台、港兩地當務之急。實際上，台灣和香港的今天，已不存在爭取「民主」的議題，只存在進步和保守右傾之間的矛盾。在解嚴後和特區化後的台灣與香港，所謂爭民主、自由、人權，都是假的議題。人們必須對民主主義重新定義——強調社會正義、經濟的民主和弱小者在社會壓迫下爭取自由，從而把「民主」、「自由」、「人權」的口號和旗幟，從偽善的「自由主義」資產階級手中奪回到廣大民眾的手中。

二〇〇四年七月八日　深圳

初刊二〇〇四年十月人間出版社《人間思想與創作叢刊7・爪痕與文學》
（陳映真編）

避重就輕的遁辭

對於藤井省三〈駁陳映真：以其對於拙著《台灣文學這一百年》的誹謗中傷為中心〉的駁論[1]

六月上旬，《聯合文學》總編輯許悔之先生來電話，說有一篇藤井省三教授（以下禮稱略）批評我的文章：〈駁陳映真：以其對於拙著《台灣文學這一百年》的毀謗中傷為中心〉（以下簡稱〈駁陳映真〉），準備刊出，「但總覺得應該先讓你過目」。我感謝了他的善意，不久我就收到經黃英哲教授漢譯的藤井〈駁陳映真〉本文打字稿。我立刻回電致謝，表示歡迎公刊藤井的文章。「有些問題，本就應該坦誠公開討論，這是好事。」我說。

又不久，我收到香港友人寄來藤井的同一篇文章影本，發表在香港今年六月號的《作家月刊》。及至我出門到深圳求醫，又收到日本朋友電傳過來的藤井〈駁陳映真〉的日語原文，又聽說藤井在最近一次「學會」（「台灣學會」？）的會場上，給與會的每人發了一本六月號的《聯合文學》，但也聽說會場上有幾個日本學者問藤井應該也分發陳映真的批判文章（指〈警戒第二輪台灣「皇民文學」運動的圖謀——讀藤井省三《百年來的台灣文學》批評的筆記（一）〉[2]（《人間思想與創作叢刊6．告別革命文學？》二〇〇三年冬，台北：人間出版社，以下簡稱〈警戒〉），以免偏聽。看來藤井是很看重他自己的這篇文章了。

我答應許悔之先生很快寫回應文章。但有三個原因，使早經寫好的這篇駁論遲至於今日才發表：（一）恰好我手上正在校讀已經進行了兩、三年的尾崎秀樹先生的重要經典大著，即《舊殖民地文學的研究》漢譯本的第一書稿。讀藤井批評我的文章後，尤其覺得應該好好地把尾崎先生大著的漢譯本，藉著在台出版，迎接尾崎先生回到他和他的家人在戰時橫遭日本法西斯壓迫，從而啟發他在戰後深刻反省和控訴日本軍國主義強加於台灣、朝鮮、偽滿的親日文學的傷痕、至今觸動幾代人的良心的研究事業的原點——台灣，遠遠比性急地批駁藤井的文章更為重要；（二）藤井的《台灣文學這一百年》彰然明甚的目的，在於妄圖全面顛覆尾崎先生對於日帝蹂躪其「舊殖民地」的文學與心靈之批判和反省的學術體系，從而為日帝在其「舊殖民地」肆意摧殘被其壓迫的諸民族的語文、文學和心靈的沉重罪責免罪和翻案。因此，趕快接著完成書稿的第二次校讀，能把尾崎先生的鉅著在台灣公刊，早日讓廣大賢明的讀者將之和據說也要在台漢譯出版的藤井的《台灣文學這一百年》（以下簡稱《百年》）相比較，自能很快判讀出尾崎先生和藤井在思想、學問和風骨上的高下，直若瓜豆和天壤之別了。

現在，人間出版社已經出版了附有山田敬三教授與河原功先生貴重的題解與論說的尾崎先生鉅著，我於是發表這篇早在七月間開筆、八月寫盡的駁論，就教於藤井。

一、拙論〈警戒〉的概要

依《聯合文學》主編和日本某學會某些學者的要求，我是應當先簡單地概括拙文〈警戒〉的要旨，共分五個部分：

（一）有關前言部分

在前言部分，我指出「日本有一撮研究台灣文學的學者們」，「不遺餘力」地為台獨反民族文學論建構理論資源，而且經由留日台獨學者的仲介，拿台灣政府的錢開「學術研討會」，出版論文集，擴大影響。其中比較有影響者之一，是日本東大大學院人文社會系研究科教授的藤井省三。

日本的現代，是《馬關條約》割台、勒索鉅額賠款和所謂「十五年」侵略戰爭的結果。而日本在台、鮮和偽滿留下的文學上、心靈上及各方面的創痕猶新的今日，藤井等非但無反省自責之念，還公然在日台反華擁獨的論壇上，張揚台灣的反民族文論，則是可忍而孰不可忍！用特以讀書筆記形式，對其《台灣文學這一百年》做批判的閱讀。

（二）藤井台灣文學論的，「社會」的、「社會意識形態」條件

藤井在他的《百年》中，開宗明義，提出了兩條。先是引用泰．伊格爾頓關於文學的「價值判斷」和「意識形態」問題的理論：「構成文學的價值判斷，受歷史變化的影響，」這「價值判斷」又與「社會意識形態」密切相關。所說的「社會意識形態，並不單指個人的好惡，而是指有利於某特定的社會集團對其他社會集團行使權力、維持權力宰制的諸多前提」。

伊格爾頓的意思很明白：作為社會意識形態的文學，其價值判斷受到處於一定歷史發展階段中「行使權力、維持權力的宰制等諸多前提」之「社會集團」的「社會意識形態」的深刻影響，關係密切。人與不同歷史階段的生產資料與生產工具，和所有制的不同的關係，產生的不同的階級，亦即不同的「社會集團」，形成支配與被支配的階級關係。這是馬克思主義社會科學的常識。在一個歷史階段中居統治地位的社會意識形態——包括居統治地位的、對「文學」的價值判斷，表現那個社會中居統治地位的階級即「社會集團」的「社會意識形態」。這是人所共知的歷史唯物論。

但伊格爾頓在被藤井引用的同一段話中，已經清楚指出了在一定歷史階段中，有「行使權力」和「維持權力宰制」的「社會集團」（階級），當然也有被「行使權力」和被「維持權力宰制」的「社會集團」。那麼，後者也自有他們不同於前者的、居於被統治地位的、包括其對「文學」的價值判斷在內的社會意識形態。

但藤井的《百年》，通全書皆以日據下在台統治民族與階級即日本帝國主義的「意識形態」和「價值判斷」立論。藤井不知道，在帝國主義時代，在日帝殖民統治台灣的歷史中，有「行使」和「維持權力的宰制」之西川滿、島田謹二、濱田隼雄的台灣文學論的同時，也有楊逵、黃得時、張文環、楊雲萍等殖民地台灣被壓迫民族和階級的台灣文學論。後者所代表被日本殖民權力所宰制的「集團」（階級）之文學價值判斷與意識形態，與代表日帝權力之前者的文學價值判斷與意識形態間的不間斷的鬥爭，貫穿二〇年代以迄四〇年代初的台灣新文學史，廣泛表現在各別作家的創作主題、文學團體的結成和文學機關雜誌的刊行中。我舉出了島田謹二的台灣文學史論與亞夫的針鋒相對；舉出了西川《文藝台灣》和張文環主編的《台灣文學》及稍後的楊逵主編的《台灣新文學》間，既曲折又主要的旗幟鮮明的鬥爭。我也提到了戰後的一九四七年到一九四九年那一場重要的「第二次台灣鄉土文學論爭」，即長達一年半的關於「如何重建台灣新文學」的論議中，關於台灣新文學的「價值判斷」與「社會意識形態」，不但與藤井所謂經由台灣戰時下（皇民文學的淫威下)的「台灣日語文學」形成了(離脫中國的)「台灣人主體性」之論文相逕庭,反而是以中國為指向、力言台灣和台灣文學是中國和中國文學不可分割之一部分的、關於台灣文學的「價值判斷」和「社會意識形態」。而楊逵力言「台獨」文學和「託管文學」是「奴才文學」之論,尤為突出。

那麼,藤井在《百年》中的「台灣文學」論,無非是戰後以來,沒有受到清理的日本戰爭責任,幾十年來追隨美國東亞戰略利益歷史下,日本右翼(包括轉向右翼)「集團」的「思識形態」與「價值判斷」了。

(三)殖民地台灣的日語:是母語的收奪還是現代「國語」的賜與?

藤井說,在日帝侵奪台灣之前,台灣居民口講互相不能理解閩南、客家方言和原住各部族語言。而「為台灣帶來現代國語制度」者,是在一八九五年以後五十年作為宗主國的日本!台灣島民通過全島規模的語言同化而日本人化。而與此同時,全島共通的(日本)「國語」便形成超越了(台灣)諸方言和血緣與地緣所構成的小型共同體意識的」、「與台灣等身大」(所謂Taiwan size)的「共同體意識」。而「可以說,這是台灣民族主義的萌芽」!

民族共同語國語的產生，是伴隨現代資本主義的發展、現代都市的形成，和布爾喬亞市民的興起、統一市場的形成和強有力的中央政府之需要，以利資本積累和再生產的現代民族國家形成過程之所產。英、法、德、日的現代「國語」的誕生，莫不是在十八世紀到十九世紀的產物。易言之，民族共同語是社會自然發展的產物。

但在帝國主義時代，帝國主義不但干預了各殖民地社會生產方式的自然推移，更肆無忌憚地干預了各殖民地文化和語文的自然發展，既掠奪了被殖民各族人民的母語，扼殺甚至消滅了這些母語，使很多前殖民地人民喪失自己的語言，除了少數受到良好高教的精英，能拋卻母語，學得比較熟達的宗主國語，留下了廣泛只能講破碎混雜的宗主國語和發展不足的母語。對於這樣殘暴的文化破壞，藤井卻大言不慚地把強權壓抑和剝奪台灣漢語白話書面語和方言口說話語，復以強權將異族語強加於人，說成是日本人將台灣人經日語教育而「日本人化」，從而為台灣帶來了「第一國語」，並從而迅速增加了台灣人「認識國語」者的人口比率，提高讀報章雜誌的人口，促進了以日語為「國語」的「公共領域」，終至於形成獨自的「台灣人意識」，又終至於促成「台灣民族主義」！總而言之，日本對台灣的殖民統治是有大貢獻的：日本人帶給台灣「現代國語」，並在這基礎上培養了「台灣人意識」和「台灣民族主義」，當然也就是今日台灣島內反民族台灣分離主義的肇基人！

這是藤井不知以日帝對台殖民摧殘和掠奪當地母語的文化暴力為恥的、驚人的暴論。

然而，與荷蘭、葡萄牙、英國之殖民主義蹂躪中南美、東南亞和南亞長達四、五百年的殖民災難相比，僅僅五十年的日帝統治，絕對無法徹底破壞和消滅在台灣的悠久完備的漢族語文和文化思想體系。雖然中國的口說語有七大系方言和更多各方言系下位的「方言片」，在書面語上，不論文言文或逐漸從元代以降發展至二十世紀初形成，臻於完備的白話文，卻是相通的。因此口不能說漢語普通話，卻能下筆用白話漢語寫詩、寫小說、寫政治評論，甚至進行關於中國社會性質和中國革命的深刻爭論的事實，早在上世紀二〇年代上半就在日帝統治下、台灣人革新的知識分子在東京、台北刊行的幾種報章雜誌上風風火火地進行，並且從而形成以漢語白話為共有語文，創作、議論和批判殖民地下台灣的社會政治而形成政治和文學的公共領域，強化了台灣人作為中國人的民族意識，和與日帝相拮抗的共同體意識的事實，藤井不應不知，但在他的《百年》中卻放膽地加以抹殺，不置一詞，卻別有居心地強調日帝國主義當局向法西斯狂奔的一九四〇至一九四五年敗戰前，推動惡名昭著的「皇民化」運動時，在台灣為進一步強化思想控制，強權摧殘台灣人民的中國民族認同，將日本「國語」強加於人，擴大日語讀者市場形成全島性的公共領域，培養了「台灣人意識」，萌芽了「台灣民族主義」。

藤井沒有為他的台灣人「日語理解者」下過明確的定義。能讀懂小說、論說、記事的知性日文之水平，和殖民地下廣泛的「洋涇濱」日語水平間有很大差別。而只有前者，才能在閱讀、品評、評論中形成受過良好教育（而不僅僅是不完整的語言教育）的市民形成的「公共領域」，而況熟達的日語也可以形成反日的、中國民族主義的「公共領域」。實際上，廣泛殖民地台灣人的日語水平，存在三個問題。一是文法即思想方式的錯誤。漢語和日語是完全不同的語種，表現了不同的思維邏輯。經由急就章養成的日語，普遍存在著以學得的日語單詞，填在漢語（閩南語是中古漢語）語型所造成的錯誤；日語轉自漢語複雜的使用方式造成的錯誤；表現方法（如「借出」與「貸入」的差別，在英語中亦然）的錯誤；最後是發音的、受制約於土著母語發音系統的限制所造成的錯誤。這些，都在尾崎先生《舊殖民地文學的研究》中，有深刻、沉痛的論述。此外，知性日語很多冗長複雜的複合句的說寫能力，也絕不是「國語講習所」水平的速成班在短短不及一年中所可以養成的。而戰時軍事體制下，日本官書中所統計的「日本語理解者」和「經由全島語言的同化而日本化」台灣人比率，其中所包含的大量水分，不言可喻。余生雖略晚，但清晰記得一九四五（八歲）因美軍轟炸從台北「疏開」（疏散）到鄉下鶯歌時，發現在台灣庶民世界，包括下課後的我的同儕中，全是講閩南話的汪洋大海，使得在台北的小學（戰爭末期日人佯為「內台一如」，廢日台生教育隔離制，實則換湯不換藥）中習得稍好日語的我，也花了一小段適應閩南語達於圓熟的時間。

而這已是日帝敗戰的一九四五年了，而日語「普及率」尚且如此。所以我在拙文〈警戒〉中引用了一九三五年日本總督府的《警察沿革誌》第二篇中卷的序文，說明日本公安當局無奈地承認「本島人的（中華）民族意識問題」如何「牢不可破」，反證了藤井的「國語」日語在台灣的「普及化」……跨越各種小型共同體，而形成「與台灣等身大」（意謂純粹台灣獨自的＝離脫中國的）的「（台灣）共同體意識」，從而助長了「台灣民族主義」之論的虛構和欺罔。

（四）藤井的「二二八事變」論之真髓

今天，島內外台灣的反民族．「台灣獨立」運動，對於一九四七年二月事件有這刻板的、原教旨主義的教條：台灣經過日本五十年殖民統治而文明開化、晉升為現代化社會。社會的現代化，帶來意識、精神的現代化，從而與前現代的、農業社會的、教育和的「識字率」低下的中國社會與意識拉開了距離。一九四五年台灣光復，前現代的、農業的中國統治集團來台統治，使現代化的台灣人與前現代的中國大陸來台當局產生齟齬，終至爆發了反中國的暴動。

這種教條早在六〇年代流亡日本的「台獨」運動中就形成了。其中較為突出的有史明的《台灣人四百年史》。書中以偽歷史唯物論說明日本統治＝台灣資本主義化＝現代城市與新興城市民階級登台＝「台灣人意識」形成＝台灣民族主義的誕生……

藤井的「二二八」論照抄台灣反民族．分裂運動各家的「二二八」論，充滿了台獨派刻板的、原教旨主義的氣味，沒有社會科學和實證的依據。

社會科學告訴我們，十九世紀四〇年代鴉片戰爭後，包括台灣在內的全中國淪為「半殖民地．半封建」社會。一八九五年日帝割占台灣，也是中國半殖民地化全過程——列強在華分割勢力範圍、劃分租界、割占殖民地（如香港和台灣）的總過程的組成部分。一九四五年的台灣社會，絕不是什麼現代工業化的社會，而是「殖民地．半封建」社會。在這個社會中，日本基本上採取「工業日本．農業台灣」的政策。在一九三七年侵華戰爭前，基本上是日本糖業獨占資本（農產品加工資本）的發展，台灣本地人在法律上被禁止組織公司發展自己的資本主義。打響「大東亞戰爭」前，日本走向軍事的國家獨占資本，在「南進基地」的戰略下，把若干重化工業移到台灣，在統計上表現為工業產值超過農業產值，且為宣揚日本殖民台灣使台灣在一九三〇年代末早已「工業化」的、日本的殖民台灣有功論者和台灣反民族派所津津樂道，而殊不知首先，日據下台灣工業資本都是日本人資本，台灣人資本只能依附在日本資本或以極小規模的限界內發展。而且在戰時工業化時期，台灣人資本是萎縮而不是發展了。其次，台灣工業產值中，農業加工的蔗糖工業產值占較大份額，有一定的虛構性。此外，終日據期台灣新文學的主題以觀，不論是白話文寫的或日文寫的，除了周金波、陳火泉之流的反民族親日皇民主義作家外，所描寫的台灣社會，絕不是一個文明開化的「現代化」和「工業化」社會，而是在飽受帝國主義及其所溫存的半封建體制的重軛下喘息、絕望、貧困、不正義的社會！藤井的台灣社會史知識之不足，對台灣新文學作品論之用功不足，可見一斑。

此外，我們強調了一九四六年前後自大陸東來台灣的一批進步文化人、記者、木刻藝術家、編輯和作家，以台灣作家楊逵為中心，和省內文化人、記者、作家、藝術家共同辦報刊雜誌，共議有關時事、政局和台灣文學諸問題。而甚至在一九四七年三月七日國府軍登陸武裝血腥鎮壓後的十一月開始，省內外文化人、知識分子在《台灣新生報．橋》副刊上展開了歷時一年餘的有關如何重建台灣文學，使成為中國新文學之一部分的論議。論議中有些細節，例如台灣文學的「特殊性」與祖國文學的「共同性」的關係問題，如要不要回到「五四」精神或超越「五四」、向新民主主義運動的民主文學邁進等之外，關於「台灣和台灣文學是中國和中國文學之一部分」的文學的民族性質，關於建設台灣人民的大眾文學，關於省內外文學的交流和省內外文化界、文學界的民族團結，議論者幾乎眾口一詞，殆無異議。而楊逵和吳阿文更是深具遠見地宣告警惕和反對親美、親日的台獨文學和託管文學，楊逵並斥責若有主張台獨和託管的文學，那是「奴才文學」！

則藤井所說透過「國語」日語和「日語理解者」、日語「讀書市場的擴大」形成日語的公共領域，培植了離脫中國的「台灣人意識」和「台灣民族主義」之論，違反歷史事實，是主觀、欺罔的杜撰！

而從中國兩岸的戰後史背景看，一九四七年台灣「二二八」蜂起，本質上是當時全中國反蔣獨裁、反內戰、要和平與民主自治的民主主義的全國民運動的組成部分。一九四五到一九四九年，台灣人民對國府腐敗貪婪的接收官僚的反感和忿怒，和大陸南京舊汪偽政權下的人民、舊滿洲偽國家東北地區人民對國府接收集團的腐敗、貪婪的反感是一樣的。藤井以日占下台灣（類推到日本軍部操持下的南京、偽滿）的「現代」化和舊中國的「前現代」的矛盾來解釋「二二八」民變和所謂「台灣意識」、「台灣民族主義」，是沒有科學性質與根據的台獨派的陳腔濫調罷了。

（五）「台灣文學」和「奴才文學」的分際

在舊的和新的帝國主義歷史時代，在統治者民族支配弱小民族的時代，在一個階級社會，有統治民族和統治階級的、居領導地位的關於文學的「社會意識形態」和連帶的文學「價值判斷」，當然也有被統治民族的、被支配階級的、關於文學的「社會意識形態」和與之相應的文學的「價值判斷」。兩者針鋒相對，進行不能調和的鬥爭。這是貫穿日據時代台灣新文學的明白不過的事實。

殖民地的世界史，正如馬克思在一百多年前所指出，具有「破壞性作用」和「建設作用」的雙重性。「破壞作用」表現為種族歧視、近於滅族性屠殺、經濟的剝奪、恐怖的警察軍事統治、文化、語文和文學的摧殘和掠奪。關於台灣，我們提到台灣人民在割台初二十年中遭到的大量屠殺，談到「三一法」、《匪徒刑罰令》下的獨斷統治，談到米糖單一種植的剝奪、種族歧視、語言的收奪，談到「志願兵」、「高砂義勇隊」把人當成戰爭消耗品，談到民族認同的摧殘和祖國意識的喪失。這些是殖民體制蓄意的、主要的政策。至於「建設作用」則是藤井之流今日的舊殖民者們不斷吹噓的「國語」的賜與、現代(日語)教育的普及、鐵路、公共衛生、「工業化」等等。但這些無非是使殖民地在經濟、社會上與帝國主義宗主國獨占資本主義磨合，為其利益效力的非蓄意的、次要的措施。

我們在最後著重提出了楊逵先生在一九四八年提出的「台灣文學論」的歷史、「社會意識形態」和與之相應的「文學的價值判斷」，即在戰後激動的中國歷史中，在國府暴政造成民族理解的困難，力倡深入台灣人民和他們的生活，描寫台灣人民，為彌合民族誤解，增強民族團結的「台灣文學」論，和直斥親美親日文學為「奴才文學」的驚人的先見。而與之相對應，我們指出藤井《百年》中的台灣文學論，也無非是自冷戰時代以來，美日新帝國主義反華促獨的「社會意識形態」和與之相適應的有關「台灣文學」的「價值判斷」罷了。

二、絕對性矛盾還是相對性矛盾？

從以上拙文〈警戒〉的概括，就可以反襯出藤井的〈駁陳映真〉是如何避重就輕、以偏概全了。我們對藤井的駁論的批判，便從藤井要逃避的重點開始。

藤井不無得意地在他的《百年》和〈駁陳映真〉中一再重複、三復斯言的話，有下面的一段：

> 有關殖民地時期的台灣文學研究之經典性名著、曾經對於日本和台灣的研究者有過很大影響的、尾崎秀樹的勞作〈決戰下的台灣文學〉（一九六一年初出版），從對於日本的殖民統治為台灣人民造成的傷痕投注以真摯目光的一面，其立論自始至終貫徹著壓迫—抵抗或壓迫—屈服這一二元對立的觀點。與此相對，我則以戰時下台灣的日語文學形成了台灣人主體意識的觀點，加以再評價。
>
> ——藤井〈駁陳映真〉，《東方》，二〇〇四年七月，東京：東方書店網頁

這一段貌似對於尾崎先生心懷恭敬的話，其實是藤井的《百年》中思想的要害，即企圖以殖民地強權下「日語文學形成」了離脫中國的「台灣人主體意識的形成」論，表現日本殖民主義的「建設性」，給予日本對台灣殖民過程以肯定的評價，來全面顛覆和否定尾崎先生反思日本殖民歷史在台灣社會、文學和心靈留下的深厲的、爪痕的、殖民主義的「破壞性」作用的負面評價，從而為日帝殖民民台灣五十年理不盡的罪行免罪和美化，並進一步圖謀以日帝在七十年前炮製「滿洲建國文學」同樣的伎倆，把台灣和台灣文學從中國和中國文學分離出去！

毛澤東把生活和事物中存在的矛盾，分成兩種性質迴然不同的範疇來理解，即「絕對性矛盾」（＝「敵我矛盾」）和「相對性矛盾」（＝「人民內部矛盾」）。前者是永不可調和的矛盾，必須經過你死我活的鬥爭方能克服，例如剝削階級和被剝削階級、抗日戰爭中中國抗日各階級人民和日本帝國主義的矛盾。而後者則可能在一定條件下，在尋求矛盾統一的基礎上，透過批評與自我批評的鬥爭，達成克服矛盾，達成矛盾統一的新局面，例如抗日統一戰線內部不同階級、階層、黨派之間的矛盾等。

尾崎秀樹先生從在日本法西斯下他的家族和個人的慘厲的經驗，以及對殖民地台灣人民命運的深厚理解和情感出發，和全世界批判殖民主義的思想家一樣，正確地把握了殖民地社會及相應的社會意識形態構造的矛盾的本質，是「壓迫－抵抗」、「壓迫－屈服」的「二元對立」的、無可調合的絕對性矛盾，即敵我矛盾。而藤井卻把日帝殖民歷史中奴化台灣人民的心靈和語言最酷烈的皇民化時期「戰時下台灣的日語文學」，看成殖民地矛盾在現代日語＝國語普及、「工業化」、「讀書市場的形成」、在日本「國語」下全島性「（台灣）共同體意識」的登場等條件下，終於克服了殖民地台灣的內部即相對性矛盾，而在離脫中國的「台灣主體意識」和「台灣民族主義」的「萌芽」中達到了矛盾的統一。

關於殖民統治過程的評價，被殖民者、殖民主義的批判者和殖民主義者，以及因為拒絕反思和清理殖民歷史的傷痕而至今頑強地堅持舊殖民意識者，向來有不同的、針鋒相對的邏輯和「價值判斷」。

非洲著名的詩人、社會活動家、後殖民主義的肇基者之一的艾梅·賽薩爾，就在他的《殖民主義諸論》（Discourses on Colonialism）中說，殖民統治下的人與人之間，「不是人與人的關係，只有支配與從屬」的關係。殖民統治「傳播了恐懼、自卑、顫抖、下跪、絕望和奴隸化」。賽薩爾說，當白人統治者談到殖民統治帶來「進步、建設、公共衛生和生活的改善，我們談的是文化傳統、民族語文被踐踏在腳下；傳統風俗、制度被釜底抽薪；土地被沒收，宗教被消滅；民族的燦爛藝術和文明被摧毀，各種各樣的發展可能性被抹殺……」。

但是，和藤井相較，「白人」還是「謙虛」了一些。因為當他瀝陳白人長達五百年殖民政策中將遼闊中南美洲、非洲和南亞的土著諸母語摧殘淨盡時，還不敢像藤井那樣大言不慚地說「白人」為這些殖民地帶來現代的西班牙語、葡萄牙語、法語和英語的「國語」制度和宗主國「國語理解者」。而賽薩爾所描寫的殖民制度下，殖民者和被殖民者的關係，除了「壓迫–反抗」、「壓迫–屈從」的「二元對立」的絕對性矛盾關係之外，還能是什麼呢？

凡是殖民主義者，莫不以文明開化者自居，鄙視其所征服、壓迫的民族，從而自認擁有天賦的掠奪「野蠻」的土著人棲居之地的一切富源，表現出赤裸裸的驕橫凶暴的猙獰的心靈和面貌。

日本有一位著名的「思想家」，諄諄申論「天不生人上之人，亦不生人下之人，人生而自由平等」。又說，「凡名為人，無論貧富強弱、無論政府或人民，在權利上沒有差別。」他也說，既同為人類，則「一個人沒有加害於另一個人的道理」。

日本也有一個「思想家」，知道一八九五年後台灣人民反占領武裝游擊抵抗十分激烈時，談論到日本對台殖民統治之策，嚴肅地說了很多話。他說，日本治台，應該「模仿英國殖民者那樣」，驅逐殖民地住民，「將全島日本化，嚴酷鎮壓島民（即日人說的「土人」）」。而凡對於日本占領台灣敢於抵抗者，應予「斬草除根，殲滅醜類」。台灣島民反抗占領的鬥爭，說明島上「土人」「本性頑冥不靈，非加以殲滅，別無他法」。而「響應抗拒我國（日本）者，斷不可寬容」。他說因為日本據台，「主要是要土地而非土地上的人民」，應該有以台灣為「無人之島的覺悟」，則全部剿滅全島之民，亦不必憐惜。

然而這兩位日本「偉大」的「思想家」事實上竟而是同一個人，名叫福澤諭吉，至今日本人還把他的肖像印在日本的鈔票上！

以福澤思想為代表的日本對台殖民方策——「斬草除根，殲滅醜類」的強權壓迫邏輯為始終的日帝對台灣統治，日帝下台灣的構造，除了「壓迫—反抗」和「壓迫—屈服」的「二元對立」的絕對性矛盾構造之外，又還能是什麼呢？（關於福澤諭吉的殖民論述，見黃俊傑教授〈十九世紀末年日本人的台灣論述〉，《海峽評論》二〇〇四年三、四月號。）「九一八」事變發生後，魯迅先生說，「這在一面，是日本在『膺懲』他的僕役——中國的軍閥，也就是『膺懲』中國之民眾……是要使世界勞苦群眾永受奴隸之苦楚的第一步。」魯迅對日本侵略和殖民戰爭的視野，難道不是「壓迫—抵抗」、「壓迫—屈從」的二元對立的邏輯嗎？

三、藤井關於戰時下台灣基於日本「國語」形成現代「公共領域」論的自我否定

在拙文〈警戒〉中，指出了早於皇民化運動的四〇年代，台灣在上世紀二〇年代中期以降

至三〇年代初，已經以漢語白話的文學創作、時事評論、文學思潮的論說、組織性的讀會，和以《台灣青年》、《台灣》、《台灣民報》、《台灣新民報》、《台灣文學》、《台灣新文學》、《福爾摩沙》、《第一線》等報刊和雜誌，以及結成諸如「台灣文化協會」、「台灣文藝作家協會」、「台灣藝術研究會」和「台灣文藝聯盟」等市民結社，在高壓下形成台灣民眾的政治和文學的「公共領域」……。但對此，藤井的《百年》卻視若無睹，一概抹殺不論。

在發表拙論〈警戒〉的同一期《人間思想與創作叢刊》上，我以「石家駒」之筆名，發表了小論〈葉石濤：「面從腹背」還是機會主義？〉（《人間思想與創作叢刊6．告別革命文學？》二〇〇三年冬，頁一二八－一四二，以下簡稱〈面從腹背〉），就葉石濤《台灣文學史》日譯本「解說」部分的兩位執筆者澤井律利之教授和中島利郎教授（以下禮稱皆略去）關於葉石濤台灣文學史論的形成的不同論述，指出了葉石濤的台灣文學史論的、昭然若揭的機會主義面目。文中，我有這樣一段話：

而中島及其他日本及台灣的台獨系學者所津津樂道的、殖民地化後台灣的「現代市民社會」之形成，固然和日帝在台灣畸形化殖民地資本制生產有關，但也不能忘記，以漢族民族意識為根本，使用祖國北京白話漢語文為出版、論說和文學創作語文的「出版資本主義」為媒界、存在於家庭私領域和國家機關的公領域之間、真正獨立、批判的政治的、文學的公共領域，才是殖民地「現代市民社會」的真髓。中島利郎，特別是藤井省三妄言日統下日語教育之「普及」形成了台灣現代的、市民社會的公共領域，是有意抹殺市民公共領域的要素在於對支配權力的批判與議論的獨立性與資產階級民主制的關聯。

——〈面從腹背〉，前揭書，頁一三六—一三七

在小論〈警惕〉之中，也有這樣的話：

從一九二〇年代到中國白話文遭日本當局禁絕於一九三七年之前，台灣知識分子曾廣泛使用白話文從事評論和文學創作的歷史，藤井不應不知。這時期台灣人知識分子已經能用白話文進行深刻的理論論說，如陳逢源和許乃昌之間在一九二〇年代中期進行的關於中國社會經濟性質，從而中國改造（革命）性質，即著名的「中國改造論」的冗長深刻的論爭。而日據下台灣文學創作活動的語言，也以白話文為主。以《台灣民報》、《台灣新民報》和各民間文學期刊中大量的白話小說等文學作品，說明了講客家語、閩南語的台灣知識分子，透過白話文在現代報章雜誌上發表、交換和傳播其思想，形成了儼然的、介於個人家庭等

私領域和國家機關公領域之間，臧否殖民地時政的文學和政治的、現代意義上的、政治與文學的「公共領域」(public sphere)和台灣人的「印刷資本主義」。而其所形成的「民族共同體想像」，恰恰是反日、抗日、以復歸祖國為顧念的漢族共同體和漢民族主義意識，而不是什麼「台灣民族主義」和「台灣意識」。

——〈警戒〉，前揭書，頁一四八—一四九

哈伯馬斯的現代「公共領域」論的根本和基礎，在於其獨立於國家機關和家庭私領域的、「對於公權力的批判領域」這一不可或缺的性質，也就是小論〈面從腹背〉中指出的「對支配權力的批判與議論的獨立性……」，以及小論〈警惕〉中所說「介於個人家庭等私領域和國家公領域之間、臧否殖民地時政」為條件的公共領域論。而藤井在《百年》一書中的綱領性篇章〈序——台灣文學是什麼〉(即拙論〈警惕〉批判的對象)中，卻一方面大談強權「國語」(日語)教育下，在戰時中殖民當局言論全面統制、由作為總督府組織性強權推動的思想控制工具的法西斯宣傳書刊、報紙所形成的日語的「公共領域」，而對其缺乏不可或缺的「對支配權力的批判與議論」的獨立的、民主主義的條件，完全避而不談，並且在他的〈駁陳映真〉中，對此也裝聾作啞，沒有隻字說明和辯白。

當然，在《百年》第一章〈台灣文學的步履〉的第四節「台灣讀書市場和文學雜誌」(本文自

《百年》所引文字，皆作者直接援譯自原日文本）的最後，藤井確有如下的一段話：

從一九三〇年代後半到四〇年代的台灣讀書市場的成熟和文壇的成立，借用哈伯馬斯的話，或許能說成（台灣）「公眾」與「公共領域」之形成吧。但是在十八世紀西方社會中，「已經具備了公眾的各種施設和討論平台的文學的公共性」，藉由「機能轉化」，逐漸確立了「對支配權力的批判與議論的領域」。相形之下，在一九四〇年代的台灣，則由和（日本）國家相結合的、作為（台灣）殖民地當局的總督府誘導了「文藝的公共性」，而確立了與公權力協力的領域。

——《百年》，頁四四—四五

不必贅言，所謂「由和（日本）國家相結合的，作為（台灣）殖民當局的總督府誘導」的皇民文學的「文藝公共性」所「確立」的、「與公權力」相「協力的領域」，與哈伯馬斯所說，以「對於支配權力的批判與議論的領域」為要件的「公共領域」，不但毫不相干，而且是哈伯馬斯的「公共領域」論所否定的、完全出自藤井妄自偷換概念、不惜玷汙哈伯馬思的思想，為日本殖民主義對殖民地政治、文化、文學和心靈殘暴壓服的歷史的大膽的杜撰。

但是如果藤井明知「對支配權力的批判與議論」是哈伯馬斯「公共領域」論成立的要件，他就狠狠地掌摑了自己，從根基上摧毀和否定了藤井自己在《百年》中一再強調的由總督府、皇奉會等法西斯暴力下、以強加的異族語日語的書寫、閱讀、出版循環，成立了所謂培養離脫中國的「台灣意識」和「台灣民族主義」的「公共領域」的暴論體系。

但藤井何至愚騃到為自己苦心經營的「理論」自掘墳墓、自我否定？答案也許只能說，藤井想借用哈伯馬斯、安德爾遜、庸克這些西洋學者的名字，對他們的論說斷章取義，偷換概念，為他心中死不悔悟的殖民意識製造「合學理性」，以圖瞞混過關，自欺欺人吧。但是這種伎倆，對於日本某一些一碰到西洋人就有某種劣等感的人也許有用，但對於絕大部分願意獨立、清醒地思索的知識人，就不能不自曝其短了。

然而哈伯馬斯的學說，恰恰說明了日帝統治下自一九二五年台灣新文學和反日民族．民主運動的發軔，到一九四三年楊逵等與西川滿、濱田隼雄間的「狗屎現實主義論爭」，一九四六到一九四九年白色肅清間對國民黨「支配權力的批判與議論」所形成的、先後使用白話漢語和日語「勉勉強強地」（尾崎秀樹先生語）寫的創作和評論形成的、真正意義上的「公共領域」，正是抵抗日本的漢民族共同體意識的建立——從而駁倒了藤井苦心經營的戰時下台灣日語的「公共領域」促生了「台灣共同體意識」和「台灣民族主義」的威暴而又歪曲的「理論」。

四、對於一九四七—一九四九年《台灣新生報・橋》副刊上有關重建台灣新文學論議何能避不表態？

藤井在《百年》中最引為自得的「理論」是，他以「戰時下台灣日本語文學形成了台灣人的主體性的觀點」，「重新評價了」尾崎秀樹先生「從對於日本的殖民統治為台灣人民造成的傷痕投注以真摯目光的一面，其立論自始至終貫徹著壓迫—抵抗或壓迫—屈從這一二元對立的觀點」。而究其詳細，是藤井認為：「日本統治期間日本語讀書市場的成熟」形成了「台灣民族主義」。他說，把現代的「國語制度」帶到台灣來的，「是自一八九五年開始作為宗主國的日本」。而日本據台初期雖遭到(島民的)抵抗，但迨「中日戰爭開始的一九三七年以降，因為強化了日本語教育，到一九四三年末，能理解日本語者已占島民的近百分之六十。台灣島民通過全島規模的語言同化而日本人化，同時全島共通的『國語』得以超越了因血緣、地緣所構成的各個小型共同體意識，形成與台灣等身大的共同體意識，而成為台灣民族主義的萌芽……」

不幸的是，具體的歷史事實否認了藤井主觀主義的邏輯。

今天的台灣反民族台灣文學論的總本山、被藤井譽為能以「日本語、北京語創作的著名作家，是台灣文學研究的始創性的存在」的葉石濤，據澤井律之的考察，從一九六六年葉石濤在雜誌《文星》發表台灣文學的文論開始，一直到一九八五年在雜誌《文學界》連載《台灣文學史綱》時，稱台灣為「本省」即中國的一省，稱中國新文學為「祖國文學，評價日據至光復初期的台灣文學「因日本帝國主義的彈壓」而呈「畸形」與「不成熟」、是「中國文學最弱的一環」，必須自「祖國」中國導入「進步的、人民的文學」，加以「充實」；一九七七年時，葉石濤所提「台灣意識」的定義，是「居住在台灣的中國人共通的、遭到殖民統治和壓迫的共同經驗」。迨一九八五年版《台灣文學史綱》發表在雜誌《文學界》，葉石濤還口口聲聲說「雖然台灣文學和大陸文學完全隔離而發展……但其(中華)民族主義傳統和現實主義風格皆未改變，因此台灣文學是中國文學緊密的一支流」；「台灣文學是中國文學的一部分」、「台灣文學是中國文學的一支流、是大陸抗日民族運動的一部分」；稱台灣文學為「在台灣的中國文學」，而台灣文學是「在台灣的中國人所創造的文學」。澤井也說，葉石濤還「多次說過」「二二八」事變之前或之後，台灣知識分子和人民都不會有過與中國分離的思想。總之，至少從葉石濤的半生白紙黑字，他的「台灣民族主義」不始於「戰時下的台灣日語文學」。正相反，在一九四三年那一場「狗屎現實主義論爭」中，少年皇民文學打手站在西川滿和濱田隼雄一邊，淋漓地表現了皇民「大和民族主義」的氣慨。而那一場「狗屎現實主義論爭」，恰恰證明了「戰時下」台灣文壇中，雖不能不以日語表達的漢民族主義和「大和民族主義」間二元對立的、不可調和的矛盾與鬥爭。而今日葉石濤等一批台灣文人向著

「台灣民族主義」的反民族台灣文學論轉向的事，是澤井所說「八〇年代中後『本土化論』（政治和文化）的勃興」後的集體性轉向。這種「集體性轉向」在某種意義上和四〇年代初日本、朝鮮文學家集體向日帝法西斯轉向的公案自有異同，已不在本文討論之列。但日帝敗戰後，這至今尚未清理的法西斯文學熱病畢竟煙消雲散了。僅僅舉出今日為日本右派、協贊台灣反民族文論交相吹捧的葉石濤尚且如此，就不必再羅列終日據時代一貫堅持抗日的、中華民族氣節的文學家賴和、楊逵、楊雲萍、陳虛谷、吳濁流、呂赫若了。

「決戰下」的台灣新文學思潮如此，一九四五年台灣自日帝下解放，經受了一九四七年二月事件國府殘暴的鎮壓後的十一月開始，堅決花開[3]了確立台灣、台灣文學為中國、中國文學之組成部分；堅持走向並描寫台灣人民和他們的生活，強調和實踐省內外同胞的民族團結，甚至明確反對親日、親美文學，明確反對主張「獨立」和「託管」文學並斥之為「奴才文學」的「台灣文學」論——而不是藤井所說的、表現了台灣民族主義或共同體意識的文學文本的、表現了「與台灣民族主義的價值判斷相關」的「台灣文學論」。

台灣新文學史的這些不可抹殺的事實，對於藤井的《百年》中苦心構築的、為台灣的反民族文學找根據的全盤論說，是全面性的否定。而既便是藤井以一九九八年《百年》書成時真的尚未能讀到一九四七年到一九四九年《台灣新生報·橋》副刊的論議材料，不可能把他的看法反映在書中，但在二〇〇四年的〈駁陳映真〉中，也理應對他所不能迴避的、一九四七年至四九年那一場論議表示他的態度和觀點。然而藤井卻只以一九九八年前不知道那一場論議的材料一語搪塞，只能說明是藤井的〈駁陳映真〉避重就輕的拙劣手法中的一面罷了。

五、再談日帝在殖民地台灣強權剝奪台灣人民母語的罪惡與傷痕

前文說過，藤井一再強調帝國日本把第一個現代「國語」帶到台灣，使台灣得以享有一個「超越血緣和地緣」的共同語，終至促進了全島性共同體意識，催生了「台灣民族主義」。對於藤井，這是一種對日本殖民體制的肯定評價，是一種對台灣現代化的恩賜與禮物。

這是至今不知以日本殖民統治強權剝奪了台灣和朝鮮母語，在昔日殖民地強行將殖民地人「同化」即「愚民化」、造成精神和心靈的傷害為自己的羞恥的暴論。

我在〈警惕〉中也說過，台灣著名的作家賴和所寫的雜文〈無聊的回憶〉中沉痛深刻地表現了日本在台推行殖民地日語「新式教育」的災難。文章大意謂「新式教育」一面使學童在語言、意識上與本民族人民格格不入，受同胞的譏誚，一面又講不好日本話而在日本人面前自卑，以致在階級和種族上都受日人排擠，成為殖民地本地人社會的贅餘。賴和從而呼籲殖民地知識分子

回到本民族廣大群眾中，批判日本人的日語「新式教育」的「書本的啟蒙」，而強調在台灣人社會中、在「新教育」形式之上的「人的認識」的啟蒙。

尾崎秀樹則指出，台灣學童在接受日語新式教育畢業後，其所習得的日語，在殖民地人民日常生活中幾無用處。日語教育在現實上剝奪了台灣人原有的語文，攪亂了民族語，使台灣人同時失去了台語和日語的語言能力。他也說，殖民地學童一旦入學，就被迫完全拋卻在家庭中學得的語言與思維，「以說不出話的嘴巴、聽不懂話的耳朵上課」。來台日本人殖民地作家坂口䙥子也說，台灣人在日語教育下僅能習得的破碎不全的日語，而這只能增加日本人對台灣人的鄙視和自己的優越感。這樣的日語教育，對台灣人而言是心靈精神與人格上的傷痕。

尾崎秀樹先生也指出，當日本的帝國主義論客時枝誠記說，朝鮮人必須放棄朝鮮語而「統一」到「國語」（日語），以「擺脫語言生活的雙重性，歸從單一國語的生活，則不啻是日本統治朝鮮的福利了」。對此，尾崎秀樹先生憤怒地反駁：「日本人詭辯的強制，竟而將日語稱為『國語』，而將對方的母語稱為『朝鮮語』，在討論中完全加以抹殺。」現在，如果我們把尾崎先生這段抗議日帝將日語強加於殖民地朝鮮的話中，以「台灣閩南話、客家話和原住各民族語」取代「朝鮮語」，則同樣是對藤井暴言的斥責。

尾崎先生有這總括性的發言。他說，「殖民地（台灣）的語言問題，說到底，是作為日本殖民政策之一環而強制實行的日語教育(同化=愚民化政策)，以及在其過程中引發的當地民眾的反抗，終竟導致殖民地人民在語言上喪失了祖國。」

這是多麼真摯而嚴厲的反省和譴責。沒有這一份反省和對於日帝殖民台灣歷程的自我譴責的藤井，就會至今誇耀葉石濤、巫永福、周金波、王昶維的日語如何了得，以之為殖民地日語教育=同化教育的實例。

這使我想起一個難忘的場景。以日本學者西田勝教授為中心的「日本社會文學會」在一九九八年來台灣開會。台灣的協辦者不知因何緣故邀請了十來個上了年紀的台灣人日據時代的遺老和精英參加。他們在一群日本學者面前，都以日語發言，而會場上洋溢著一種微妙的欣快、親暱的氛圍，簡直有點像久別後家族的團聚。會議沒有準備同步語譯，但聽在我的耳，像是一場日語發言比賽，而總地說，都是親日揚日的言論。其中有一位養蝦專業的博士的發言，公言日本應該更積極對外展示國力，公開主張日本在東亞的利益，隱謂反中保台不必忌憚美國……聽來恍如日本極右派的發言。緊接著輪到作家黃春明發言，他在發言席上用普通話公開對那位專家以激昂的語言發出了怒鳴，一時全場靜默。我在聽眾席上，對春明兄的發言深為佩服。他的發言明顯地轉變了下半場會議中老一代台灣人陶陶乎的親日氛圍。

在日本統治下被迫只能用日語來表達，以及在戰後為重新學習自己民族母語而苦鬥的難以言宣的苦澀（尾崎先生語），都是殖民地統治掠奪被統治民族母語造成的傷害。但面對會議場上一代殖民地台灣人遺老樂滋滋地講日語的實況，我想起了已故台灣史家戴國煇教授的殖民地日語觀。他說，在殖民地時代習得日本語的世代，要認識到被強權同化教育灌輸的異族語日語，首先要引為羞惡，至少不應以為誇耀。但為了「反擊」的需要，應該經過一番自我反省和批判，從而將日語「工具化」，以將日語客觀工具化的意識，更好地掌握日本語而不以為誇耀。戴國煇先生半生在日本學界，以圓熟的日本語文批判日本對殖民地台灣造成的傷痕，發展充滿中國主體意識又有自我反省認識的台灣論的業績，我想就是他的關於殖民地台灣日語論的實踐。

因此，當我說日據下台灣作家的日語，單純從語學的角度來評價，未必臻於熟達之境，並不見得「完璧標準」，對我而言，絕不是貶損之意。因為沒有經過反省和批判而「完璧標準」的日語，無非是奴隸的印記。而能說寫「完璧標準」的日語世代，一般地拙於用漢語標準語表達。以某些台灣人能操「完璧標準」日語為嘉許的藤井，是否意識到他的來自舊殖民主義的優越感的傲慢呢？

再說一句閒話。就在上述會議的次日的第二天舉行的第二場中，葉石濤出席並講了話。他講了什麼，至今已不能記憶。但有兩點至今記憶猶新：（一）是我非常驚奇地發現，這位不時誇稱透過日語在日據下的少年時代讀破了百千卷文學、思想名著的葉石濤的日語，竟帶有極為濃重的閩南話土白的腔調。講有台灣腔的日文，未必日語水平就不「完璧標準」，但據尾崎先生所引用日本人泉清輝《本島青年的國語》中說，台灣青年常見的日語發音的瑕疵是ra行與da行、ra行與na行等的混淆。這是民族母語語音中的發音原質和異族語發音自然的扞格，但從日本人的角度看，和「完璧標準」恐怕就有一段距離吧。

而據說有「完璧標準」的台灣人日語精英的周金波，終生不承認自己是中國人，甚至聽說也不承認自己是台灣人，死後也不願歸葬台灣。葉石濤在日本發表〈我的台灣文學六十年〉時，說到能說些日語的他的雙親，在家中絕口不講日語。但葉石濤卻接著批評，他的父母對自己的（漢）民族出身的驕傲是「錯誤的」。如果再想到李登輝、金美齡、許文龍一類的人物，和那會議場中的殖民遺老精英，尾崎先生說，作為日本殖民政策之一環而強制實行的日本語同化＝愚民教育，最終導致「祖國喪失和白痴化」之論，是很有不少現實例證的。（二）是葉石濤以嘲笑的口吻說龍瑛宗是個「懦弱的人」。半生在日帝下和國府下未見得「勇敢」過的他，有什麼立場這樣評價龍瑛宗呢？

藤井指責我不知道葉石濤家親子兩代因「日本統治與其『國語』政策所帶來的『分裂』現象」，並且將此與光復後台灣方言與漢語白話之間的「分裂」同日而語。一個傲慢地把殖民統治收奪他人的母語，把強加的日語誇耀成為替台灣帶來現代「國語」的藤井，為了替自己狡辯而大談「日本統治與其『國語』政策」造成殖民地日語和本地母語之「分裂」的欺瞞與偽善，再接下來把作為殖民地「國語」政策而摧殘和掠奪台灣人母語，從而造成「祖國喪失與白痴化」，並且不能不在光復後為恢復自己的母語而「苦鬥」的台灣人和朝鮮人的、殖民宗主國語文和民族語文的「分裂」等量齊觀，相提並論中，再次露出了藤井始終不知後悔的殖民主義意識的尾巴。

六、「滿洲建國文論」和「表現台灣意識」的「台灣文學論」今昔

藤井忿忿不平地說，他從不曾說過要把台灣文學「從中國（文學）枷鎖中解放出來」，並指控我藉此「誹謗」了他。

問題是我也從來不曾說過藤井說過藤井要把台灣文學從「中國文學的枷鎖中解放出來」這句話。藤井說我在文中故意「營造出彷彿」把台灣文學「從中國（文學）的枷鎖中解放出來」的話，「是我（藤井）本人的主張之印象」。

在中國庶民中有幾句話，形象地表現了藤井毫無根據的猜疑，那就是「作賊心虛」、「疑心生暗鬼」。

前文說過，我在刊出〈警惕〉同一期的《人間思想與創作叢刊》中，以石家駒的筆名發表了

〈葉石濤：「面從腹背」還是機會主義？〉。它的第三段是這樣寫的：

日譯本《台灣文學史》卷末的「解說」分三部分。前兩個部分為（一）「關於葉石濤」，寫其生平；（二）「台灣文學史之成立」，寫葉石濤台灣文學史論之形成，由澤井執筆。第三部分「葉石濤的文學史觀」由中島利郎執筆，寫葉石濤如何使台灣文學史觀「從中國文學的枷鎖中解放」，「表現了台灣作家隱藏已久的真情，宣言了不受任何囚限的『台灣文學』的自立」！

——〈面從腹背〉，前揭書，頁一二九

是誰說了要把台灣文學「從中國文學的枷鎖中解放」，我說得很清楚。以此為參照，再讀被藤井引用來指控我對他的「誹謗」的拙論〈警戒〉的第一段：

近十幾年來，日本有一撮研究台灣文學的學者們，不遺餘力地為把台灣文學，從「中國枷鎖中解放」出來，為宣傳一種「既不是日本文學也不是中國文學」、表現了「台灣民族主義」的「台灣文學」，並且明目張膽地為台灣皇民文學塗脂抹粉，把當時為日本侵略戰爭服務的台灣「皇民文學」說成「愛台灣」、嚮慕「日本的現代性」的文學，而不是彰彰明甚的漢奸文學。

——〈警戒〉，前揭書，頁一四三

十分顯然，我把日本右派的、不遺餘力地為台灣反民族文學幫腔、找理論根據的若干學者，當成一個團伙。這段文章的主語是複數的，是「一撮」右派台獨文學論的「日本」學者，其中，挑明白講，至少有藤井省三、中島利郎和垂水千惠諸氏。我在文中引用的他（她）們的台獨文論，各有其主。其中，文本中以「台灣民族主義」的「價值判斷」之有無來判別「台灣文學」的說詞，當然指的是藤井；把台灣文學從「中國（文學）中解放出來」的話，當然是指中島利郎；至於「皇民文學」是「愛台灣」的文學之說，歸中島所有；至於響慕日本現代性論，和有時表現為日本殖民統治為台灣帶來「現代市民社會」、「帶來第一個現代國語」各論，在精神、思想上皆屬於日本對台殖民為台灣帶來「現代性」的肯定評價是共通的，見於垂水、藤井和中島的台獨文論中。

在這一段話和整篇〈警惕〉中，從頭到尾，我不但沒有說過藤井說了他要把「台灣文學從『中國（文學）的枷鎖中解放』」的話。但他卻疑心我有意「營造」了一種「彷彿」他說過那一句話的「印象」。這其實只能是藤井自己心虛，先自己擅自「對號入座」，再指責別人「誹謗」了他。

然而藤井對號入座雖然座位的號碼錯了，但座位的區域卻沒有錯，同在分裂別人的民族和文學的日本右派學者的專區裡，不但和中島利郎、垂水千惠諸人同一個座位區，歷史上看，也和當年搞「滿洲建國文學」的日本論客同一個座區。

一九三二年，繼前一年的「九一八」事變，日帝軍隊踏上中國東北後，日本軍部在東北著手建立一個只維持了十三年的偽國家「滿洲國」。和台灣的反民族派一樣，日本人要把我國東北從中國分裂出去，首先側重要將東北地方的中國文學從「中國文學的枷鎖解放」出來。這種手法，今昔相較，簡直如出一轍，令大略羅列如下：

（一）強調「滿洲」與台灣文學的地理史觀，以其地理風土的「特點」，分裂「滿洲文學」和「台灣文學」在本質上與中國文學的分立而強調其「自立」和「獨特」。葉石濤很早就常以「台灣地處亞熱帶的熱帶雨林」區獨特氣候和風土，強調「台灣文學」的獨特性。而當年的大內隆雄，據尾崎秀樹先生說，也以「北方文學粗獷的人物性格、廣漠雄壯的大自然的影響」來形狀「滿洲文學」，猶如當年的西川滿一派台灣「外地作家」以「南方」、「陽光」在文學上謳歌殖民地台灣的「東方主義」式想像一樣。

（二）強調「滿洲」與台灣文學「獨特的個別性」所產生的文學，與中國文學的全體不同。日向伸夫當年說：「滿洲獨自的文學，乃是這個國家的文學家，依各自不同的個性創造出來的文學的總合。」而中島利郎則說，「『台灣文學』是集居在叫作『台灣』的島嶼上的人民所創始與發展，產生了三百年來只有『台灣文學』所能有的個性與個別性，既不是中國文學，也不是日本文學，而是除了台灣的土壤之外不可能產生的文學！」

（三）強調「滿洲」與「台灣」形成離脫中國的地方「民族主義」。當年的長谷川濬，在《（滿洲）建國文學初論》中，為了建構「滿洲文學精神基本理論」，有這段話：

要探討建國思想在日本的歷史、以及由其觸發的新興民族意識在滿洲國塑造其存在形式；探討原本存在的，或隨生活沿襲下來的風土人情，以及在民族間的接觸中勢將形成具有怎樣特殊形態的新生活。我將貫穿這一過程的新精神之孕育和產生的文學，稱為建國文學，作為滿洲文學精神的基本理論。

這一段話的關鍵詞，是把中國東北地方的中國人民分化為漢、滿、蒙、鮮等「多民族」（如今日在台灣耳熟能詳的「四大族群」論），從而在「五族協和、王道樂土」的口號下，炮製偽滿「新興民族」論，建立「偽滿洲國」（「建國」），並強調有別於中國整體的「風土人情」和「特殊形態的生活」下，產生自立於中國文學之外的「建國文學」……。

而這樣的滿洲建國文學論中，人們終於看見了藤井省三、中島利郎、垂水千惠等島內外反民族台灣文學論客們幢幢的、或顯或隱的影子。古人有言,「亡人之國,先亡其史」。把這沉痛明智的話引申到今日,可以說「要分裂、侵占別人的國家,就要先絞盡腦汁炮製一套分裂別人的文學的『基本理論』,以摧毀別人民族文學的真正歷史」。

(四)為了達到把「滿洲文學」和「台灣文學」從中國文學的傳統中分裂出去,昔今的日本殖民主義論客,總是要把「滿洲文學」和「台灣文學」從中國剝離,擺在「世界文學」的地位上。昔日的長谷川濬說,「滿洲文學要成為世界文學,」說「滿洲文學和滿洲的建國生息與共,是亞洲性的人類精神」。中島利郎所謳歌的一種「既不是中國文學,也不是日本文學,而是除了台灣的土壤之外不可能產生的」「台灣文學」之說,當然意在說明台灣文學不是中國文學而是獨立的世界文學的一種。這只要讀過中島在葉石濤日譯本的卷後「解說」第三部分,眉飛色舞地稱揚葉石濤在一九八六年修訂版《台灣文學史綱》,並毀原序而改刊「新序」中,如何走向其台灣文學的「世界化」就明白了。而藤井的《百年》中,在妄論台灣在探索「第一國語」=日本語、「第二國語」=北京話後的「第三國語」=閩南語的苦惱之後,提出這奇談怪論,謂台灣的「國語」問題源於台灣獨特的「邊陲性」。這「邊陲性」又源於台灣處於「近代東亞的兩大國語(日本語和北京話)的間隙」,而這邊陲性又成為台灣文學家能使台灣「由日本而中國」而終於向「世界越境」的「原動力」。這是藤井喁喁獨語、不知所云的怪論,但其必欲為使台灣文學離脫中國文學,向著「世界」文學「越境」而去的居心，則與一切島內外分離主義文學論者毫無二致。而「滿洲建國文學論」和「台灣建國文學論」昔今設計師們，何相似乃爾！（以上資料參照尾崎秀樹先生《舊殖民文學的研究》。）

七、國家機關「基金會」的文化和政治戰略

從冷戰時代開始，美國以各種國家或私人名義的基金會，支付、資助各種學術研究會，在境外開辦出版社、資助報章雜誌、給予獎學金、支持人員交換，來達成美國學術、意識形態戰略的目標，是人盡皆知的「文化冷戰」（cultural cold war）。台灣「行政院」的「文化建設委員會」、國民黨時代組建的「蔣經國基金會」尤其用來賄買國際學界，蔣經國基金會除了支付有利台灣的境外文學和學術活動，最近也公開承認和美國中央情報局一樣，到最近之前，一直支持「流亡」海外的大陸「民主運動人士」。

而台灣因為在中國民族分裂對峙的構造上，堅持依靠外力，使民族分裂固定化，又在國際社會中喪失其外交國際的合法性的窘境下，為世界大小國家所恣情訛詐，強索外交承認的鉅額賄買，也被大國強迫購買遠高於國際價格的武器。「文建會」、「蔣經國基金會」也成了支付賄買支持台灣、使兩岸的分斷長期化的各種政治、學術、文化活動鉅額費用的白手套。日本政府的

「學術振興會」背後的政治和文化目標，我們不得而知，但天下烏鴉，大約沒有一隻是雪白色的吧。國家權力以私人或法人名義或身分出台的各種「基金會」的政治、文化戰（political / cultural warfare），是淺顯的、人盡皆知的常識，不足為怪。而何況藤井也在〈駁陳映真〉中公開承認拿過台灣「行政院」「文建會」的錢，供述不諱，而且公言拿了錢「一點也不羞恥」，「甚至於是一件很光榮的事」，可以公開不諱，而心懷「感激」，就說明我沒有製造「謠言」和「醜聞」了，藤井又何必賭三咒四地辯解呢？有些國家要給、願意給錢達到一定的政治、文化戰略目的，是世界政治和文化的暗部之一。問題只在於接受者出於人格、學格、政治、學術的考量決定要不要、可不可以接受而已。藤井既判斷要接受、可以接受，並不以為羞恥，甚且很覺光榮，別人無心置喙。我們只因注意到「文建會」以公帑支付國際性反民族文化活動而加以議論，則又何「造謠」、「誹謗」、「中傷」之有？

八、關於「走狗」及其他

藤井以魯迅的雜文〈「喪家的」「資本家的乏走狗」〉，對我進行了人身攻擊，使我感到滑稽。魯迅先生的那篇文章辛辣地批評了一九三〇年初蔣介石反共法西斯統治下，一些右派反動文人和報刊雜誌，動輒以「共產黨」、拿共產黨的盧布一類的攀誣，像走狗一樣「為主子嗅出匪類」。「然而這職業比起『劊子手』來，也就更加下賤了。」相形之下，藤井在〈駁陳映真〉中，也裝成漫不經心地說，我「於一九九七年被授予中國社會科學院名譽高級研究員」，「隔年更被聘為北京‧中國人民大學中文系客座教授」，「可以說他在大陸比在台灣受到更多的重視」。在目前台灣權力和社會中瀰漫著反中、反共、反民族歇斯底里，動輒嘯喊「中國豬滾回去！」，動輒指主張反對美日干預下的民族分斷、堅持民族團結統一的人為「台奸」，台獨原教旨主義正向著猶如當年德國納粹瘋狂壓迫、威嚇「猶太豬」並施加殘暴鎮壓那樣被煽動燃燒，奔向某種「隱性法西斯主義」（latent fascism）之際，藤井上述一段話裡「暗藏」的用意，在藤井看來，「也許以為給（拿錢出來）的主子嗅出匪類……也就是一種『批評』，然而這職業比起『劊子手』來，也就更下賤了」。而況藤井又公開承認其甚覺「光榮」和「感謝」地拿了台灣的反民族權力的錢。藤井企圖以人身攻擊的狡辭飾辯，於是變成了一幅真實反映了他自己的譃畫。「一切的反動派總是要千方百計地表現自己」，這也是沒辦法的事，只能由他。

但是當代的有些「走狗」已經不「乏」了。只要長袖善舞，受到國家權力的賞識，與國家意識形態契合的「學者」，往往有豐厚無比的津貼、補助和各種「研究計畫預算」。而這些擁有大量金錢和豐厚資源的學者，就可藉開研討會、邀請學人與會、出版論文集而在少數「學閥」統治的

「學界」顧盼自雄，招納不能不投靠以出世的「乏學者」，成幫豎旗，為其國家權力主子的政治和意識形態效力。日本的情況我說不上，但在台灣，特別是有關「台灣文學」、「台灣文化綜合研究」領域中，早已司空見慣了。故今日之「走狗」，也分「富狗」和「乏狗」。藤井是一條「富狗」或者「乏狗」，日本學界自有公論，輪不到我說話。

然而今日之「狗」的難為，也是往昔之「狗」所難以理解的。由於緊接著上世紀「八一五」日本和世界法西斯的敗北，世界很快形成了冷戰態勢。巧妙利用冷戰結構而避開了戰後清算的日本戰爭右派政客和學界，在一九五〇年代美國肅清日本革新勢力，扶助戰時戰爭反共右翼的方針下，立刻採取了徹底在政治、外交、軍事和經濟上緊緊依附美帝國主義而得以延命和發展，並脫下軍裝，解下軍刀，穿上西裝，手提〇〇七提包，在美國體系下，以資本、技術、半成品「進出」韓國、台灣和東南亞，間接支持東亞扈從於美國的「反共．國家安全．法西斯政權」(anti-communist national security fascist regimes)，鞏固和「發展」了東亞、東南亞親美獨裁政權，增進了日本資本主義的積累，間接深刻化了這些地區人民的災難。在戰後依附冷戰體制而富裕化的日本，很快地從美國的「乏走狗」變為「富走狗」，到了一九九〇年代，也要在類似第一次海灣戰爭中向美國繳一大筆參加費和保護費(其實日本很早就要向美國支付美軍駐日的昂貴的規費了)。而台灣的處境，自然更其不堪。國際強權一方面在政治、軍事上助長兩岸民族分裂，一方面利用台灣在國際外交合法性的闕如，恣意向台灣收取軍事、外交的「保護費」，連幾個蕞薾小國也向台灣需索訛詐，使台灣成為不必為主子飼寵，卻必須向主子不斷貢納的「凱子走狗」。我們是在這個意義上深切關心台灣「文建會」和「蔣經國基金會」的表裡之原因所在。

我一向深信，一個作家最大的光榮來自他自己同胞——而不是什麼「國際」的評價。同樣，一個為良心的理由而被監禁的人的價值，源於他自己的信念，而不企盼什麼「國際」的聲援。我自己在一九六八年入獄，從來也沒有什麼國際援救的應援（臨出獄時收到過一個「國際特赦協會」的慰問包裹），但從來不曾埋怨過。一個有志氣的抵抗者，不會離開自己的國土，拿著金元，戴上人權戰士的紙做的冠冕。我半生看足了反共反華的宣傳，無論如何，也輪不到大談日本為台灣帶來第一國語的侮辱性言論，從而掩飾日據台灣五十年間訴說不盡的物質、文化、人權傷痕的藤井說三道四吧。

九、小結

這篇駁詰藤井的小論公刊之時，尾崎秀樹先生的經典著作《舊殖民地文學的研究》已經由人間出版社漢譯出版了。這兩個月來，忙於和在台灣、日本和大陸三地的朋友，為最後校讀審訂而努力，藉著這本書漢譯在台出版，重新迎回尾崎先生對日帝在台灣和朝鮮留下傷痕所做的研究，內心十分激動。為了不使文章過於冗長，我只引用兩段尾崎先生的話，作為共同深思的焦點。尾崎先生說：

在日本五十年統治下，台灣人迫於習慣，始終被人區別、被人歧視、被人孤立。他們那無從表達的忿怒，又被殖民統治的巧妙計策，或被強行鎮壓，或被施以懷柔，終於不知不覺間變成了放棄……

完全不必使用時下一般時髦的「後殖民批評」的、沒有觸及殖民制度之荼毒內容的語言，早在三、四十年前，尾崎就以自己身受和目睹的殖民地台灣經驗，沉痛、觸及內心地深刻反省殖民主義下被殖民民族集體心靈所造成的無告的創痛。

尾崎先生又說：

（台灣人）由於長期受日本人的蔑視，自己也產生了自卑的意識。因而，他們看中國時，除了是日本眼中的中國，除了「聖戰」這一層朦朧的外衣下的「亞洲人的解放」之夢，還能有別的嗎？而在當時，要拒絕這一切，就意味著死亡……

用統治民族的眼光看自己的祖國和民族，以宗主國為文明開化，以我族為卑賤汙穢。正是在這為人操縱的極度自卑和絕望下，日本人打開了一個「朦朧」的隙縫：透過自棄的「皇民煉成」的虛構和心智操縱（mind control），在侵略戰爭中妄想成為潔白的日本人，參與「解放」「亞洲」的殺戮。原來的被害者，轉化成「聖戰」的加害者。而這悲慘的過程，藤井卻輕鬆地以「日語教育」、「第一國語的普及」、「同化」和「日本人化」來概括，令人髮指。

尾崎先生又說：「（日本對台）同化政策，帶來（台灣人民的）祖國喪失和白痴化」的嚴重後果，最終導向了台獨反民族傾向。但「不論這是日本對台灣的錯誤認識，還是台灣人自己對台灣的錯誤認識，都是由日本的日語教育這一禍根釀成的不幸」。從而尾崎先生強調今日台灣的反民族傾向「應以殖民地問題的傷痕加以認真的對待」。

早在一九五五年，在美國在日本的軍政當局和日本右翼的陰助下，第一個台灣人反民族運動以日本東京為根據地展開活動。據說在其初期，右派日本人成員超過了在日台灣人。六〇年代，我讀過幾本完全使用日文的台獨機關誌《台灣青年》，就看到不少日本人署名的文章，為反華促獨大發謬論。而尾崎先生是第一個把日本對台統治的日語教育↓同化↓日本人化↓祖國喪失和白痴化的深刻傷痕，與戰後的台灣反民族運動聯繫起來深思的思想家。當然，當前台灣的反民族政治更主要地來自美國反華霸權主義的支持，但證之於從李登輝出台後，日本右派學界、言論人、政論漫畫家和島內舊皇民遺老遺少，群集李氏總統府，肆無忌憚地進行反華反民族合唱，就更能肅然看到尾崎先生的良心和先見，至於今日，猶有重大現實意義。

最後，讓我們再傾聽尾崎先生發人深省的一段話：

> 由於日本戰敗，在形式上，日本不再擁有殖民地。但在意識中，日本並沒有清除殖民地統治的感情。本應當作為一個深刻的傷痕來認識的問題卻被日本置之不理。而人們看到的日本（的戰後），只是緊跟美國的亞洲政策後面，為之推波助瀾，作為舊殖民者意識的再生產而復活……

尾崎先生三復斯言地說過，沒有經過嚴肅清理的過去，將和現在發生千絲萬縷的聯繫。藤井、中島、垂水等未經反省和批判的「殖民地感情」，化裝成外表略異、本質同一的台獨文論，是因為冷戰下日本戰爭右派得以扈從美帝國主義的亞洲政策而延命的當代的結果。因此，作為被日帝殖民荼毒的民族的兒子，我們有責任正視和批判藤井和他的團伙，並深自反省。我的「批判筆記」，也將不憚自己學力之不足，繼續下去，和外國及島內的反華、反民族勢力鬥爭到底。

但無論如何，有兩件事必須感謝藤井先生。

（一）我感謝藤井在百忙中，仍奮不顧身地跳出來正面對我的「批判」做了回應。老實說，這是頗出人意表的。雖然其大論的水平不盡理想，但也為殖民地台灣的新文學論打開了一個討論的平台。我盼望經過這樣的討論，擴大殖民地台灣文學諸問題比較正確、開闊的認識。如能共同促其實現，實為幸事。

（二）我感謝藤井對於拙論〈警惕〉中若干疏失（如日語理解人口的「六、七成」和「百分之九十五」和《百年》中原文百分之五十七的矛盾）和大量的校對上的錯誤之嚴厲斥責。我不曾受過正規學院訓練。小出版社的實際工作人員連我只有二人，規模小，條件頗為困乏。但這絕不能成為造成編輯工作和論文寫作上重大缺失的藉口。我所認識的可敬的日本朋友，寫文章、校訂、考證莫不認真嚴肅，一絲不苟，與我大而化之的個性大相逕庭，應該認真學習。藤井在這方面的批評，特別值得引為教訓。

二〇〇四年八月一日，深圳，初稿

初刊二〇〇四年十月人間出版社《人間思想與創作叢刊7．爪痕與文學》（陳映真編）

1 本篇提及藤井省三〈駁陳映真：以其對於拙著《台灣文學這一百年》的毀謗中傷為中心〉之篇名，為陳映真自日文篇名翻譯而來，藤井省三一文後刊於二〇〇四年六月《聯合文學》第二三六期時，篇名為〈回應陳映真對拙著《台灣文學百年》之誹謗中傷〉。

陳映真其後在〈評藤井省三的假日本鬼子民族共同體想像——讀藤井省三《百年來的台灣文學》批判的筆記（二）〉（二〇〇五，參見全集卷二十二）文末補記，針對本篇有訂正如下：

補記：〈遁辭〉一文中，關於若干文學雜誌發刊年分秩序有誤。「台灣文藝作家協會」的《台灣文學》始刊於一九三一年。「台灣文藝聯盟」的《台灣文藝》始刊於一九三四。楊逵《台灣新文學》始刊於一九三五。西川滿的《文藝台灣》始刊於一九四〇年。一九四一年張深切創刊《台灣文學》（季刊）。特訂正，並致歉。

2 此文收入全集卷二十。篇題內之藤井省三著作《百年來的台灣文學》，書名為陳映真自日文翻譯而來，其後在台出版的中譯書名為《台灣文學這一百年》（麥田，二〇〇四）。

3 此處顯有文字漏排。應指《台灣新生報．橋》副刊上，省內、外作家就台灣文學性質及未來發展方向展開討論，從一九四七年十一月開始延續兩年多，確立了「台灣、台灣文學為中國、中國文學之組成部分」的看法。（呂正惠案語）

「全球化」的兩面性和新的中華文明的建設[1]

一

早在一個半多世紀之前，馬克思在他著名的《共產黨宣言》中指出，資本主義跨國界流動，使資本主義具有「世界性」。國際交通的發達，市場、資本、商品的跨國界流動，尤其在十九世紀中期後，世界進入帝國主義時代後，資本主義的「世界性」把全球非資本主義的亞非拉地區豆剖瓜分，到處以割占殖民地、強開商埠、鋪設鐵路、設立工廠，使前資本主義社會發生了生產方式的根本變化，淪為宗主國獨占資本的附庸，而與世界資本主義體系的從屬「一體化」。

帝國主義時代的資本主義「全球化」，也帶來西方宗主國思想、意識形態、學術、文化的全球化支配。一直到今天，「現代化」、「民主」、「自由」、「人權」的概念已不止於是一種思潮，而是霸權主義藉以強加於人——時而不惜為之動武——的思想意識形態戰爭。西方在十七、十八世紀為打倒歐洲封建、宗教體制的支配，喊出「個人的覺醒」、「自由」、「平等」、「博愛」和「民主」，歷史地看來，無疑是石破天驚的宣言。然而今日回顧，這些推倒了歐洲封建體制，讓新興資產階級勝利地奪取政權，從而讓資本制生產方式蓬勃發展的偉大思潮，不能不說帶有鮮明的社會和階級的極限。在政法和經濟領域，獲得解放的資產階級確實享有了「人的覺醒」、「自由」、「平等」、「博愛」和「民主」，但對於廣泛工資無產者和其他弱勢群體，要經過幾世紀的鬥爭才爭來選舉權和政法上的一點權利，而在經濟上的「自由」、「平等」、「民主」、「人權」，則迄今不但未能實現，而且兩極化的格差，於今日「全球化」高唱入雲霄之際，國家、民族、階級的兩極化，只見空前的變本加厲。在國際金融寡頭的操作下，國際金融商品倒賣倒買資金的總額，高出國際間實際生產物之生產與貿易投注的資金高出幾十倍。在國際獨占資本體日益龐大化，超越國境，也脫離各國政府對投資、金融的法律約束，又沒有一個國際政府加以管理條件下，資本主義先天內在的矛盾，只有在全球資本的盲目、無約制地「全球化」，而以最終的混亂和破滅終場。

但人類的主體意識，畢竟不允許國際獨占資本的經濟、政治、軍事和文化的霸權支配。為了捍衛自己民族和祖國，為了捍衛自己的宗教儀式和生活方式，為了保護自己的文化的尊嚴，弱小國家和民族奮勇抗爭。穆斯林極端派絕望性的自殺攻擊，就是其中的著例。發達國家中各種人民民主主義的社會運動團體，幾十萬人聚集到世界大國一體化國際會議場地，為反對侵伊戰爭，為爭少數民族權益，為反對性別取向歧視，為捍衛婦女權益，為聲援國際勞工運動……在會場內外進行奮不顧身的抗爭。

從一九二〇年代開始，中國人民在中共黨的領導下，推翻了半殖民地半封建社會及其支配階級，在列強環伺下，力爭抗拮世界資本主義體系，走自己的路，在艱苦跋涉下，取得了國家主權基本完整，國防、重化工業基本建立，無如複雜的歷史原因，走了嚴重的彎路。一九九〇年前後，世界社會主義陣營崩潰，社會主義建設能否、應不應該超越資本主義階段的長期理論辯論宣告終結，中國在「社會主義初階段」論下開放改革，二十多年於茲，取得了驚人的發展。

關於「全球化」，關於資本主義，中國人民應該有理性、科學的認識。馬克思對於資本主義，對於殖民主義早有唯物辯證論的看法。他認為資本主義有殘酷的破壞作用，同時有相對於封建時代的「建設作用」。破壞性、矛盾性作用是主要的，建設性作用是副次、不經意的、次要的。人們必須透過對資產階級和資本主義的最終否定，才能繼承資本主義「建設性」作用的遺產。

因此，對於殖民主義的「進步性」和「破壞性」也要有科學認識。不否認殖民統治「不經意」的「建設」、「改造」作用，要有客觀認識，但也要正確看待殖民統治聳人聽聞的破壞性、掠奪、民族滅絕、文化破壞的主要的破壞作用有深刻認識，並經過民族革命的否定和批判，繼承和發展殖民主義的「建設性」。

今天，我們面對風風火火的「全球化」論，也要保持科學的、批判的認識。

二

至少從唐、宋、明以迄清代中期，中國也曾是世界性的帝國。西方的帝國主義，以堅船利炮，壓服非西方世界，殺戮其民族、人民，以奴隸販賣摧殘他民族的優秀分子，劫掠中南美洲印地安種族的黃金，復次武力割占殖民地，輸出自己的剩餘資本，對他國他民族進行政治軍事壓服、經濟剝奪，為禍至大。

但中華帝國則以「貢納體制」統攝周邊（東亞等）各國，貢納薄，而回報優厚。中華帝國主義的統攝力量以儒教思想、典章制度和漢字所形成的整個中華文明體系。朝鮮、日本、法國統治前的越南、被日本併吞前的琉球，都在漢字、漢文明典章、制度的重大影響之下。中國以道德教化服人，而不以劫掠殺戮壓人。

一九八〇年代開始，中國重新與世界體系接軌，卻不應該喪失自己在體制、文化、思想上的主體性。一九四九年以後，中國發展了非常好的價值體系，如人的解放與充分的發展，經濟上的平等、自由，以及以此為基礎的人權概念，主張大小、強弱民族和國家一律平等，主張重建包括弱小民族與國家的利益在內的新的世界經濟和政治體系，反對少數霸權國家將弱小民族、國家附屬化，反對霸權國家將其制度、思想和意識形態強加於人，力爭以國際協商而不是以武力的行使和威脅解決爭端，力主世界各民族團結、和平與發展。

當然，欲達到此目的，首先要從自己做起。要徹底解決發展過程中城鄉、地域和階級的嚴重兩極分化，要嚴肅官箴，徹底反腐倡廉，重建中共黨廉潔自律、為人民服務的傳統，要依靠廣泛的工、農、知識分子、市民和愛國資產階級，反對教育、醫療等領域中的市場化、腐敗化。以此為中心，聯繫我國傳統上政治、倫理、文化的精粹，建立新的中華文明和典章制度，團結「世界上以平等待我之民族」，扶弱小而抗強權，絕不稱霸，共建一個真正和平與發展的理想世界。

三

結論地說來，要科學、清醒地看到當前「全球化」的兩重性。力爭以人為主，走自己的路的思想基礎上，批判地走向民眾而非強權的「全球化」。

其次，從自己做起，全面進行經濟、社會和政治的改革，去腐生新，並在此基礎上宏揚建國以來珍貴的價值體系，重建新時代的中華價值、理想、典法、制度和文化，以德服人，反對以力懾人。

二〇〇四年八月十四日　哈爾濱

本文依據手稿校訂

1　本篇為陳映真於二〇〇四年九月二—六日在北京「二〇〇四文化高峰論壇」之發言稿。

陳映真經鍾玲教授轉余光中信[1]

鍾玲院長：

我在八月十九日才回到台北讀了您前後兩封信，我很高興余先生的態度基本上是好的、正確的。

余先生在文學上有一定成就，在大陸上聲譽日隆，應該珍惜。這件事余先生只要正心誠意地反省，衷心認識當年的錯失，公開誠懇地表個態，一切都解決了。

如果我是記恨不恕的人，在國民黨體系崩解的一九八七年後，我就大可跳出來提到余先生「那封信」的事，可是我沒有，不是我「寬宏大量」，主要是我認為這是余先生自己要解決的事，這事不由他面對，誰也奈何不得。一兩年前，美國著名導演伊力・卡山得到終生成就大獎，我在電視上看見大約近五分之二的觀眾沒有站起來為他鼓掌祝賀。伊力・卡山表情僵硬困頓，也沒有說什麼話。這是因為他在一九五〇年代初麥卡錫大鬧 witch hunt 時舉發了不少電影界的「共產黨」，不少人因而遭「非美委員會」的調查。余先生說他反對「工農兵文學」，不是反對鄉土文學，則那天沒有起立鼓掌的人也不是支持「共產黨」的人，而是對卡山當年的道德、人格有意見。E. Pound也有這個問題。余秋雨也在這類問題上有trouble。為光中先生一生的清譽，只要余先生真心實意表個態，他只有更令人尊敬，不認錯，那件事就永遠會跟著他。

人總有極限性，受到歷史、社會、政治的左右，這不奇怪。在反共的年代，仇共、憎共的歷史中，個人受其影響，是能理解的。何況當前台灣的形勢下，應該愛國不分先後，大家都要超越歷史，學會反思和接納，團結起來，尤其台灣文藝界，余先生擺正態度，應能起一定作用。

關於「那封信」，我的資料是他寄給了彭歌，彭託人交胡秋原先生，意在提醒胡先生不要被身邊的「共產黨」利用，我想當年余先生費神寫「那封信」用心也在此，但胡先生的學生，鄭學稼先生的學生到了約十年前才告訴我余先生也寄給「王化行」（王昇字）先生。有沒有寄給王，現在已不重要。「那封信」也說問題要從爭論而不以政治手段解決，這話今天說的是好話，在那個年代，就是蛇足。說人家腦袋中有馬克思，傳給多人，是要人破身亡家的。

我覺得余先生初步態度是好的（當年他的好友何欣、姚一葦兩先生，為他寫〈狼來了！〉親訪余先生，想勸諫他。據姚師告訴我，余先生在樓上，拒不下樓見客！），我為他高興，希望他能以誠懇和勇氣面對自己的歷史問題，自己解開鎖軛，贏得尊敬。這就如日本因不承認其戰爭責任，至今受到世人的指責，贏不得尊重，成不了大國。而德國則不斷為納粹歷史賠禮道歉，卻贏得世界高度肯定和尊敬。我個人與余先生絕無恩怨，我也很希望余先生早日公開誠摯地向歷史（不是對我個人）表示反省態度，重獲良心和品德的自由，為中國文學、兩岸的民族團結做出重大貢獻。拳拳此心，也請代為轉達。

耑此　敬祝

道安

陳映真

二〇〇四年八月二十三日　台北

P. S. 余先生門生黃維樑向大陸學者趙稀方（第一個寫文章談起「那封信」的人）威脅要發表文章，謂王昇有親筆信否認余先生向他舉發之事，我以為黃先生此舉適足以害余先生，事態弄不好，我也不可能讓趙先生一個人面對，余先生似可勸勸黃維樑先生。

初刊二〇〇四年十月人間出版社《人間思想與創作叢刊7．爪痕與文學》（陳映真編）

1 本篇為《人間思想與創作叢刊7．爪痕與文學》附錄一，附錄二為〈陳映真致余光中先生信〉。

陳映真致余光中先生信[1]

二〇〇四年九月

余光中先生：

非常謝謝您先後寄來一長、一短的信。偉大的文學作品和偉大的宗教都告訴我們，人，包括我在內，基本上是「軟弱」的，容易犯錯，容易知過而不悛改，至可憐憫。這就是為什麼我一直沒有懷著仇恨在王昇等體系勢頹之時即刻揭發「密信」的理由。因為既知凡人皆「軟弱」，我就不熱心在道德上去審判人。如果不是我和陳芳明論戰時，由他先提及他早已在一本書中揭露的這段往事，我也許至今還保持緘默，正如我在寫給鍾玲教授的信中說，這是您余先生自己要面對從而解決的問題，我若「舉發」，徒然成為您我個人的糾葛，就遠離了問題的核心本質，很沒意思。

您說得對，當時反「文革」式之共的人不是您一人。其實，時至今日，反共的人更多。大陸上知識界轉向自由主義而非共的人也所在多有。但在您寫〈狼〉[2]和舉證信的時節，不但台灣環境視「共」如蛇蠍，而且從一九七七年，「國防部總政戰部」就開始布置輿論，先是彭歌的方塊，接著是台灣僅見的報刊上大塊點名批判文章（彭〈沒有人性，何來文學？〉）和〈狼〉。翌年開春，風風火火的「國軍文藝大會」開場，核心問題就是「批判鄉土文學」，會中廣發「青文會」的小冊子《當前文學問題》，抨擊鄉土文學一派，抨擊胡秋原先生為鄉土派辯誣的《中華雜誌》。我於一九六八年因讀左派書判刑十年，一九七五年因蔣介石崩「大赦天下」回家，一九七七年就迎來您和彭先生的「親匪」指控。事後朋友告訴我，這些布置都為了肅清鄉土派，準備好了要動手抓人的。〈狼〉文的問題，因此似不僅在「太情緒化」、「措辭粗糙」、「語言過於凌厲」，如果您用冷靜、精緻、緩和的語言寫，仍然無法逃避有意——或「無心」製造一宗筆禍的責任問題。不論如何，肅清鄉土文學的有組織、有計畫的事件，已是台灣戰後新文學史中無法躲閃的一頁。您的問題用「時代」、「心理」、「孤忿」說來解釋，不能說沒有牽強塞責的地方。八〇年代，台獨反民族論述雀起，我就因為左派和台獨派同受國民黨鎮壓時，台灣左翼被「道德」束縛了手腳，不能向台獨攻擊，眼睜睜地看著他們茁壯，後來只得另闢蹊徑，辦《人間》雜誌，探究社會問題……八〇年代以來，台獨民粹的「時代」和「心理」壓力日增，但對抗台獨的「時代」和環境選擇還是重要的。

其次，您似乎過於強調您自己受的「損害」，這就妨礙您反省何以致之的源頭。在反共戒嚴方殷的時代，拋出〈狼〉，寫舉發信，雖然由於歷史的偶然和幾位外省人老知識分子力諫而免去及身的筆禍，良心道德上的責任還是會在相關的人的心靈上成為難於卸除的重擔。您說您「被指控加害，但並未有加害後果，自己成為受害人，為並未告密一事受到指控」。

為了保護自己得來不易的聲望，奮力保衛，有時忖度對方應無所知的事實，強力飾辯，是人之所以軟弱的常情，但這樣掙扎的結果，多半越塗越黑，終至身敗。

先說您的材料信是不是告密。知情的人說，您不止扯到我，也扯到一位顏姓教授和一位現在是台獨派的謝姓藝評家。我也知道您引用了我的哪一篇文章的哪一段，經和「新馬」(「少年馬克思」思想)對比後，結論性地提問：「如果這些不是工農兵之左傾言論，什麼才是？」

這樣的「信件」複印給在美國的陳芳明、在台灣的彭歌之外，還有其他一兩人。先不說別人，寄給彭歌就等於寄給了國防部青文會和國軍文藝機關，您問鄭先生是否是胡先生學生，回答是鄭胡可說是同時代的人。

最後是您有沒有直接把材料信寄王昇的問題。我在寫此信之前，特別問了當年告訴我過程，現在於大學教書的鄭學稼先生的學生。他肯定地說，王先生手上確實有這份您的材料，因為涉及「青年馬克思」是什麼的問題，特別向鄭先生請教，自然也要把您的材料奉上。據這位好友說，當時國民黨內「匪情」專家意見分兩派。一派以馬《一八四四年手稿》中的思想有人道主義、異化論等的提出，為傳統馬派（蘇共、中共）所排斥，可以利用，一派認為台灣知識界可能利用「青馬」掩護自己，應該警惕。而您所引用的我的文章，其實是素樸之極的文藝社會學觀點，通俗的文藝社會學詞典上就可以找到，和青年馬克思主義八竿子扯不到一起。這些，我至今連社科院趙先生都沒有向他說過。您的來信有誠懇甚至認錯的地方，這使我十分為您高興。我很願意努力相信您的歉意、誠意和善意。尤其您不惜發重咒表白清白，讓我心痛。

我也是個「軟弱」之人，絕不敢當受什麼「正直美名」。奉讀來信，對材料信的理解，實無法誠實釋疑。我辦《人間》時辦公處距鄭先生家近，他老人家偶有過訪，常常勉勵。有一次他說：「鄉土文學論爭時有人告你有思想問題。寫文章要注意不要用左派名詞。」他沒有提您的名字，時在一九八五年初，對於鄉土文學論爭的暗潮，我已經大體理解了。

您要寫文章，要怎麼寫，完全依您的意思寫。我再三反省，覺得自己絕沒有什麼要「選擇」的難題。對於這件事，我有這看法（已在致鍾教授信中說及）：只要誠懇、誠實、觸及心靈地反省，以誠善之心表示遺憾或歉意，至少對於我，一切就過去了，您也會贏得良心上周旋（原編按：為「的自由」之筆誤），遇到我被迫不能不說話，我也不能不痛苦萬分地打破緘默。

此外，您給《羊城》的公開信，似也應該在台灣的媒體發表，因為當初事件發生在台灣。這有助於結束此一公案。

衷心地祈望您深思，做出最好的決策。事關您一生的清譽和評價，我絕不願您不知道我的善意和誠意。

敬祝

平安

陳映真

二〇〇四年九月一日

又，對現代詩否定、指摘嚴厲之時，皆七〇—七四年間現代詩批判中事，主將為友人唐文標先生，我時尚在獄中，與此無涉。何況先生與現代派間也有宗派間爭執。

初刊二〇〇四年十月人間出版社《人間思想與創作叢刊7．爪痕與文學》（陳映真編）

1 本篇為《人間思想與創作叢刊7・爪痕與文學》附錄二，附錄一為〈陳映真經鍾玲教授轉余光中信〉。

2 指發表於一九七七年八月二十日《聯合報・副刊》上的〈狼來了！〉一文。

〔訪談〕陳映真答客問[1]

盧健英（以下簡稱「盧」）：編舞家林懷民以您的作品入舞，您在初知林懷民的這個作品構想時，是什麼心情呢？

陳映真（以下簡稱「陳」）：林懷民是個眾所公認的傑出舞蹈藝術家。他告訴我要做這件事時，我一開始便對他說，你全放手去做吧，這是你自己的創作。無論如何這都是以林懷民為主體的藝術創作作品。舞蹈演出時，所有一切光榮與成就都是屬於編舞家的。他不是改編我的作品。它是林懷民的另一個創作，只不過是取了我的部分小說作為題材，我感到很高興，很榮幸。

藝術的成就是後世的人決定的，不是自己鼓吹的

盧：現在的年輕入可能已不熟悉「陳映真」這個名字。但對七〇、八〇年代的年輕人而言，

陳先生的小說作品及曾做過的事，包括《人間》雜誌的創辦，曾經彰顯著重要的精神價值，您如何看待自己在那一個時代裡做過的事？

陳：愧不敢當。不敢說我有太大的價值。只能說，我對人生、對人、對生活、對審美的看法比較不同，這不同，不能說是我特立獨行，而多少我年輕時讀的書如魯迅、茅盾的作品及三〇年代的文藝理論給我的影響有關。

盧：有人說：您是「永遠的革命家」、「永遠的社會主義者」，你對於這樣的評價，有什麼看法？

陳：這種評價，可有好意，但也未必沒有一些貶意或嘲笑。另外也有人說我是「最後的馬克思主義者」（笑），但對我來說，這僅是我對生活、創作、審美有我在青年時代所受彭響的影子；那些創作觀念，那些對生活的看法，已不是目前大眾消費時代的看法，可能因此而和別人不同。

第二，那樣的藝術觀，以及對於人，對於生活的看法，經過五〇年代的白色恐怖以後，那一代人的審美體系已經被消滅了，在我們當前這個時代人的人生觀、社會觀及創作觀，更多地受到西方所流行的看法影響，例如人家有現代主義、後現代主義，我們也就打著折扣引進。在這一方面，我做不來，因此我有一些不一樣吧。

藝術的成就是後世的人決定的，不是自己鼓吹的。我從不想著刻意要寫出「好」作品，好流傳百世，藏諸名山。而即使天天那樣想也沒有用，真正偉大的作家、藝術家，如托爾斯泰、莎士比亞、曹雪芹，也們的偉大不是自己想來的，而是經過時間洗鍊才受到人類的讚揚與承認。

文學是為了使那些沮喪的人重新燃燒希望，受凌辱的人重新找回尊嚴

盧：在您的小說中，常常可以感受到您在描寫小人物時呈現的「悲天憫人」，以致後來在《人間》雜誌都有這種強烈的特質存在。您在這個時代，對於「悲天憫人」有沒有新的看法？

陳：我們這個時代，乍看是亮麗堂皇而燦爛的世界，但如果往深處看，在繁華街道之後還有一條後街，後街的景像便完全不同，今天人類的成就與富裕、飽食，背後其實隱藏著一群也創造了這社會的財富，卻一直沒有受到關注的人們，在後街裡生活著。

今天，人們翻開雜誌，便看到俊男美女、財富健康、輝煌璀璨、幸福舒適，整本雜誌連同廣告在內，都在宣傳這種價值。《人間》雜誌之所以不一樣，並不是它怎麼「悲天憫人」，只是從另一個角度看人生，於是我們忽然看到一些沒有臉的人，我們從來吝於多看一眼的人，但這些人站在街頭角落，仍然有他的尊嚴，有他面對挫敗、苦難的勇氣與力量。當我們看慣了輝煌璀

璨，竟然看到還有這一批人——這一些也參與了創造社會的輝煌璀璨的人——活著，但結果卻被當作是不合格品、報廢品，完全被忘記和拋卻、忘懷……。

描寫這些社會現象的作品，在文學裡有很多，如歐亨利、狄更斯所描寫的世界，描寫工業化時代背後的陰暗與悲慘，卻仍有尊嚴與生之力量的底層人物，他們有反抗、有悲傷，甚至也有歡笑的世界。

文學的本質，很多時候都不是用來歌功頌德、錦上添花。文學是為了使那些沮喪的人重新燃燒希望，受凌辱的人重新找回尊嚴，悲傷的人得到安慰。這是我對文學藝術的想法。

我從來沒有想過要成為舞台燈光的焦點，自然也就沒有不受到聚焦的寂寞

盧：相對資本主義的全速發展，時代常常不是社會主義革命家可以螳臂擋車的，後街的人永遠存在，在過去長期以來對價值的堅持裡，你如何面對挫折，如何繼續堅持？

陳：我們的經濟漸好之後，越來越多人忘記底下世界的成員。自以為我們已躋身富裕之國。事實上我們的經濟裡存在著很多對於強國依附的問題。但我們所想的，所模仿的都是高度發展國家的行為與思想，忘了世上還有遼闊的第三世界，在這些第三世界裡的人，比我更英勇

地在奮鬥和創作，表現人們對於正義和幸福的吶喊。

他們的文學也是如此，關心人，關心人的生活與命運，在第三世界，這吶喊與反抗依然強而有力。只是在我們的社會裡，充滿了犬儒主義、譏笑和模仿，跟著主流和中心世界文壇的流行，忘了身邊受苦的人的生活。

用現在的話講吧，我是一個比較退流行的人。為什麼繼續走下去，我自己反省，想來想去，覺得自己沒有錯吧，只是固執。第二，我從來沒想過要熱鬧、被別人捧著，鑼鼓喧天，成為舞台腳光的焦點，自然也就沒有不受到聚焦的寂寞。

盧：這幾年生活中，有沒有讓你覺得溫暖的事？

陳：很多。最讓我成長、最讓我對人性懷抱著堅實不移信心的是在辦《人間》的那五年。工作的條件很艱苦，但在每一次採訪中，我們都是收穫者而非給予者，我們在具體的採訪寫作與攝影中得到力量，看到真正的人的尊嚴，這些底層人物面對生活的態度給我們極大的教育。以致於當《人間》雜誌要關門時，我接到很多人來信勸我不要難過，說：「我們這個時代不配有這樣好雜誌，就讓這個時代沉淪吧。」弄得我反而要寫信去安慰讀者們：不要太悲觀，不要太憤世嫉俗。

這些都是難忘的經驗，我只能說現在的藝術家、文學家太忽視、太蔑視人的心靈需要與生活，他們根本不到生活裡面去，不描寫人，不描寫生活。

我只是相信，堅持相信，人有願意對受苦的人伸出手、一同流淚那一面

盧：您曾說，魯迅是影響你最大的作家。但與魯迅不同的是，您一直有長期而強烈的樂觀。

陳：最近我在深圳看到一系列關於大陸愛滋病的報導，看到許多年輕志工深入愛滋病村幫助病人，常常令我滿眶淚水。現在大陸社會裡，很不少的人追求亮麗、流行、名位等，但還是有人在看到河南愛滋病村的故事時，把工作辭掉了，和病人們生活在一起。他們所講的話和當年我們在《人間》雜誌的時候所講的話是多麼的相像，他們說：「不是我們特立獨行，或特別有同情心，是這些人的生活教育了我們。」

魯迅在寫〈藥〉時，後來也覺得太黑暗，太絕望了，在結尾時勉強讓主人翁的墳上開出幾朵小小的花來，讓故事有一些亮點。我真實和他的想法是一樣，一方面表現人在不公平的機制裡所遭遇的噩運。但人都有兩面，有貪婪、好逸惡勞、追求舒適的那一面，但也同時有願意對受苦的人伸出手，一同流淚的一面。這兩個方面都是人的本性，我只是相信，堅持相信，人有另外的那一面，如此而已。

盧：在〈將軍族〉裡，三角臉說了一段話，很悲的結尾，如果三十年後再看這個結尾，會有變化嗎？

陳：應該不會有太大的變化。人一方面是自己的主人，二方面他也會被環境所撥弄，我們在現實社會裡看很多人那麼悲慘，噩運接連而來，連一個寫小說的人都不敢如此安排一個人的命運，因為太超乎人正常的想像，但它卻在受苦的人的生活裡經常發生，有些人好事一件件來，就算投機取巧，總是得逞，但有些人卻被一隻無形的手，推向無告的命運裡。人生的確有這一方面，所以我那幾句話，應是對那個把人推到淪落的深淵裡、某種不知道但客觀存在的社會機制的抗議。

我希望年輕人、年輕創作者多回到生活現場，去認識人、認識生活

盧：剛談到人一方面是自己的主人，另一方面他會被環境所撥弄，您自己覺得你的人生比例如何？

陳：基本上，我對自己的人生是感到幸運和滿意的。從政治牢裡出來的人，能夠像我這樣，勉強糊口之餘，寫出來的東西，在很小的範圍內還能起一定的作用。和我一起出獄的朋

友，不少人受盡壓迫，顛沛流離，比起他們我幸運多了。《人間》雜誌所報導的，在現實生活裡活得那麼艱辛的人，但他們不活得令人憐憫厭惡、噁心，相反地，他們發光發亮，凡是這些都讓我覺得幸運，而且不應該白白享受這些幸運，我最大的快樂還是在寫作上，在力所能及的範圍內反映一些生活中的人，在飽食的時代，提醒大家有不同的想法。

盧：對四、五年級生的世代而言，陳映真曾是「理想」與「堅持」的帶領者，對於現在的年輕世代，您會有什麼樣的建議？

陳：我們生活在過去數代中國人所不曾經歷過的富足，在這以前，百千年歷史中的生活在物質貧困的時代，只有貴族與皇室可以過比較好的生活。這個短暫的時期，能不能千年萬代延續下去，是非常大的疑問。

今天所謂的恐怖主義，有人覺得他們很野蠻，但我看來是充滿悲憫的，這是被強國羞辱、掠奪到極點的人所做的最絕望的抵抗，九一一事件並不是一群魯莽的人所做的事情，這些人是在他們貧窮的國家中所難得培養出來的精英，這是一個最絕望的民族所做的殊死的抵抗。

我要講的是，生活裡絕不只存在我們僅知的網咖、甜美的生活，或官能的快樂，遼闊的生活裡，存在著無限的思索和創作的可能性。我希望年輕人、年輕創作者多回到生活現場，去認識人、認識生活，接受他們的教育與啟發。那麼就不會把創作當成勳章、刺繡來看待，一心想著如何把勳章掛在胸前，如何把刺繡披在肩上，接受別人的喝采，文學與創作的事情遠遠不是這樣的。它應該關心人、理解人，關心生活、理解生活，如此才能發出動人的火花。我們看偉大的藝術創作、文學創作都可以看到這樣的火花，如杜斯妥也夫斯基、高爾基、托爾斯泰、魯迅，沒有一個寫光華絢麗、錦上添花或者攬鏡凝望自己裸體的事。

初刊二〇〇四年九月《PAR表演藝術》第一四一期
另載二〇〇四年九月十六日《中國時報・人間副刊》E7版

1 本篇為陳映真訪談，初刊《PAR表演藝術》「特別企畫：那些跳探戈的日子」專輯，訪談：盧健英。後以〈那些跳探戈的日子——陳映真答客問〉為題，節錄於《中國時報・人間副刊》「風景：文舞雙全」專題，採訪整理：盧健英。《中國時報・人間副刊》版編案：

當寫實的陳映真，遇上詩意的林懷民，將綻放什麼樣的「風景」？本月十八日公演的雲門新作《陳映真・風景》，不僅向堅持信念的小說家陳映真致敬，也要為陳映真作品中的時代美學，留存影跡。本刊今日刊出陳映真、林懷民兩人的訪談，左右對照，讓讀者在欣賞舞作之前，一窺這齣兼具思想與官能之美的表演藝術的誕生緣起。兩篇訪談與九月號《PAR表演藝術》雜誌同步刊登。

惋惜[1]

一、一場在大陸文壇引發的余光中爭議

今年的五月二十一日，北京中國社科院港台文學所的趙稀方研究員在《中國圖書商報》上刊出〈視線之外的余光中〉，並配有〈答《中國圖書商報》記者問〉。文章和問答中，突出地提到一九七七年八月間台灣的「鄉土文學論爭」中余光中拋出以〈狼來了！〉為題的雜文，在嚴苛的反共戒嚴時代，公開警告共產黨的「工農兵文學」已經滲透到台灣，要當局「抓頭」，不必怕別人攻擊給作家「扣帽子」；也提到一九八九年七月，當時早已是「台獨」論者的陳芳明出版《鞭傷之島》中，道出余光中曾寄給陳芳明「一封長信」並附寄了幾份影印文件。其中「有一份陳映真的文章，也有一份馬克思文字的英譯。余光中特別以紅筆加上眉批，並用中英對照的考據法，指出陳映真引述馬克思之處……」。

二〇〇〇年九月，我初次在與陳芳明的一場關於台灣社會性質與文學史分期問題上展開論爭中的一篇文章中，提及余光中這「精心羅織的一封長信」直接寄給了當時特務總管「王昇將軍的手上」。而「寄給陳芳明的，應是這告密信的副本」。

有關這「一封長信」，一九八九年陳芳明的揭露，和二〇〇〇年我的提起，在島內都未引起什麼可以感知的波紋。但今年五月趙稀方的文章卻很快在大陸引發了討論。抑余者有之，揚余者也不少。參加討論的，除台灣的呂正惠、楊若萍外，都是大陸、香港的陳漱渝、陳子善、錢虹、劉心武、薛永辰、黃維樑和趙稀方的幾篇回應。

九月十一日，余光中先生第一次在《羊城晚報》寫〈向歷史自首？〉做了回應，並且對我提出數問，為自己洗清。事情發展至此，雖非所願，但繼之尋思：如果我和余先生皆能端正態度，以余先生在發表回應文章前致我私信中強調的「善意與誠意」，公開交換意見，坦誠面對歷史，達成諒解，彌合傷痕，增進當下台灣民族文壇的團結，當是很有積極意義的事。

二、我對「余光中事件」的認識和立場

我想把應該在結論中提出的、對於「余光中事件」的認識和立場先說一說。十九世紀中後，

世界進入弱肉強食的現代帝國主義時代。包括台灣在內的全中國淪為半殖民地．半封建社會的深淵。作為這淪落的一個組成部分，一八九五年因甲午戰敗，台灣島進一步淪為日帝治下的殖民地．半封建社會。撇除殖民地台灣在社會、政治、經濟上的殖民化傷害，日本據台之初，就百般壓抑漢族語文，把日語當作「國語」強加於島民，剝奪島民的民族母語，強迫島民以日語思想、書寫和創作。一九三七年日帝全面侵華，漢語和白話文遭到全面徹底的禁絕。一九四一年，日帝發動太平洋戰爭，在文學上強迫台灣作家寫歌頌侵略戰爭、卑視自己民族的血統、煽動對「天皇」、「聖戰」誓死盡忠的作品，在台灣新文學的心靈和精神上劃下至今猶未癒合的傷口。體現了這沉痛傷口的，不僅僅是表現了皇民歇斯底里的周金波、陳火泉等人的作品，也包括了表現面從腹背、猶疑、苦悶、自棄的龍瑛宗，和為民族認同而在日帝侵華的非理世界中遭到敵人和同胞理不盡的傷害，猶疑、痛苦而終於在實踐中克服了被歪曲的歷史的吳濁流。

但時至今日，當韓國年輕學界(如金在湧教授)遲至今日才展開科學實證的研究，面對日占下朝鮮政治和文學歷史上的「親日」人物、行為和作品時，海峽兩岸卻長期對這些問題視若無睹。不，在台灣，反民族分離派甚至主張不以「中國人立場」處理日帝下「親日」問題，並且和日本右翼學界互相唱和，主張「皇民化」為台灣帶來了「第一個國語」，並謂以之構成政治和文學的「公共領域」，成長為脫離中國的「台灣民族主義」！於是傷口未見痊好，而且進一步糜爛、蓄膿。

一九二〇年代初開始，中國人民在救亡、發展問題上開始了左右兩大傾向的探索。一九二七年四月蔣介石政變（清共大屠），左右分裂對峙。抗日戰爭中西安事變後，國共合作抗敵。一九四五年勝利，四六年國共內戰再起。在戰後世界冷戰體制形成過程中，美國介入我國內戰。一九四九年十月中共建政，國府撤台。翌年韓戰爆發，美國軍事介入海峽，中國隔海峽而分裂，依靠[2]成為美國遠東戰略前線自保。

就在這民族在外力介入下的分裂的傷口，台灣建立了反共軍事獨裁，以自由、民主的名義，鼓勵極端的反共意識形態，煽動同族相仇、相疑、相殘的政治，建立可以無限上綱的反共國家安全體系。

在這「體系」下，二、三〇年代以降至四〇年代末的台灣的和大陸的文學、哲學、社會科學被非法化。以國家安全為名的密告、政治上的冤、假案泛濫，恨共、仇共的教育不知何時轉化為對中國、中國人的醜詆、怨恨和對立。時至今日，這慘痛的民族傷口，因缺少反省、清理的條件，不但至今不曾痊好，而且一方面任人強加勒索性的昂貴軍購，把自己綑綁在別人的戰略前沿利益，一步步痴狂地走上危險的民族內戰。

這戰後的傷口，使台灣喪失了呂赫若、朱點人、簡國賢、藍明谷這些優秀的作家，使楊逵失去十二年的自由，使台灣和大陸在四九年前的新文學傳統斷裂……

我因此把余光中先生一九七七年的〈狼來了！〉和那「一封長信」擺到這個框架上來認識，因而並不以為是我和他的個人的恩怨。我知道人是社會諸關係的總合，也就是歷史諸關係的結果。在交織著民族內戰和國際冷戰的歷史，人受其影響，限制了認識力，做出了遺憾的言動，是很可以理解的。

但這並不能否定人的終極的主體性，在前進的歷史變化中，人也能跟著前進，體悟到過去歷史中自己的是非功過。

一九四一年，日帝在太平洋戰區的侵略戰爭勢如破竹的態勢下，許多日本甚至殖民地朝鮮的作家，包括曾是左翼反戰反帝的作家，大量、大面積向日本皇國體制傾倒、轉向（相形之下，台灣的「皇民作家」不過二、三人），至今尚未能徹底清理。但是日本戰敗不久，日本人如大夢初醒，覺悟到自己民族所犯的不可置信的戰爭犯罪（雖然有人懷疑此僅足以為天皇和個別必須為戰爭犯罪負責的人開脫其罪責），進步文壇喊出了「一億人懺悔」、「一億人慟哭」（作者按：日本人口總數時約一億人）的口號，清查在戰時中協贊軍國主義的文化人和作家的「戰爭責任」，引起廣泛爭論，認為不清理作家的戰爭責任，無從在戰後重建新的、民主主義的日本文學。但五〇年韓戰一聲炮響，日本和國際政局大變，往日的戰爭協力派（政客和財閥），為反共反華戰略利益受到美國占領當局的青睞，作家的戰爭責任清理運動，隨著美國占領當局對左派的「軟肅清」而煙消雲散，至今成為日本「戰後清理」的一個大漏洞，從中滋生今日日本右派政客、學人、文人縱橫日本的局面。

*　*　*

一個曾在少時背叛自己的階級，參加革命的大陸好友，對我絮絮切切地述說「文革」對她身心、思想、精神的強烈打擊；也告訴了我她花去了很長時間，很大的心力，才逐漸克服了思想障礙，超越了歷史加予的傷痕，重新清醒地拾回了信念，寬恕了惡待過她的人們。我們應該堅持「歷史主義」的態度，她說，歷史主義就是把人與事物擺回歷史原有的框架，去認識和評價，也要以今日經過歷史教育的自己的主體去回眸。涉及到自己，若認識到往日受限於歷史造成的極限、有所不足，就要反思，甚至表態，涉及他人，只要他人有反思或悔恨之情，就要學習包容和接納，以大局為重。

這不是她的原話，但大意如此。她在大苦難中學會的智慧，很贏得我的佩服。

對於余光中先生的歷史問題，我也願意以「歷史主義」的認識，即從人在其不同的發展階段的歷史影響去面對。具體下來，從戰後內戰與冷戰的雙重結構和民族分裂對峙下的台灣，理解余光中先生的〈狼來了！〉和那「一封長信」，並且從今日回眸面對過去的余光中先生的態度，去清理在鄉土文學論戰中留下的傷口。

三、回應余光中的說詞和提問

今年六月二十六日香港的鍾玲教授寄來一封信。可是因為我剛好人在深圳求醫，直到八月二十日才收到。原來鍾教授曾在六月到台灣，余光中先生找她懇談。余先生就〈狼來了！〉和那「一封長信」有所解釋和辯白，其內容在他九月十一日在《羊城晚報》上刊出的〈向歷史自首？〉大部分的文字一字不易，當然增加了更多他對我有關那「一封信」的看法的質疑。我在兩封分別間接、直接寄給余光中先生的信中都懇切地說過，只要余先生正心誠意地面對歷史，確實覺得昨日之非，並且誠懇地公開表態，表示遺憾甚至「道歉」（這是余先生對鍾教授和我在他信中表示過的），整個事情就了結了，余先生不但因而能解除「長期困攪」他的重軛，並能贏得廣大讀者的體諒和尊敬，益增余先生的光華。我也建議不要抓事實的細節周旋，則勢必逼得非把一些更加無益於余先生的事實披露出來，實以為不智。我也不憚於舉出五〇年代美國麥卡錫大面積鼓動反共風潮時，美國才華橫溢的大導演伊力・卡山檢舉了電影文化界的「共黨嫌疑」者，使人受到「非美委員會」的調查，身心、工作遭到壓迫。近幾年前，卡山獲頒「終生成就獎」，在頒獎儀式中，約有近五分之二的觀禮者拒絕起立為他鼓掌。在螢光幕上看到老年的卡山，幾乎沒有一句受獎詞，匆匆尷尬退場。在螢光幕上見此，心中悲憫，至今難忘。大詩人龐德、大哲學家海德格都有在二戰中協贊德國納粹的歷史，為之「困攪」終生。

現在余先生公開以〈向歷史自首？〉回應，我只能以此為余先生結論版，說幾句不能不說的話。一是關於〈狼來了！〉的說明。余先生究其原因，以為他當時受大陸「文革」的震駭「壓力」下，「情緒失控」、「措辭粗糙」、「語氣凌厲」，「不像一個自由主義作家應有的修養」，「政治上的比附影射也引申過當」，因此「令人反感」，致授人以柄，「懷疑是呼應國民黨的什麼整肅運動」。

在〈狼來了！〉中，余光中先生在當時戒嚴環境中堅決咬住台灣已出現「工農兵文藝」，卻通篇指不出哪一個作家的哪一篇、哪一本作品是毛澤東在延安文藝座談中定義的「工農兵文藝」，卻大段引用毛在座談中的話。當時對鄉土文學界是一個政治上取人性命的、猙獰的誣陷。直到今天，余先生一定指不出哪一篇文章、作品是毛意義上的「工農兵文藝」。有資料指出，「(一九七八年一月)十九日早九時開會(指「國軍文藝大會」)，青溪文學會(作者按：王昇領導下的軍中文藝宣傳機關，主辦此次「國軍文藝大會」)散發《當前文藝問題》小冊子……攻擊鄉土派，但未指明該派倡『工農兵文藝』。」十分熟悉中共及三〇年代左翼文學理論的在知識上反共的胡秋原、鄭學稼也公開為鄉土文學辯誣，亟稱其與中共「工農兵文藝」無關。但在余先生的〈狼來了！〉和那「一封信」中，卻堅定主張台灣有「工農兵文藝」。那「一封信」裡在援引英文左派文論，細加眉批之後，有這吒吒的質問：「如果這些不是工農兵之左傾言論，什麼才是？」〈狼來了！〉有一個結論，說揭發不是「扣帽子」。「問題在頭。如果帽子合頭，叫『抓頭』。」這個「抓」字，寫得寒氣逼人。

這樣一篇文章，作為他鬥爭的武器，寫得犀利、準確，「凌厲」地指向他被「鬼魅」（余先生語）的心中的敵人，寫得「好」，不是「不好」。余說今日回顧，總地說，「寫得不美」。這樣的文章如何寫得更「美」？更溫柔、細緻？但不論怎麼寫，在那森冷的當時台灣，依然是徐復觀先生所說的足以「使人頭落地」的「血滴子」。

余先生說寫〈狼來了！〉純出於「意氣」用事、「發神經病」、「非任何政黨所指使」。

九〇年代中葉，熟悉內情的朋友對我說，一九七八年六月的國軍文藝大會針對的是鄉土文學，會後就準備動手「抓頭」了。余先生否認文章為了「呼應國民黨的什麼整肅運動」。余先生可以說我的朋友口說無憑（必要時只能在他日請人出來說明），但也可以研究一下下列的日程。國軍文藝大會是一個規模很大，由國防部統轄的「青溪文學會」主辦的會議。參加會議的鄭學稼先生說他參加的是何志浩（總政戰部高官）主持的「第十二」分組，窺見規模之大。是個用來「清除所謂『鄉土文學派』」的會。籌備這麼大型、重要的會，有經驗的人知道至少須時半年以上。

一九七七年七月十五日，彭歌開始在他在某大報專欄「三三草」上寫〈「卡爾說」之類〉，要人警惕共黨思想已偷渡台灣；十六日，刊〈溫柔敦厚〉引杜甫詩倡不惜「吾廬獨破」的「愛」的文學；二十二日，刊〈堡壘內部〉，引列寧語「從堡壘內部發動攻擊」喻鄉土文學之危險；二十四日，刊〈傅斯年論懶〉引傅言謂共黨思想常「乘虛而入」，故除毒草切不可「懶」；二十七日，刊〈對偏向的警覺〉讚揚鄉土文學的「偏向」同為「青年作家」銀正雄、孫慶餘所察覺；至八月五日，刊〈統戰的主與從〉誣稱鄉土文學在鼓動「地方意識」、「省籍問題」和「社會矛盾」；六日，刊〈勿為親者痛仇者快〉，謂台灣與所有社會不免有問題存在，但切勿渲染，免「親者痛仇者快」。過十一天後的八月十七、十八、十九三天，國民黨所不曾有的長篇點名批判文章在一家報紙副刊連續全版赫然刊出彭歌永遠留在台灣新文學史冊中的刀筆文章——〈不談人性，何有文學？〉，指名檢查和控訴王拓、尉天驄和陳映真的文論思想。緊接著，余光中先生的〈狼來了！〉就在翌日八月二十日登場！而數月後的轉年一月十八日，國軍文藝大會就隆重登場了。

只是憑著以上的日程，如果我傾向於相信這是一場有組織、有計畫、有工作配置的文學整肅運動，能說人們的「懷疑」沒有根據嗎？

余先生說當年香港「左刊」、「左報」對他的攻擊文字不下十萬字。圍剿鄉土文學的文字，光是「青文會」的批判集、小冊子，合起來也近二十萬字。余先生當年在「自由」的香港感受到「左派」批判的「壓力」，能不知道彭歌的專欄、大批判、余先生的〈狼來了！〉和那「一封信」在極端反共戒嚴體制下給予台灣鄉土作家的「壓力」嗎？不同的是，我們這幾個被指名的「欽犯」不曾發「神經」、「意氣」用事、「情緒失控」，而是懷著被捕入獄的決心，在胡秋原先生、徐復觀先生、鄭學稼先生還有錢江潮諸先生仗義代辯下，各自寫文章自衛。這也說明余先生有條件鬧「情緒」、發「神經」從香港寫文章、寫那「一封信」回台灣打人棍子，而我們沒有。除了荒蔓的恐懼和義忿，一無所有。

余先生在這篇對自己做結論的〈向歷史自首？〉中，關於〈狼來了！〉的反省，只有一句是有所反省意識的話：「政治上的比附影射」「引申過當」，相形之下「情緒失控」、「措辭粗糙」云云就顯得避重就輕、蒙混過關的味道。其實，在余先生對鍾玲教授、在給我的私信中，都說過要為〈狼〉文「道歉」，明白說〈狼來了！〉一文「對您造成很大的傷害，他要對您說對不起。」（鍾教授轉述）在第二封私信的末尾也說「請接受我最大的歉意、善意、誠意……」我接讀之後，真心為他高興，回信鼓勵他勇敢面對、表態，解除自己的枷鎖，則我一定寫文章表示讚賞和支援。不料這麼好的話，在〈向歷史自首？〉中全不見了，實在令人很為他惋惜、扼腕。

二是他有沒有直接將那封「信」直接寄給王昇，鄭學稼如何告訴我那「一封信」是由余先生直接寄去給王的問題。

和余先生一樣，「隔了三十年，當時細節有些模糊」。一定要求細節，不妨從既有材料拼圖吧。

(一)余先生說，那「一封信」只有薄薄的兩張紙，性質上只是與朋友共享資料。但陳芳明卻說，「我收到余光中寄自香港的一封長信(即不僅僅是「資料」)，並附寄了幾份影印文件。其中有一份陳映真的文章，也有一份馬克思文字的英譯。余光中特別以紅筆加上眉批，並用中英對照的考據法，指出陳映真引述馬克思之處……」這樣連「長信」加影印文章、英譯稿，怕就不只「兩張薄紙了」。

(二)依據手上的資料，余先生的影印件，是我給當初尚不知其台獨傾向(所謂「台獨左派」)畫評家S的、以書信體寫的，他對歐西美術之資本主義商品性、藝術與社會、階級關係、藝術表現勞動人民和其生活之論的書作序的文章。文章中我大量引用S原書的文本，加以揚揄、引申，頗驚對藝術社會學與我相同之觀點。則余先生所揭發的，就不止是我一個人，連帶S也牽連了。資料還說，余先生也扯上了當時台大外文系的Y教授的某一篇文章。而且，如前文所說，在經過一番比對、「考據」後，那「一封信」的結尾還吒然逼問收件人：「如果這不是工農兵之左傾言論，什麼才是？」

如果有人如我依上述資料遲疑於相信余先生所說那信、那文件的性質只是朋友間漠然地交換資料，應該是可以理解吧。

不錯，我的資料上明說，「最後，他（余）主張『思想問題』仍須以論戰解決，千萬不宜有政治行動，以免引起更大的誤會。」

但人們會問，余先生自己為什麼不以論戰解決，而將責問「如果這不是工農兵的左傾言論，什麼才是？」的材料寄給多人（鍾玲教授說余先生把文件、信、資料「寄去給三、四位他在台灣的朋友」，如果加上在美國的陳芳明，就是四、五位了）。〈狼來了！〉是準備討論的文章嗎？當時的台灣有條件「以論戰解決嗎」？而收件人除了手中有權力的人，誰能決定用「辯論」還是「政治手段」處理？

余先生慎重地介紹了彭歌的輝煌履歷、職稱和「文學成就」，但現實上這樣一個人也照樣可以先寫一個多月充滿陰謀論專欄之後，在七七年八月拋出連載三天的點名政治指控的文章。「自由主義知識分子」的余先生、彭歌、董保中、孫伯東都加入了棍打鄉土文學的行列，文章俱在。余先生把那樣「一封長信」和驚人的材料寄給了平時竟「往來不多」的彭歌，這又是為什麼？怎麼又「未想到會有什麼後果？」

我又憑什麼斷定「信」是余先生直接寄王昇，最大根據是九〇年代中期一位朋友（平時皆以「老師」稱胡秋原先生和徐復觀先生）在一次閒談中，說起余先生把材料給了王昇，王昇不知

「信」中考證陳映真有的「新馬」思想為何物，就教於鄭先生，鄭先生不以余先生的說法為然，勸王昇不可興筆禍，並公開獎勵有成就的鄉土作家。結果是沒有筆禍，但也沒有獎勵。事實上，當年在台灣我還無緣讀馬克思的《經濟學—哲學手稿》（一八四四），不懂「青年馬克思」。

但這個故事也是經歷幾年拼出來的。

一九七七年鄉土論爭因彭歌長文爆發，同年，有〈狼來了！〉，後來知道也有那「信」。一九七八年元月開國軍文藝大會。迨一九八五、八六年左右，鄭先生閒話中告訴我「有人」曾在鄉土文學論爭中密告我有思想問題。余先生問何以不問清楚？這種事，在台灣當時條件下，說的人不明說，作為晚輩就當知道人家不想、不便或不必說，因他意在叫我行文說話謹慎，不在透漏密告者。這是那時代的「規矩」。一九八九年，陳芳明《鞭傷之島》出版，我未注意，後來只聽說陳芳明在書中罵了我和余光中，我也不以為意，只覺得何以陳芳明會把我與余先生扯在一塊罵。一九九〇年中，上面提到的那個朋友告訴我當年王昇手中有余先生「信」，並告訴我鄭先生有一本書談及此事，我這才把鄭先生書和《鞭傷之島》先後找到，拼出了整個圖像始末。

當然，關鍵之一，是鄭先生學生的我的朋友。余先生一定要追究，只好請他出面說明。這次我給余先生寫信前，特別打電話問他一次，他的回答與十年前一致的。

我說有沒有「直接」把信「寄給王昇」不重要，是因為從「信」和材料內容推定的性質；鄭先生告訴我有人告我密在先，漸漸聽到王先生手中有「信」來找鄭先生查證，又從《鞭傷》中知道其內容，自己斷定鄭先生當年口頭勸告時所指就是余先生。我有這懷疑，應該說是「合理」的懷疑。「信」或由余先生直接寄王昇，或寄給王昇身邊的人，可能目的和結果是一樣的。

四、為余先生深為惋惜

在那個漫長的戒嚴時代，有多少外省人和本省人被迫或自主地參與了為「國家安全」為大義名分的黑暗的體系。一個那麼大的體系，如果沒有龐大的「共犯構造」，是不可能運行的。但歷史不斷發展前進，台灣「民主化」後，對那荒蕪時代心靈和社會的傷口，一直沒有人自覺地作為課題加以清理。二〇〇〇年後，我幾篇拙劣的小說處理的正是這歷史的傷口。著名的日本文學評論家尾崎秀樹就早在六〇年代呼喚日本對殖民地文學和作家造成的傷害，深刻反省。

我從別人引述陳漱渝先生、從鍾玲教授和余先生的來信中，知道余先生是有悔意的，我因此為余先生高興。沒有料到的是，余先生最終以略帶嘲諷的標題〈向歷史自首？〉的問號中，拒絕了自己為自己過去的不是、錯誤憂傷「道歉」的、內心美善的呼喚，緊抓著有沒有直接向王昇

「告密」的細節「反撥」。這使我讀〈向歷史自首？〉後感到寂寞、悵然和惋惜，久久不能釋懷，反省是否我堵塞了余先生自我反省的動念？

從大局看，在台灣的民族派文學界的溝通、理解和團結，當著島內外反民族文論猖狂的形勢下，實為重中之重。我真誠祈望我和余先生還有互相以坦誠與善意相談的可能與機會。〈向歷史自首？〉中，余先生對第一問的回答，令人激賞，二問以後讀來就覺得余先生沒有把完全可以寫好的文章寫好的遺憾與悵然。

我會刊出我致余先生的二信，以示我自始對余先生的誠意與善意。與這封信一樣，除非被動，我不會主動公開任何擴大誤解的資料。拳拳此心，盼望余先生和兩岸關心的文化界能了解。但自我反省自有一個艱難、漫長的過程。我和廣大愛護余先生的大陸文壇應該等待，不讓事情往絕對性矛盾發展。我有什麼差錯，也願接受嚴格批評。

二〇〇四年九月十四日

初刊二〇〇四年十月人間出版社《人間思想與創作叢刊7・爪痕與文學》

（陳映真編）

另載二〇〇四年十月八日《世紀中國》（香港）

收入二〇〇八年五月北京文化藝術出版社（北京）《余光中評說五十年》

（古遠清編）

1 本篇收入《世紀中國》（網刊）與《余光中評說五十年》時，篇題為〈爭鳴：我對余光中事件的認識與立場〉。

2 依文意，「依靠」前應補上「國府」二字。

國家圖書館出版品預行編目（CIP）資料

陳映真全集／陳映真作. -- 初版. -- 臺北市：
人間, 2017.11
23冊；14.8×21公分
ISBN 978-986-95141-3-2（全套：精裝）

848.6　　106017100

陳映真全集（卷二十一）

THE COMPLETE WRITINGS OF CHEN YINGZHEN (VOLUME 21)

作者　陳映真
全集策畫　亞際書院・亞太／文化研究室
策畫主持人　陳光興、林麗雲
執行主編　宋玉雯
執行編輯　郭佳
版型設計　黃瑪琍
排版／印刷　中原造像股份有限公司

出版者　人間出版社
發行人　呂正惠
社長　陳麗娜
總編輯　林一明
地址　108台北市萬華區長泰街五十九巷七號
電話　886-2-2337-0566
傳真　886-2-2337-7447
郵政劃撥　11746473・人間出版社
電郵　renjianpublic@gmail.com

初版一刷　二〇一七年十一月
定價　一萬二千元（全套不分售）
ISBN　978-986-95141-3-2